Was hat Theodor Storm (1817–1888) auf eine die kulturellen und weltanschaulich-politischen Grenzen seltsam leicht überspringende Weise über Jahrzehnte hinweg zum populärsten und meistgelesenen deutschen Autor des ausgehenden 19. Jahrhunderts werden lassen? Wie kommt es, daß in den ersten 20 Jahren der Nachkriegszeit in Deutschland über zehn Millionen Bände – viele davon als Schullektüre – ihre Verbreitung fanden?
Gewiß wird die in Storms Erzählungen begegnende ›heile Welt‹, in der Tugenden wie Ehrfurcht, Pflicht, aufopfernde Liebe, Stolz und Redlichkeit in Geltung sind, dazu beigetragen haben und jetzt wieder dazu beitragen. Doch geht es Storm inmitten scheinbarer Idylle in Wahrheit um den Konflikt, um die drohende Zerstörung, um die Gestalten im Abseits, die hinter der moralischen Hygiene der Gesellschaft deren alles andere als ›bürgerliche‹ Absichten zum Vorschein kommen lassen. Ob sich Väter und Söhne entzweien, Ehen unglücklich oder zerstört werden oder das kommunale Miteinanderleben vor der andringenden Zersetzung steht, stets werden die moralischen Institutionen bürgerlichen Lebens in der Situation der Belastungsprobe gezeigt. Nicht naiv-nostalgische Sehnsucht nach einem ursprünglich Gewesenen macht Storms Novellen wieder lesbar, wohl aber der inzwischen schmerzlich geschärfte Sinn für die humane Potenz solcher irreversibel verlorenen Unmittelbarkeit zur Natur, jenes Wissen, daß hier nicht die Natur, sondern der Mensch vor der Bedrohung durch sich selbst steht. Angesichts deren latenter Chaotik an der Grenze zwischen dem noch Möglichen und dem nicht mehr Möglichen schrieb Storm seine Geschichten.

insel taschenbuch 735

Theodor Storm

Hans und Heinz Kirch

Theodor Storm
Gesammelte Werke

IN SECHS BÄNDEN
BAND 5
HERAUSGEGEBEN VON
GOTTFRIED HONNEFELDER
INSEL VERLAG

Theodor Storm
Hans und Heinz Kirch

UND ANDERE NOVELLEN

HANS UND HEINZ KIRCH
EIN FEST AUF HADERSLEVHUUS
EIN DOPPELGÄNGER

INSEL VERLAG

Die Texte dieser Ausgabe folgen der 1975 im Insel Verlag erschienenen Ausgabe der Werke Storms.

Titelbild: Zeichnung von Max Schwimmer, aus: Theodor Storm, Erzählungen, Leipzig 1914.

insel taschenbuch 735
Erste Auflage 1983

Vertrieb durch den Suhrkamp Taschenbuch Verlag
Umschlag nach Entwürfen von Willy Fleckhaus
Druck: Nomos Verlagsgesellschaft, Baden-Baden
Printed in Germany

1 2 3 4 5 6 – 88 87 86 85 84 83

HANS UND HEINZ KIRCH

Auf einer Uferhöhe der Ostsee liegt hart am Wasser hingelagert eine kleine Stadt, deren stumpfer Turm schon über ein Halbjahrtausend auf das Meer hinausschaut. Ein paar Kabellängen vom Lande streckt sich quervor ein schmales Eiland, das sie dort den »Warder« nennen, von wo aus im Frühling unablässiges Geschrei der Strand- und Wasservögel nach der Stadt herübertönt. Bei hellem Wetter tauchen auch wohl drüben auf der Insel, welche das jenseitige Ufer des Sundes bildet, rotbraune Dächer und die Spitze eines Turmes auf, und wenn die Abenddämmerung das Bild verlöscht hat, entzünden dort zwei Leuchttürme ihre Feuer und werfen über die dunkle See einen Schimmer nach dem diesseitigen Strand herüber. Gleichwohl, wer als Fremder durch die auf- und absteigenden Straßen der Stadt wandert, wo hie und da roh gepflasterte Stufen über die Vorstraße zu den kleinen Häusern führen, wird sich des Eindrucks abgeschlossener Einsamkeit wohl kaum erwehren können, zumal wenn er von der Landseite über die langgestreckte Hügelkette hier herabgekommen ist. In einem Balkengestelle auf dem Markte hing noch vor kurzem, wie seit Jahrhunderten, die sogenannte Bürgerglocke; um zehn Uhr abends, sobald es vom Kirchturme geschlagen hatte, wurde auch dort geläutet, und wehe dem Gesinde oder auch dem Haussohn, der diesem Ruf nicht Folge leistete; denn gleich danach konnte man straßab und -auf sich alle Schlüssel in den Haustüren drehen hören.

Aber in der kleinen Stadt leben tüchtige Menschen, alte Bürgergeschlechter, unabhängig von dem Gelde und dem Einfluß der umwohnenden großen Grundbesitzer; ein kleines Patriziat ist aus ihnen erwachsen, dessen stattlichere Wohnungen, mit breiten Beischlägen hinter mächtig schattenden Linden, mitunter die niedrigen Häuserreihen unterbrechen. Aber auch aus diesen Familien mußten bis vor dem letzten Jahrzehent die Söhne den Weg gehen, auf welchem Eltern und Vorfahren zur Wohlhabenheit und bürgerlichen Geltung gelangt waren; nur wenige ergaben sich den Wissenschaften, und kaum war unter den derzeitig noch studierten Bürgermeistern jemals ein Eingeborener dagewesen; wenn aber bei den jährlichen Prüfungen in der Rektorschule der Propst den einen oder andern von den Knaben frug: »Mein Junge, was willst du werden?«, dann richtete der sich stolz von seiner Bank empor, der mit der Antwort »Schiffer!« herauskommen durfte. Schiffsjunge, Kapitän auf einem Familien-, auf einem eignen Schiffe, dann mit etwa vierzig Jahren Reeder und bald Senator in der Vaterstadt, so lautete der Stufengang der bürgerlichen Ehren.

Auf dem Chor der von einem Landesherzog im dreizehnten Jahrhundert erbauten Kirche befand sich der geräumige Schifferstuhl, für den Abendgottesdienst mit stattlichen Metalleuchtern an den Wänden prangend, durch das an der Decke schwebende Modell eines Barkschiffes in vollem Takelwerke kenntlich. Auf diesen Raum hatte jeder Bürger ein Recht, welcher das Steuermannsexamen gemacht hatte und ein eigenes Schiff besaß; aber auch die schon in die Kaufmannschaft Übergetretenen, die ersten Reeder der Stadt, hielten, während unten in der Kirche ihre Frauen saßen, hier oben unter den andern Kapitänen ihren Gottesdienst; denn sie waren noch immer und vor allem meerbefahrene Leute, und das kleine schwebende Barkschiff war hier ihre Hausmarke.

Es ist begreiflich, daß auch manchen jungen Matrosen oder Steuermann aus dem kleinen Bürgerstande beim Eintritt in die Kirche statt der Andacht ein ehrgeiziges Verlangen anfiel, sich auch einmal den Platz dort oben zu erwerben, und daß er trotz der eindringlichen Predigt dann statt mit gottseligen Gedanken mit erregten weltlichen Entschlüssen in sein Quartier oder auf sein Schiff zurückkehrte.

Zu diesen strebsamen Leuten gehörte Hans Adam Kirch. Mit unermüdlichem Tun und Sparen hatte er sich vom Setzschiffer zum Schiffseigentümer hinaufgearbeitet; freilich war es nur eine kleine Jacht, zu der seine Mittel gereicht hatten, aber rastlos und in den Winter hinein, wenn schon alle andern Schiffer daheim hinter ihrem Ofen saßen, befuhr er mit seiner Jacht die Ostsee, und nicht nur Frachtgüter für andre, bald auch für eigne Rechnung brachte er die Erzeugnisse der Umgegend, Korn und Mehl, nach den größeren und kleineren Küstenplätzen; erst wenn bereits außen vor den Buchten das Wasser fest zu werden drohte, band auch er sein Schiff an den Pfahl und saß beim Sonntagsgottesdienste droben im Schifferstuhl unter den Honoratioren seiner Vaterstadt. Aber lang vor Frühlingsanfang war er wieder auf seinem Schiffe; an allen Ostseeplätzen kannte man den kleinen hageren Mann in der blauen schlotternden Schifferjacke, mit dem gekrümmten Rücken und dem vornüberhängenden dunkelhaarigen Kopfe; überall wurde er aufgehalten und angeredet, aber er gab nur kurze Antworten, er hatte keine Zeit; in einem Tritte, als ob er an der Fallreepstreppe hinauflaufe, sah man ihn eilfertig durch die Gassen wandern. Und diese Rastlosigkeit trug ihre Früchte; bald wurde zu dem aus der väterlichen Erbschaft übernommenen Hause ein Stück Wiesenland erworben, genügend für die Sommer- und Winterfütterung zweier Kühe; denn während das Schiff zu Wasser, sollten diese zu Lande die Wirtschaft vorwärtsbringen. Eine Frau hatte Hans Kirch sich im stillen vor ein paar Jahren schon genommen; zu der Hökerei, welche diese bisher betrieben, kam nun noch eine Milchwirtschaft; auch ein paar Schweine konnten jetzt gemästet werden, um das Schiff auf seinen Handelsfahrten zu verproviantieren; und da die Frau, welche er im Widerspruch mit seinem sonstigen Tun aus einem armen Schulmeisterhause heimgeführt hatte, nur seinen Willen kannte und überdies aus Furcht vor dem bekannten Jähzorn ihres Mannes sich das Brot am Munde sparte, so pflegte dieser bei jeder Heimkehr auch zu Hause einen hübschen Haufen Kleingeld vorzufinden.

In dieser Ehe wurde nach ein paar Jahren ein Knabe geboren und mit derselben Sparsamkeit erzogen. »All wedder 'n Dreling umsünst utgeb'n!« Dies geflügelte Wort lief einmal durch die Stadt; Hans Adam hatte es seiner Frau zugeworfen, als sie ihrem Jungen am Werktag einen Sirupskuchen gekauft hatte. Trotz dieser dem Geize recht nahe verwandten Genauigkeit war und blieb der Kapitän ein zuverlässiger Geschäftsmann, der jeden ungeziemenden Vorteil von sich wies; nicht nur infolge einer angeborenen Rechtschaffenheit, sondern ebensosehr seines Ehrgeizes. Den Platz im Schifferstuhl hatte er sich errungen; jetzt schwebten höhere Würden, denen er nichts vergeben durfte, vor seinen Sinnen; denn auch die Sitze im Magistratskollegium, wenn sie auch meist den größeren Familien angehörten, waren mitunter von dem kleineren Bürgerstande aus besetzt worden. Jedenfalls, seinem Heinz sollte der Weg dazu gebahnt werden; sagten die Leute doch, er sei sein Ebenbild: die fest auslugenden Augen, der Kopf voll schwarzbrauner Locken seien väterliche Erbschaft, nur statt des krummen Rückens habe er den schlanken Wuchs der Mutter.

Was Hans Kirch an Zärtlichkeiten besaß, das gab er seinem Jungen; bei jeder Heimkehr lugte er schon vor dem Warder durch sein Glas, ob er am Hafenplatz ihn nicht gewahren könne; kamen dann nach der Landung Mutter und Kind auf Deck, so hob er zuerst den kleinen Heinz auf seinen Arm, bevor er seiner Frau die Hand zum Willkommen gab.

Als Heinz das sechste Jahr erreicht hatte, nahm ihn der Vater zum ersten Male mit sich auf die Fahrt, als »Spielvogel«, wie er sagte; die Mutter sah ihnen mit besorgten Augen nach; der Knabe aber freute sich über sein blankes Hütchen und lief jubelnd über das schmale Brett an Bord; er freute sich, schon jetzt ein Schiffer zu werden wie sein Vater, und nahm sich im stillen vor, recht tüchtig mitzuhelfen. Frühmorgens waren sie ausgelaufen; nun beschien sie die Mittagssonne auf der blauen Ostsee, über die ein lauer Sommerwind das Schiff nur langsam vorwärts trieb. Nach dem Essen, bevor der Kapitän zur Mittagsruhe in die Kajüte ging, wurde Heinz dem Schiffsjungen anvertraut, der mit dem Spleißen zerrissener Taue auf dem Deck beschäftigt war; auch der Knabe erhielt ein paar Tauenden, die er eifrig ineinander zu verflechten strebte.

Nach einer Stunde etwa stieg Hans Kirch wieder aus seiner Kajüte und rief, noch halb im Taumel: »Heinz! Komm her, Heinz, wir wollen Kaffee trinken!« Aber weder der Knabe selbst noch eine Antwort kam auf diesen Ruf; statt dessen klang drüben vom Bugspriet her der Gesang einer Kinderstimme. Hans Kirch wurde blaß wie der Tod; denn dort, fast auf der äußersten Spitze, hatte er seinen Heinz erblickt. Auf der Luvseite, behaglich an das matt geschwellte Segel lehnend, saß der Knabe, als ob er hier von seiner Arbeit ruhe. Als er seinen Vater gewahrte, nickte er ihm freundlich zu; dann sang er unbekümmert weiter, während am Bug das Wasser rauschte; seine großen Kinderaugen leuchteten, sein schwarzbraunes Haar wehte in der sanften Brise.

Hans Kirch aber stand unbeweglich, gelähmt von der Ratlosigkeit der Angst; nur er wußte, wie leicht bei der schwachen Luftströmung das Segel flattern und vor seinen Augen das Kind in die Tiefe schleudern konnte. Er wollte rufen; aber noch zwischen den Zähnen erstickte er den Ruf; Kinder, wie Nachtwandler, muß man ja gewähren lassen, dann wieder wollte er das Boot aussetzen und nach dem Bug des Schiffes rudern; aber auch das verwarf er. Da kam von dem Knaben selbst die Entscheidung; das Singen hatte er satt, er wollte jetzt zu seinem Vater und dem seine Taue zeigen. Behutsam, entlang dem unteren Rande des Segels, das nach wie vor sich ihm zur Seite blähte, nahm er seinen Rückweg; eine Möwe schrie hoch oben in der Luft, er sah empor und kletterte dann ruhig weiter. Mit stokkendem Atem stand Hans Kirch noch immer neben der Kajüte; seine Augen folgten jeder Bewegung seines Kindes, als ob er es mit seinen Blicken halten müsse. Da plötzlich, bei einer kaum merklichen Wendung des Schiffes, fuhr er mit dem Kopf herum. «Backbord!« schrie er nach der Steuerseite; »Backbord!«, als ob es ihm die Brust zersprengen solle. Und der Mann am Steuer folgte mit leisem Druck der Hand, und die eingesunkene Leinewand des Segel füllte sich aufs neue.

Im selben Augenblicke war der Knabe fröhlich aufs Verdeck gesprungen; nun lief er mit ausgebreiteten Armen auf den Vater zu. Die Zähne des gefahrgewohnten Mannes schlugen noch aneinander: »Heinz, Heinz, das tust du mir nicht wieder!« Krampfhaft preßte er den Knaben an sich; aber schon begann die überstandene Angst dem Zorne gegen ihren Urheber Platz zu machen. »Das tust du mir nicht wieder!« Noch einmal sagte er es; aber ein dumpfes Grollen klang jetzt in seiner Stimme; seine Hand hob sich, als wolle er sie auf den Knaben fallen lassen, der erstaunt und furchtsam zu ihm aufblickte.

Es sollte für diesmal nicht dahin kommen; der Zorn des Kapitäns sprang auf den Schiffsjungen über, der eben in seiner lässigen Weise an ihnen vorüberschieben wollte; aber mit entsetzten Augen mußte der kleine Heinz es ansehen, wie sein Freund Jürgen, er wußte nicht weshalb, von seinem Vater auf das grausamste gezüchtigt wurde.

– – Als im nächsten Frühjahr Hans Kirch seinen Heinz wieder einmal mit aufs Schiff nehmen wollte, hatte dieser sich versteckt und mußte, als er endlich aufgefunden wurde, mit Gewalt an Bord gebracht werden; auch saß er diesmal nicht mehr singend unterm Klüversegel; er fürchtete seinen Vater und trotzte ihm doch zugleich. Die Zärtlichkeit des letzteren kam gleicherweise immer seltener zutage, je mehr der eigne Wille in dem Knaben wuchs; glaubte er doch selber nur den Erben seiner aufstrebenden Pläne in dem Sohn zu lieben.

Als Heinz das zwölfte Jahr erreicht hatte, wurde ihm noch eine Schwester geboren, was der Vater als ein Ereignis aufnahm, das eben nicht zu ändern sei. Heinz war zu einem wilden Jungen aufgeschossen; aber in der Rektorschule hatte er nur noch wenige über sich. »Der hat Gaben!« meinte der junge Lehrer, »der könnte hier einmal die Kanzel zieren.« Aber Hans Kirch lachte: »Larifari, Herr Rektor! Ums Geld ist es nicht; aber man sieht doch gleich, daß Sie hier nicht zu Hause sind.«

Gleichwohl ging er noch an demselben Tage zu seinem Nachbaren, dem Pastoren, dessen Garten sich vor dem Hause bis zur Straße hinab erstreckte. Der Pastor empfing den Eintretenden etwas stramm. »Herr Kirch«, sagte er, bevor noch dieser das Wort zu nehmen vermochte, »Ihr Junge, der Heinz, hat mir schon wieder einmal die Scheiben in meinem Stallgiebel eingeworfen!«

»Hat er das«, erwiderte Hans Kirch, »so muß ich sie einsetzen lassen, und Heinz bekommt den Stock; denn das Spielwerk ist zu teuer.«

Dann, während der andre zustimmend nickte, begann er mit dem, was ihn hergeführt, herauszurücken: der Pastor sollte seinen Heinz in die Privatstunden aufnehmen, welche er zur Aufbesserung seines etwas schmalen Ehrensoldes einigen Kostgängern und Söhnen der Honoratioren zu erteilen pflegte. Als dieser sich nach einigen Fragen bereit erklärte, machte Hans Kirch noch einen Versuch, das Stundengeld herabzudrücken; da aber der Pastor nicht darauf zu hören schien, so wiederholte er ihn nicht; denn Heinz sollte mehr lernen, als jetzt noch in der Rektorschule für ihn zu holen war.

Am Abend dieses Tages erhielt Heinz die angelobte Strafe und am Nachmittage des folgenden, als er zwischen den andern Schülern oben in des Pastors Studierzimmer saß, von Wohlehrwürden noch einen scharf gesalzenen Text dazu. Kaum aber war nach glücklich verflossener Stunde die unruhige Schar die Treppe hinab- und in den Garten hinausgestürmt, als der erlöste Mann von dorten unter seinem Fenster ein lautes Wehgeheul vernahm. »Ich will dich klickern lehren!« rief eine wütende Knabenstimme, und wiederum erscholl das klägliche Geheul. Als aber der Pastor sein Fenster öffnete, sah er unten nur seinen fahlblonden Kostgänger, der ihm am Morgen Heinzens Missetat verraten hatte, jetzt in eifriger Beschäftigung, mit seinem Schnupftuch sich das Blut von Mund und Nase abzutrocknen. Daß er selbst an jenem Spielwerk mitgeholfen hatte, fand er freilich sich nicht veranlaßt zu verraten; aber ebensowenig verriet er jetzt, wer ihm den blutigen Denkzettel auf den Weg gegeben hatte.

Der Pastor war des Segens eines Sohnes nicht teilhaftig geworden; nur zwei Töchter besaß er, einige Jahre jünger als Heinz und von nicht üblem Aussehen; aber Heinz kümmerte sich nicht um sie, und man hätte glauben können, daß auch er der Bubenregel folge, ein tüchtiger Junge dürfe sich nicht mit Dirnen abgeben, wenn in dem Hause dem Pastorengarten gegenüber nicht die kleine Wieb gewesen wäre. Ihre Mutter war die Frau eines Matrosen, eine Wäscherin, die ihr Kind sauberer hielt als, leider, ihren Ruf. »Deine Mutter ist auch eine Amphibie!« hatte einmal ein großer Junge dem Mädchen ins Gesicht geschrien, als eben in der Schule die Lehre von diesen Kreaturen vorgetragen war. – »Pfui doch, warum?« hatte entrüstet die kleine Wieb gefragt. – »Warum? Weil sie einen Mann zu Wasser und einen zu Lande hat!« – Der Vergleich hinkte; aber der Junge hatte doch seiner bösen Lust genuggetan.

Gleichwohl hielten die Pastorstöchter eine Art von Spielkameradschaft mit dem Matrosenkinde; freilich meist nur für die Werkeltage und wenn die Töchter des Bürgermeisters nicht bei ihnen waren; wenn sie ihre weißen Kleider mit den blauen Schärpen trugen, spielten sie lieber nicht mit der kleinen Wieb. Trafen sie diese dann etwa still und schüchtern vor der Gartenpforte stehen oder hatte gar die jüngste, gutmütige Bürgermeisterstochter sie hereingeholt, dann sprachen sie wohl zu ihr sehr freundlich, aber auch sehr eilig: »Nicht wahr, kleine Wieb, du kommst doch morgen zu uns in den Garten?« Im Nachsommer steckten sie ihr auch wohl einen Apfel in die Tasche und sagten: »Wart, wir wollen dir noch einen mehr suchen!« Und die kleine Wieb schlich dann mit ihren Äpfeln ganz begossen aus dem Garten auf die Gasse. Wenn aber Heinz darüber zukam, dann riß er sie ihr wohl wieder fort und warf sie zornig in den Garten zurück, mitten zwischen die geputzten Kinder, daß sie schreiend ins Haus stoben; und wenn dann Wieb über die Äpfel weinte, wischte er mit seinem Schnupftuch ihr die Tränen ab: »Sei ruhig, Wieb; für jeden Apfel hol ich dir morgen eine ganze Tasche voll aus ihrem Garten!« – Und sie wußte wohl, er pflegte Wort zu halten.

Wieb hatte ein Madonnengesichtlein, wie der kunstliebende Schulrektor einmal gesagt hatte, ein Gesichtlein, das man nicht gut leiden sehen konnte; aber die kleine Madonna aß gleichwohl gern des Pastors rote Äpfel, und Heinz stieg bei erster Gelegenheit in die Bäume und stahl sie ihr. Dann zitterte die kleine Wieb; nicht weil sie den Äpfeldiebstahl für eine Sünde hielt, sondern weil die größeren Kostgänger des Pastors ihren Freund dabei mitunter überfielen und ihm den Kopf zu bluten schlugen. Wenn aber nach wohlbestandenem Abenteuer Heinz ihr hinten nach der Allee gewinkt hatte, wenn er vor ihr auf dem Boden kniete und seinen Raub in ihre Täschchen pfropfte, dann lächelte sie ihn ganz glückselig an, und der kräftige Knabe hob seinen Schützling mit beiden Armen in die Luft. »Wieb, Wiebchen, kleines Wiebchen!« rief er jubelnd; und er schwenkte sich mit ihr im Kreise, bis die roten Äpfel aus den Taschen flogen.

Mitunter auch, bei solchem Anlaß, nahm er die kleine Madonna bei der Hand und ging mit ihr hinunter an den Hafen. War auf den Schiffen alles unter Deck, dann löste er wohl ein Boot, ließ seinen Schützling sacht hineintreten und ruderte mit ihr um den Warder herum, weit in den Sund hinein; wurde der Raub des Bootes hinterher bemerkt und drangen nun von dem Schiffe zornige Scheltlaute über das Wasser zu ihnen herüber, dann begann er hell zu singen, damit die kleine Wieb nur nicht erschrecken möge; hatte sie es aber doch gehört, so ruderte er nur um so lustiger und rief: »Wir wollen weit von all den schlechten Menschen fort!« – Eines Nachmittages, da Hans Kirch mit seinem Schiffe auswärts war, wagten sie es sogar, drüben bei der Insel anzulegen, wo Wieb in dem großen Dorfe eine Verwandte wohnen hatte, die sie »Möddersch« nannte. Es war dort eben der große Michaelis-Jahrmarkt, und nachdem sie bei Möddersch eine Tasse Kaffee bekommen hatten, liefen sie zwischen die Buden und in den Menschendrang hinein, wo Heinz für sie beide mit tüchtigen Ellenbogenstößen Raum zu schaffen wußte. Sie waren schon im Karussell gefahren, hatten Kuchenherzen gegessen und bei mancher Drehorgel stillgestanden, als Wiebs blaue Augen an einem silbernen Ringlein haftenblieben, das zwischen Ketten und Löffeln in einer Goldschmiedsbude auslag. Hoffnungslos drehte sie ihr nur aus drei Kupfersechslingen bestehendes Vermögen zwischen den Fingern; aber Heinz, der gestern alle seine Kaninchen verkauft hatte, besaß nach der heutigen Verschwendung noch acht Schillinge, und dafür und für die drei Sechslinge wurde glücklich der Ring erhandelt. Nun freilich waren beider Taschen leer; zum Karussell für Wieb spendierte Möddersch noch einmal einen Schilling – denn soviel kostete es, da Wieb nicht wie vorhin in einem Stuhle fahren, sondern auf dem großen Löwen reiten wollte –; dann, als eben alle Lampen zwischen den schmelz- und goldgestickten Draperien angezündet wurden, waren für sie die Freuden aus, und auch die alte Frau trieb jetzt zur Rückfahrt. Manchmal, während Heinz mit kräftigen Schlägen seine Ruder brauchte, blickte sie noch zurück, und das Herz wurde ihnen groß, wenn sie im zunehmenden Abenddunkel den Lichtschein von den vielen Karussellampen über der Stelle des unsichtbaren Dorfes schweben sahen; aber Wieb hatte ihren silbernen Ring, den sie nun nicht mehr von ihrem Finger ließ.

Inzwischen hatte Kapitän Kirch seine Jacht verkauft. Mit einem stattlichen Schoner, der auf der heimischen Werft gebaut worden war, brachte er für fremde und mehr und mehr für eigne Rechnung Korn nach England und nahm als Rückfracht Kohlen wieder mit. So war zu dem Korn- nun auch ein Kohlenhandel gekommen, und auch diesen mußte, gleich der Milchwirtschaft, die Frau besorgen. Um seinen Heinz, wenn er bei seiner Heimkehr auf die kurze Frage »Hat der Junge sich geschickt?« von der Mutter eine bejahende Antwort erhalten hatte, schien er sich im übrigen nicht groß zu kümmern; nur beim Quartalschlusse pflegte er den Rektor und den Pastor zu besuchen, um zu erfahren, wie der Junge lerne. Dann hieß es allemal, das Lernen sei ihm nur ein Spiel, es bleibe dabei nur zuviel unnütze Zeit ihm übrig; denn wild sei er wie ein Teufel, und kein Junge ihm zu groß und keine Spitze ihm zu hoch.

Auf Hans Adams Antlitz hatte sich, nach Aussage des Schulrektors, mehrmals bei solcher Auskunft ein recht ungeeignetes und fast befriedigtes Lächeln gezeigt, während er mit einem kurz hervorgestoßenen »Na, na!« zum Abschiede ihm die Hand gedrückt habe

Wie recht übrigens auch Heinzens Lehrer haben mochten, so blieb doch das Schutzverhältnis zu der kleinen Wieb dasselbe, und davon wußte mancher frevle Junge nachzusagen. Auch sah man ihn wohl an Sonntagen mit seiner Mutter nach einem dürftigen, unweit der Stadt belegenen Wäldchen wandern und bei der Rückkehr nebst dem leeren Proviantkorbe sein Schwesterchen auf dem Rücken tragen. Mitunter war auch die allmählich aufwachsende Wieb bei dieser Sonntagswanderung. Die stille Frau Kirch hatte Gefallen an dem feinen Mädchen und pflegte zu sagen: »Laß sie nur mitgehen, Heinz; so ist sie doch nicht bei der schlechten Mutter.«

Nach seiner Konfirmation mußte Heinz ein paar Fahrten auf seines Vaters Schiffe machen, nicht mehr als »Spielvogel«, sondern als strenggehaltener Schiffsjunge; aber er fügte sich, und nach der ersten Rückkehr klopfte Kapitän Kirch ihm auf die Schulter, während er seiner Frau durch ein kurzes Nicken ihren Anteil an seiner Befriedigung zukommen ließ. Die zweite Reise geschah mit einem Setzschiffer; denn der wachsende Handel daheim verlangte die persönliche Gegenwart des Geschäftsherrn. Dann, nach zwei weiteren Fahrten auf größeren Schiffen, war Heinz als Matrose in das elterliche Haus zurückgekehrt. Er war jetzt siebzehn Jahre; die blaue schirmlose Schiffermütze mit dem bunten Rande und den flatternden Bändern ließ ihm so gut zu seinem frischen braunen Antlitz, daß selbst die Pastorstöchter durch den Zaun lugten, wenn sie ihn nebenan im elterlichen Garten mit seiner Schwester spielen hörten. Auch Kapitän Kirch selber konnte es sonntags beim Gottesdienste nicht unterlassen, von seinem Schifferstuhle nach unten in die Kirche hinabzuschielen, wo sein schmucker Junge bei der Mutter saß. Unterweilen schweiften auch wohl seine Blicke drüben nach dem Epitaphe, wo zwischen mannigfachen Siegestrophäen sich die Marmorbüste eines stattlichen Mannes in gewaltiger Allongeperücke zeigte; gleich seinem Heinz nur eines Bürgers Sohn, der gleichwohl als Kommandeur von dreien Seiner Majestät Schiffen hier in die Vaterstadt zurückgekommen war. Aber nein, so hohe Pläne hatte Hans Kirch doch nicht mit seinem Jungen, vorläufig galt es eine Reise mit dem Hamburger Schiffe »Hammonia« in die chinesischen Gewässer, von der die Rückkehr nicht vor einem Jahr erfolgen würde; und heute war der letzte Tag im elterlichen Hause.

Die Mutter hatte diesmal nicht ohne Tränen ihres Sohnes Kiste gepackt, und nach der Rückkehr aus der Kirche legte sie noch ihr eigenes Gesangbuch obenauf. Der Vater hatte auch in den letzten Tagen außer dem Notwendigen nicht viel mit seinem Sohn gesprochen; nur an diesem Abend, als er auf dem dunkeln Hausflur ihm begegnete, griff er nach seiner Hand und schüttelte sie heftig: »Ich sitze hier nicht still, Heinz; für dich, nur für dich! Und komm auch glücklich wieder!« Hastig hatte er es hervorgestoßen; dann ließ er die Hand seines Sohnes fahren und trabte eilig nach dem Hof hinaus.

Überrascht blickte ihm Heinz eine Weile nach; aber seine Gedanken waren anderswo. Er hatte Wieb am Tage vorher wiedergesehen; doch nur zu ein paar flüchtigen Worten war Gelegenheit gewesen; nun wollte er noch Abschied von ihr nehmen, sie wie sonst noch einmal um den Warder fahren.

Es war ein kühler Maiabend; der Mond stand über dem Wasser, als er an den Hafen hinabkam; aber Wieb war noch nicht da. Freilich hatte sie ihm gesagt, daß sie abends bei einer alten Dame einige leichte Dienste zu versehen habe; desungeachtet, während er an dem einsamen Bollwerk auf und ab ging, konnte er seine Ungeduld kaum niederzwingen: er schalt sich selbst und wußte nicht, weshalb das Klopfen seines Blutes ihm fast den Atem raubte. Endlich sah er sie aus der höher belegenen Straße herabkommen. Bei dem Mondlicht, das ihr voll entgegenfiel, erschien sie ihm so groß und schlank, daß er erst fast verzagte, ob sie es wirklich sei. Gleichwohl hatte sie den Oberkörper in ein großes Tuch vermummt; einer Kopfbedeckung bedurfte sie nicht, denn das blonde Haar lag voll wie ein Häubchen über ihrem zarten Antlitz. »Guten Abend, Heinz!« sagte sie leise, als sie jetzt zu ihm trat; und schüchtern, fast wie ein Fremder, berührte er ihre Hand, die sie ihm entgegenstreckte. Schweigend führte er sie zu einem Boot, das neben einer großen Kuff im Wasser lag. »Komm nur!« sagte er, als er hineingetreten war und der auf der Hafentreppe Zögernden die Arme entgegenstreckte; »ich habe Erlaubnis, wir werden diesmal nicht gescholten.«

Als er sie in seinen Armen aufgefangen hatte, löste er die Taue, und das Boot glitt aus dem Schatten des großen Schiffes auf die weite, mondglitzernde Wasserfläche hinaus.

Sie saß ihm auf der Bank am Hinterspiegel gegenüber; aber sie fuhren schon um die Spitze des Warders, wo einige Möwen gakkernd aus dem Schlafe auffuhren, und noch immer war kein weiteres Wort zwischen ihnen laut geworden. So vieles hatte Heinz der kleinen Wieb in dieser letzten Stunde sagen wollen, und nun war der Mund ihm wie verschlossen. Und auch das Mädchen, je weiter sie hinausfuhren, je mehr zugleich die kurze Abendzeit verrann, desto stiller und beklommener saß sie da; zwar seine Augen verschlangen fast die kindliche Gestalt, mit der er jetzt so einsam zwischen Meer und Himmel schwebte; die ihren aber waren in die Nacht hinaus gewandt. Dann stieg's plötzlich in ihm auf, und das Boot schütterte unter seinen Ruderschlägen, daß sie jäh das Köpfchen wandte und das blaue Leuchten ihrer Augen in die seinen traf. Aber auch das flog rasch vorüber, und es war etwas wie Zorn, das über ihn kam, er wußte nicht, ob gegen sich selber oder gegen sie, daß sie so fremd ihm gegenübersaß, daß alle Worte, die ihm durch den Kopf fuhren, zu ihr nicht passen wollten. Mit Gewalt rief er es sich zurück: hatte er doch draußen schon mehr als einmal die trotzigste Dirne im Arm geschwenkt, auch wohl ein übermütiges Wort ihr zugeraunt; aber freilich, der jungfräulichen Gestalt ihm gegenüber verschlug auch dieses Mittel nicht.

»Wieb«, sagte er endlich, und es klang fast bittend, »kleine Wieb, das ist nun heut für lange Zeit das letzte Mal.«

»Ja, Heinz«, und sie nickte und sah zu Boden; »ich weiß es wohl.« Es war, als ob sie noch etwas andres sagen wollte, aber sie sagte es nicht. Das schwere Tuch war ihr von der Schulter geglitten; als sie es wieder aufgerafft hatte und nun mit ihrer Hand über der Brust zusammenhielt, vermißte er den kleinen Ring an ihrem Finger, den er einst auf dem Jahrmarkte ihr hatte einhandeln helfen. »Dein Ring, Wieb!« rief er unwillkürlich. »Wo hast du deinen Ring gelassen?«

Einen Augenblick noch saß sie unbeweglich; dann richtete sie sich auf und trat über die nächste Bank zu ihm hinüber. Sie mußte in dem schwankenden Boot die eine Hand auf seine Schulter legen, mit der andern langte sie in den Schlitz ihres Kleides und zog eine Schnur hervor, woran der Ring befestigt war. Mit stockendem Atem nahm sie ihrem Freunde die Mütze von den braunen Locken und hing die Schnur ihm um den Hals. »Heinz, o bitte, Heinz!« Der volle blaue Strahl aus ihren Augen ruhte in den seinen; dann stürzten ihre Tränen auf sein Angesicht, und die beiden jungen Menschen fielen sich um den Hals, und da hat der wilde Heinz die kleine Wieb fast totgeküßt.

– – Es mußte schon spät sein, als sie ihr Boot nach dem großen Schiff zurückbrachten; sie hatten keine Stunden schlagen hören; aber alle Lichter in der Stadt schienen ausgelöscht.

Als Heinz an das elterliche Haus kam, fand er die Tür verschlossen; auf sein Klopfen antwortete die Mutter vom Flure aus; aber der Vater war schon zur Ruhe gegangen und hatte den Schlüssel mitgenommen; endlich hörte Heinz auch dessen Schritte, wie sie langsam von droben aus der Kammer die Trep-

pe hinabkamen. Dann wurde schweigend die Tür geöffnet und, nachdem Heinz hineingelassen war, ebenso wieder zugeschlossen; erst als er seinen »Guten Abend« vorbrachte, sah Hans Kirch ihn an: »Hast die die Bürgerglocke nicht gehört? Wo hast du dich umhergetrieben?«
Der Sohn sah den Jähzorn in seines Vaters Augen aufsteigen; er wurde blaß bis unter seine dunkeln Locken, aber er sagte ruhig: »Nicht umhergetrieben, Vater«; und seine Hand faßte unwillkürlich nach dem kleinen Ringe, den er unter seiner offnen Weste barg.
Aber Hans Kirch hatte zu lange auf seinen Sohn gewartet. »Hüte dich!« schrie er und zuckte mit dem schweren Schlüssel gegen seines Sohnes Haupt. »Klopf nicht noch einmal so an deines Vaters Tür! Sie könnte dir verschlossen bleiben.«
Heinz hatte sich hoch aufgerichtet; das Blut war ihm ins Gesicht geschossen; aber die Mutter hatte die Arme um seinen Hals gelegt, und die heftige Antwort unterblieb, die schon auf seinen Lippen saß. »Gute Nacht, Vater!« sagte er, und schweigend die Hand der Mutter drückend, wandte er sich ab und ging die Treppe hinauf in seine Kammer.

Am andern Tage war er fort. Die Mutter ging still umher in dem ihr plötzlich öd gewordenen Hause; die kleine Wieb trug schwer an ihrem jungen Herzen; nachdenklich und fast zärtlich betrachtete sie auf ihrem Arm die roten Striemen, durch welche die Mutter für die Störung ihrer Nachtruhe sich an ihr erholt hatte; waren sie ihr doch fast wie ein Angedenken an Heinz, das sie immer hätte behalten mögen; nur Hans Kirchs Dichten und Trachten strebte schon wieder rüstig in die Zukunft.
Nach sechs Wochen war ein Brief von Heinz gekommen; er brachte gute Nachricht; wegen kecken Zugreifens im rechten Augenblick hatte der Kapitän freiwillig seine Heuer erhöht. Die Mutter trat herein, als ihr Mann den Brief soeben in die Tasche steckte. »Ich darf doch auch mitlesen?« frug sie scheu. »Du hast doch gute Nachricht?«
»Ja, ja«, sagte Hans Kirch; »nun, nichts Besonderes, als daß er dich und seine Schwester grüßen läßt.«

Am Tage darauf aber begann er allerlei Gänge in der Stadt zu machen; in die großen Häuser mit breiten Beischlägen und unter dunklem Lindenschatten sah man ihn der Reihe nach hineingehen. Wer konnte wissen, wie bald der Junge sein Steuermannsexamen hinter sich haben würde; da galt es auch für ihn noch eine Stufe höher aufzurücken. Im Deputiertenkollegium hatte er bereits einige Jahre gesessen; jetzt war ein Ratsherrnstuhl erledigt, der von den übrigen Mitgliedern des Rates zu besetzen war.

Aber Hans Adams Hoffnungen wurden getäuscht; auf dem erledigten Stuhl saß nach einigen Tagen sein bisheriger Kollege, ein dicker Bäckermeister, mit dem er freilich weder an Reichtum noch an Leibesgewicht sich messen durfte. Verdrießlich war er eben aus einer Deputiertensitzung gekommen, wo nun der Platz des Bäckers leer geworden war, und stand noch, an einem Tabakendchen seinen Groll zerkauend, unter dem Schwanz des Riesenfisches, den sie Anno Siebenzig hier gefangen und zum Gedächtnis neben der Rathaustür aufgehangen hatten, als ein ältliches, aber wehrhaftes Frauenzimmer über den Markt und grade auf ihn zukam; ein mit zwei großen Schinken beladener Junge folgte ihr.

»Das ging den verkehrten Weg, Hans Adam!« rief sie ihm schon von weitem zu.

Hans Adam hob den Kopf. »Du brauchst das nicht über die Straße hinzuschreien, Jule; ich weiß das ohne dich.«

Es war seine ältere Schwester, die nach ihres Mannes Tode mit der Kirchschen Rührigkeit eine Speckhökerei betrieb. »Warum sollte ich nicht schreien?« rief sie wiederum, »mir kann's recht sein, wenn sie es alle hören! Du bist ein Geizhals, Hans Adam; aber du hast einen scharfen Kopf, und den können die regierenden Herren nicht gebrauchen, wenn er nicht zufällig auf ihren eignen Schultern sitzt; da paßt ihnen so eine blonde Semmel besser, wenn sie denn doch einmal an uns Mittelbürgern nicht vorbeikönnen.«

»Du erzählst mir ganz was Neues!« sagte der Bruder ärgerlich.

»Ja, ja, Hans Adam, du bist auch mir zu klug, sonst säßest du nicht so halb umsonst in unserem elterlichen Hause!«

Die brave Frau konnte es noch immer nicht verwinden, daß von einem Kauflustigen ihrem Bruder einst ein höherer Preis geboten war, als wofür er das Haus in der Nachlaßteilung übernommen hatte. Aber Hans Kirch war diesen Vorwurf schon gewohnt, er achtete nicht mehr darauf, zum mindesten schien es für ihn in diesem Augenblicke nur ein Spornstich, um sich von dem erhaltenen Schlage plötzlich wieder aufzurichten. Äußerlich zwar ließ er den Kopf hängen, als sähe er etwas vor sich auf dem Straßenpflaster; seine Gedanken aber waren schon rastlos tätig, eine neue Bahn nach seinem Ziele hin zu schaufeln: das war ihm klar, es mußte noch mehr erworben und – noch mehr erspart werden; dem Druck des Silbers mußte bei wiederkehrender Gelegenheit auch diese Pforte noch sich öffnen; und sollte es für ihn selbst nicht mehr gelingen, für seinen Heinz, bei dessen besserer Schulbildung und stattlicherem Wesen würde es damit schon durchzubringen sein, sobald er seine Seemannsjahre nach Gebrauch als Kapitän beschlossen hätte.

Mit einer raschen Bewegung hob Hans Adam seinen Kopf empor. »Weißt du, Jule« – er tat wie beiläufig diese Frage –, »ob dein Nachbar Schmüser seinen großen Speicher noch verkaufen will?«

Frau Jule, die mit ihrer letzten Äußerung ihn zu einer ganz andern Antwort hatte reizen wollen und so lange schon darauf gewartet hatte, meinte ärgerlich, da tue er am besten, selbst darum zu fragen.

»Ja, ja; da hast du recht.« Er nickte kurz und hatte schon ein paar Schritte der Straße zu getan, in der Fritz Schmüser wohnte, als die Schwester, unachtend des Jungen, der seitwärts unter seinen Schinken stöhnte, ihn noch einmal festzuhalten suchte; so wohlfeil sollte er denn doch nicht davonkommen. »Hans Adam!« rief sie; »wart noch einen Augenblick! Dein Heinz . . .«

Hans Adam stand bei diesem Namen plötzlich still. »Was willst du, Jule?« frug er hastig. »Was soll das mit meinem Heinz?«

»Nicht viel, Hans Adam; aber du weißt wohl nicht, was dein gewitzter Junge noch am letzten Abend hier getrieben hat?«

»Nun?« stieß er hervor, als sie eine Pause machte, um erst die Wirkung dieses Eingangs abzuwarten; »sag's nur gleich auf einmal, Jule; ein Loblied sitzt doch nicht dahinter!«

»Je nachdem, Hans Adam, je nachdem! Bei der alten Tante war zum Adesagen freilich nicht viel Zeit; aber warum sollte er die schmucke Wieb, die kleine Matrosendirne, nicht von neun bis elf spazierenfahren? Es möcht wohl ein kalt Vergnügen gewesen sein da draußen auf dem Sund; aber wir Alten wissen's ja wohl noch, die Jugend hat allezeit ihr eigen Feuer bei sich.«

Hans Adam zitterte, seine Oberlippe zog sich auf und legte seine vollen Zähne bloß. »Schwatz nicht!« sagte er. »Sprich lieber, woher weißt du das?«

»Woher?« Frau Jule schlug ein fröhliches Gelächter auf – »das weiß die ganze Stadt, am besten Christian Jensen, in dessen Boot die Lustfahrt vor sich ging! Aber du bist ein Hitzkopf, Hans Adam, bei dem man sich leicht üblen Bescheid holen kann; und wer weiß denn auch, ob dir die schmucke Schwiegertochter recht ist? Im übrigen« – und sie faßte den Bruder an seinem Rockkragen und zog ihn dicht zu sich heran –, »für die neue Verwandtschaft ist's doch so am besten, daß du nicht auf den Ratsherrnstuhl hinaufgekommen bist.«

Als sie solcherweise ihre Worte glücklich angebracht hatte, trat sie zurück. »Komm Peter, vorwärts!« rief sie dem Jungen zu, und bald waren beide in einer der vom Markte auslaufenden Gassen verschwunden.

Hans Kirch stand noch wie angedonnert auf derselben Stelle. Nach einer Weile setzte er sich mechanisch in Bewegung und ging der Gasse zu, worin Fritz Schmüsers Speicher lag; dann aber kehrte er plötzlich wieder um. Bald darauf saß er zu Hause an seinem Pult und schrieb mit fliegender Feder einen Brief an seinen Sohn, in welchem in verstärktem Maße sich der jähe Zorn ergoß, dessen Ausbruch an jenem letzten Abend durch die Dazwischenkunft der Mutter war verhindert worden.

Monate waren vergangen; die Plätze, von denen aus Heinz nach Abrede hätte schreiben sollen, mußten längst passiert sein, aber Heinz schrieb nicht; dann kamen Nachrichten von dem Schiffe, aber kein Brief von ihm. Hans Kirch ließ sich das so sehr nicht anfechten. ›Er wird schon kommen‹, sagte er zu sich selber; ›er weiß gar wohl, was hier zu Haus für ihn zu holen ist.‹ Und somit, nachdem er den Schmüserschen Speicher um billigen Preis erworben hatte, arbeitete er rüstig an der Ausbreitung seines Handels und ließ sich keine Mühe verdrießen. Freilich, wenn er von den dadurch veranlaßten Reisen, teils nach den Hafenstädten des Inlandes, einmal sogar mit seinem Schoner nach England, wieder heimkehrte, »Brief von Heinz?« war jedesmal die erste hastige Frage an seine Frau, und immer war ein trauriges Kopfschütteln die einzige Antwort, die er darauf erhielt.

Die Sorge, der auch er allmählich sich nicht hatte erwehren können, wurde zerstreut, als die Zeitungen die Rückkehr der »Hammonia« meldeten. Hans Kirch ging unruhig in Haus und Hof umher, und Frau und Tochter hörten ihn oft heftig vor sich hin reden; denn der Junge mußte jetzt ja selber kommen, und er hatte sich vorgesetzt, ihm scharf den Kopf zu waschen. Aber eine Woche verging, die zweite ging auch bald zu Ende, und Heinz war nicht gekommen. Auf eingezogene Erkundigung erfuhr man endlich, er habe auf der Rückfahrt nach Abkommen mit dem Kapitän eine neue Heuer angenommen; wohin, war nicht zu ermitteln. ›Er will mir trotzen!‹ dachte Hans Adam. ›Sehen wir, wer's am längsten aushält von uns beiden!‹ – Die Mutter, welche nichts von jenem Briefe ihres Mannes wußte, ging in kummervollem Grübeln und konnte ihren Jungen nicht begreifen; wagte sie es einmal, ihren Mann nach Heinz zu fragen, so blieb er entweder ganz die Antwort schuldig oder hieß sie, ihm mit dem Jungen ein für allemal nicht mehr zu kommen.

In einem zwar unterschied er sich von der gemeinen Art der Männer: er bürdete der armen Mutter nicht die Schuld an diesen Übelständen auf; im übrigen aber war mit Hans Adam jetzt kein leichter Hausverkehr.

Sommer und Herbst gingen hin, und je weiter die Zeit verrann, desto fester wurzelte der Groll in seinem Herzen; der Name seines Sohnes wurde im eignen Hause nicht mehr ausgesprochen, und auch draußen scheute man sich, nach Heinz zu fragen.

Schon wurde es wieder Frühling, als er eines Morgens von seiner Haustür aus den Herrn Pastor mit der Pfeife am Zaune seines Vorgartens stehen sah. Hans Kirch hatte Geschäfte weiter oben in der Straße und wollte mit stummem Hutrücken vorbeipas-

sieren; aber der Nachbar Pastor rief mit aller Würde pfarramtlicher Überlegenheit ganz laut zu ihm hinüber: »Nun, Herr Kirch, noch immer keine Nachricht von dem Heinz?«
Hans Adam fuhr zusammen, aber er blieb stehen, die Frage war ihm lange nicht geboten worden. »Reden wir von was anderem, wenn's gefällt, Herr Pastor!« sagte er kurz und hastig.
Allein der Pastor fand sich zur Befolgung dieser Bitte nicht veranlaßt. »Mein lieber Herr Kirch, es ist nun fast das zweite Jahr herum; Sie sollten sich doch einmal wieder um den Sohn bekümmern!«
»Ich dächte, Herr Pastor, nach dem vierten Gebote wär das umgekehrt!«
Der Pastor tat die Pfeife aus dem Munde: »Aber nicht nach dem Gebote, in welchem nach des Herren Wort die andern all enthalten sind, und was wäre Euch näher als Euer eigen Fleisch und Blut!«
»Weiß nicht, Ehrwürden«, sagte Hans Kirch, »ich halte mich ans vierte.«
Es war etwas in seiner Stimme, das es dem Pastor rätlich machte, nicht mehr in diesem Tone fortzufahren. »Nun, nun«, sagte er begütigend, »er wird ja schon wiederkehren, und wenn er kommt, er ist ja von Ihrer Art, Herr Nachbar, so wird es nicht mit leeren Händen sein!«
Etwas von dem Schmunzeln, das sich bei dieser letzten Rede auf des Pastors Antlitz zeigte, war doch auch auf das des anderen übergegangen, und während sich der erstere mit einer grüßenden Handbewegung nach seinem Hause zurückwandte, trabte Hans Kirch munterer als seit lange die Straße hinauf nach seinem großen Speicher.

Es war am Tage danach, als der alte Postbote dieselbe Straße hinabschritt. Er ging rasch und hielt einen dicken Brief in der Hand, den er schon im Vorwege aus seiner Ledertasche hervorgeholt zu haben schien; aber ebenso rasch schritt, lebhaft auf ihn einredend, ein etwa sechzehnjähriges blondes Mädchen an seiner Seite. »Von einem guten Bekannten, sagst du? Nein, narre mich nicht länger, alter Marten! Sag's doch, vón wem ist er denn?«

»Ei, du junger Dummbart«, rief der Alte, indem er mit dem Briefe ihr vor den Augen gaukelte, »kann ich das wissen? Ich weiß nur, an wen ich ihn zu bringen habe.«

»An wen, an wen denn, Marten?«

Er stand einen Augenblick und hielt die Schriftseite des Briefes ihr entgegen.

Die geöffneten Mädchenlippen versandten einen Laut, der nicht zu einem Wort gedieh.

»Von Heinz!« kam es dann schüchtern hintennach, und wie eine helle Lohe brannte die Freude auf dem jungen Antlitz.

Der Alte sah sie freundlich an. »Von Heinz?« wiederholte er schelmisch. »Ei, Wiebchen, mit den Augen ist das nicht darauf zu lesen!«

Sie sagte nichts; aber als er jetzt in der Richtung nach dem Kirchschen Hause zu schritt, lief sie noch immer nebenher.

»Nun?« rief er, »du denkst wohl, daß ich auch für dich noch einen in der Tasche hätte?«

Da blieb sie plötzlich stehen, und während sie traurig ihr Köpfchen schüttelte, ging der Bote mit dem dicken Briefe fort.

Als er die Kirchsche Wohnung betrat, kam eben die Hausmutter mit einem dampfenden Schüsselchen aus der Küche; sie wollte damit in das Oberhaus, wo im Giebelstübchen die kleine Lina an den Masern lag. Aber Marten rief sie an: »Frau Kirch! Frau Kirch! Was geben Sie für diesen Brief?«

Und schon hatte sie die an ihren Mann gerichtete Adresse gelesen und die Schrift erkannt. »Heinz!« rief auch sie, »oh, von Heinz!« Und wie ein Jubel brach es aus dieser stillen Brust. Da kam von oben her die Kinderstimme: »Mutter! Mutter!«

»Gleich, gleich, mein Kind!« Und nach einem dankbaren Nicken gegen den Boten flog sie die Treppen hinauf. »O Lina, Lina! Von Heinz, ein Brief von unserm Heinz!«

Im Wohnzimmer unten saß Hans Kirch an seinem Pulte, zwei aufgeschlagene Handelsbücher vor sich; er war mit seinem Verlustkonto beschäftigt, das sich diesmal ungewöhnlich groß erwiesen hatte. Verdrießlich hörte er das laute Reden draußen, das ihn in seiner Rechnung störte; als der Postbote hereintrat, fuhr er ihn an: »Was treibt Er denn für Lärmen draußen mit der Frau?«

Statt einer Antwort überreichte Marten ihm den Brief.
Fast grollend betrachtete er die Aufschrift mit seinen scharfen Augen, die noch immer der Brille nicht bedurften. »Von Heinz«, brummte er, nachdem er alle Stempel aufmerksam besichtigt hatte; »Zeit wär's denn auch einmal!«
Vergebens wartete der alte Marten, auch aus des Vaters Augen einen Freudenblitz zu sehen; nur ein Zittern der Hand – wie er zu seinem Trost bemerkte – konnte dieser nicht bewältigen, als er jetzt nach einer Schere langte, um den Brief zu öffnen. Und schon hatte er sie angesetzt, als Marten seinen Arm berührte: »Herr Kirch, ich darf wohl noch um dreißig Schilling bitten!«
– »Wofür?« – er warf die Schere hin – »ich bin der Post nichts schuldig!«
»Herr, Sie sehen ja wohl, der Brief ist nicht frankiert.«
Er hatte es nicht gesehen; Hans Adam biß die Zähne aufeinander: dreißig Schillinge; warum denn auch nicht die noch zum Verlust geschrieben! Aber – die Bagatelle, die war's ja nicht; nein – was dahinterstand! Was hatte doch der Pastor neulich hingeredet? Er würde nicht mit leeren Händen kommen! – Nicht mit leeren Händen! – Hans Adam lachte grimmig in sich hinein. – Nicht mal das Porto hatte er gehabt! Und der, der sollte im Magistrat den Sitz erobern, der für ihn, den Vater, sich zu hoch erwiesen hatte!
Hans Kirch saß stumm und starr an seinem Pulte; nur im Gehirne tobten ihm die Gedanken. Sein Schiff, sein Speicher, alles, was er in so vielen Jahren schwer erworben hatte, stieg vor ihm auf und addierte wie von selber die stattlichen Summen seiner Arbeit. Und das, das alles sollte er diesem ... Er dachte den Satz nicht mehr zu Ende; sein Kopf brannte, es brauste ihm vor den Ohren. »Lump!« schrie er plötzlich, »so kommst du nicht in deines Vaters Haus!«
Der Brief war dem erschrockenen Boten vor die Füße geschleudert. »Nimm«, schrie er, »ich kauf ihn nicht; der ist für mich zu teuer!« Und Hans Kirch griff zur Feder und blätterte in seinen Kontobüchern.
Der gutmütige Alte hatte den Brief aufgehoben und versuchte bescheiden noch einige Überredung; aber der Hausherr trieb ihn

fort, und er war nur froh, die Straße zu erreichen, ohne daß er der Mutter zum zweiten Mal begegnet wäre.

Als er seinen Weg nach dem Südende der Stadt fortsetzte, kam Wieb eben von dort zurück; sie hatte in einer Brennerei, welche hier das letzte Haus bildete, eine Bestellung ausgerichtet. Ihre Mutter war nach dem plötzlichen Tode »ihres Mannes zur See« in aller Form Rechtens die Frau »ihres Mannes auf dem Lande« geworden und hatte mit diesem eine Matrosenschenke am Hafenplatz errichtet. Viel Gutes wurde von der neuen Wirtschaft nicht geredet; aber wenn an Herbstabenden die über der Haustür brennende rote Lampe ihren Schein zu den Schiffen hinabwarf, so saß es da drinnen in der Schenkstube bald Kopf an Kopf, und der Brenner draußen am Stadtende hatte dort gute Kundschaft.

Als Wieb sich dem alten Postboten näherte, bemerkte sie sogleich, daß er jetzt recht mürrisch vor sich hin sah; und dann – er hatte ja den Brief von Heinz noch immer in der Hand. »Marten!« rief sie – sie hätte es nicht lassen können –, »der Brief, hast du ihn noch? War denn sein Vater nicht zu Hause?«

Marten machte ein grimmiges Gesicht. »Nein, Kind, sein Vater war wohl nicht zu Hause; der alte Hans Kirch war da; aber für den war der Brief zu teuer.«

Die blauen Mädchenaugen blickten ihn erschrocken an. »Zu teuer, Marten?«

– »Ja, ja; was meinst du, unter dreißig Schillingen war er nicht zu haben.«

Nach diesen Worten steckte Marten den Brief in seine Ledertasche und trat mit einem andern, den er gleichzeitig hervorgezogen hatte, in das nächste Haus.

Wieb blieb auf der Gasse stehen. Einen Augenblick noch sah sie auf die Tür, die sich hinter dem alten Mann geschlossen hatte; dann, als käme ihr plötzlich ein Gedanke, griff sie in ihre Tasche und klimperte darin, als wie mit kleiner Silbermünze. Ja, Wieb hatte wirklich Geld in ihrer Tasche; sie zählte es sogar, und es war eine ganze Handvoll, die sie schon am Vormittage hinter dem Schenktisch eingenommen hatte. Zwar, es gehörte nicht ihr, das wußte sie recht wohl; aber was kümmerte sie das, und moch-

te ihre Mutter sie doch immer dafür schlagen! »Marten«, sagte sie hastig, als dieser jetzt wieder aus dem Hause trat, und streckte eine Handvoll kleiner Münze ihm entgegen, »da ist das Geld, Marten; gib mir den Brief!«
Marten sah sie voll Verwunderung an.
»Gib ihn doch!« drängte sie. »Hier sind ja deine dreißig Schillinge!« Und als der Alte den Kopf schüttelte, faßte sie mit der freien Hand an seine Tasche: »Oh, bitte, bitte, lieber Marten, ich will ihn ja nur einmal zusammen mit seiner Mutter lesen.«
»Kind«, sagte er, indem er ihre Hand ergriff und ihr freundlich in die angstvollen Augen blickte, »wenn's nach mir ginge, so wollten wir den Handel machen; aber selbst der Postmeister darf dir keinen Brief verkaufen.« Er wandte sich von ihr ab und schritt auf seinem Botenwege weiter.
Aber sie lief ihm nach, sie hing sich an seinen Arm, ihr einfältiger Mund hatte die holdesten Bitt- und Schmeichelworte für den alten Marten und ihr Kopf die allerdümmsten Einfälle; nur leihen sollte er ihr zum mindesten den Brief; er sollte ihn ja noch heute abend wiederhaben.
Der alte Marten geriet in große Bedrängnis mit seinem weichen Herzen; aber ihm blieb zuletzt nichts übrig, er mußte das Kind gewaltsam von sich stoßen.
Da blieb sie zurück; mit der Hand fuhr sie an die Stirn unter ihr goldblondes Haar, als ob sie sich besinnen müsse; dann ließ sie das Geld in ihre Tasche fallen und ging langsam dem Hafenplatze zu. Wer den Weg entgegenkam, sah ihr verwundert nach; denn sie hatte die Hände auf die Brust gepreßt und schluchzte überlaut.

Seitdem waren funfzehn Jahre hingegangen. Die kleine Stadt erschien fast unverändert; nur daß für einen jungen Kaufherrn aus den alten Familien am Markt ein neues Haus erbaut war, daß Telegraphendrähte durch die Gassen liefen und auf dem Posthausschilde jetzt mit goldenen Buchstaben »Kaiserliche Reichspost« zu lesen war; wie immer rollte die See ihre Wogen an den Strand, und wenn der Nordwest vom Ostnordost gejagt wurde, so spülte das Hochwasser an die Mauern der Brennerei, die auch jetzt noch in der Roten Laterne ihre beste Kundschaft hatte; aber das Ende der Eisenbahn lag noch manche Meile landwärts hinter dem Hügelzuge, sogar auf dem Bürgermeisterstuhle saß trotz der neuen Segnungen noch im guten alten Stile ein studierter Mann, und der Magistrat behauptete sein altes Ansehen, wenngleich die Senatoren jetzt in »Stadträte« und die Deputierten in »Stadtverordnete« verwandelt waren; die Abschaffung der Bürgerglocke als eines alten Zopfes war in der Stadtverordnetenversammlung von einem jungen Mitgliede zwar in Vorschlag gebracht worden, aber zwei alte Herren hatten ihr das Wort geredet: die Glocke hatte sie in ihrer Jugend vor manchem dummen Streich nach Haus getrieben; weshalb sollte jetzt das junge Volk und das Gesinde nicht in gleicher Zucht gehalten werden? Und nach wie vor, wenn es zehn vom Turm geschlagen hatte, bimmelte die kleine Glocke hinterdrein und schreckte die Pärchen auseinander, welche auf dem Markt am Brunnen schwatzten.

Nicht so unverändert war das Kirchsche Haus geblieben. Heinz war nicht wieder heimgekommen; er war verschollen; es fehlte nur, daß er auch noch gerichtlich für tot erklärt worden wäre; von den jüngeren Leuten wußte mancher kaum, daß es hier jemals einen Sohn des alten Kirch gegeben habe. Damals freilich, als der alte Marten den Vorfall mit dem Briefe bei seinen Gängen mit herumgetragen hatte, war von Vater und Sohn genug geredet worden; und nicht nur von diesen, auch von der Mutter, von der man niemals redete, hatte man erzählt, daß sie derzeit, als es endlich auch ihr von draußen zugetragen worden, zum ersten Mal sich gegen ihren Mann erhoben habe. »Hans! Hans!« so hatte sie ihn angesprochen, ohne der Magd zu achten, die an der Küchentür gelauscht hatte; »das ohne mich zu tun war nicht dein Recht! Nun können wir nur beten, daß der Brief nicht zu dem Schreiber wiederkehre; doch Gott wird ja so schwere Schuld nicht auf dich laden.« Und Hans Adam, während ihre Augen voll und tränenlos ihn angesehen, hatte hierauf nichts erwidert, nicht ein Sterbenswörtlein; sie aber hatte nicht nur gebetet; überallhin, wenn auch stets vergebens, hatte sie nach ihrem Sohne forschen lassen; die Kosten, die dadurch verursacht wurden, entnahm sie ohne Scheu den kleineren Kassen, welche sie verwaltete; und Hans Adam, obgleich er bald des inne wurde, hatte sie still gewähren lassen. Er selbst tat nichts dergleichen; er sagte es sich beharrlich vor, der Sohn, ob brieflich oder in Person, müsse anders oder niemals wieder an die Tür des Elternhauses klopfen.

Und der Sohn hatte niemals wieder angeklopft. Hans Adams Haar war nur um etwas rascher grau geworden; der Mutter aber hatte endlich das stumme Leid die Brust zernagt, und als die Tochter aufgewachsen war, brach sie zusammen. Nur eins war stark in ihr geblieben, die Zuversicht, daß ihr Heinz einst wiederkehren werde; doch auch die trug sie im stillen. Erst da ihr Leben sich rasch zu Ende neigte, nach einem heftigen Anfall ihrer Schwäche, trat es einmal über ihre Lippen. Es war ein frostheller Weihnachtsmorgen, als sie, von der Tochter gestützt, mühsam die Treppe nach der oben belegenen Schlafkammer emporstieg. Eben, als sie auf halbem Wege, tief aufatmend und wie hülflos um sich blickend, gegen das Geländer lehnte, brach die Wintersonne durch die Scheiben über der Haustür und erleuchtete mit ihrem blassen Schein den dunkeln Flur. Da wandte die kranke Frau den Kopf zu ihrer Tochter. »Lina«, sagte sie geheimnisvoll, und ihre matten Augen leuchteten plötzlich in beängstigender Verklärung, »ich weiß es, ich werde ihn noch wiedersehen! Er kommt einmal so, wenn wir es gar nicht denken!«

»Meinst du, Mutter?« fragte die Tochter fast erschrocken.

»Mein Kind, ich meine nicht; ich weiß es ganz gewiß!«

Dann hatte sie ihr lächelnd zugenickt; und bald lag sie zwischen den weißen Linnen ihres Bettes, welche in wenigen Tagen ihren toten Leib umhüllen sollten.

In dieser letzten Zeit hatte Hans Kirch seine Frau fast keinen Augenblick verlassen; der Bursche, der ihm sonst im Geschäfte nur zur Hand ging, war schier verwirrt geworden über die ihn plötzlich treffende Selbstverantwortlichkeit; aber auch jetzt wurde der Name des Sohnes zwischen den beiden Eltern nicht genannt; nur da die schon erlöschenden Augen der Sterbenden weit geöffnet und wie suchend in die leere Kammer blickten, hatte Hans Kirch, als ob er ein Versprechen gebe, ihre Hand er-

griffen und gedrückt; dann hatten ihre Augen sich zur letzten Lebensruhe zugetan.
Aber wo war, was trieb Heinz Kirch in der Stunde, als seine Mutter starb?

Ein paar Jahre weiter, da war der spitze Giebel des Kirchschen Hauses abgebrochen und statt dessen ein volles Stockwerk auf das Erdgeschoß gesetzt worden; und bald hausete eine junge Wirtschaft in den neuen Zimmern des Oberbaues; denn die Tochter hatte den Sohn eines wohlhabenden Bürgers aus der Nachbarstadt geheiratet, der dann in das Geschäft ihres Vaters eingetreten war. Hans Kirch begnügte sich mit den Räumen des alten Unterbaues; die Schreibstube neben der Haustür bildete zugleich sein Wohnzimmer. Dahinter, nach dem Hofe hinaus, lag die Schlafkammer; so saß er ohne viel Treppensteigen mitten im Geschäft und konnte trotz des anrückenden Greisenalters und seines jungen Partners die Fäden noch in seinen Händen halten. Anders stand es mit der zweiten Seite seines Wesens; schon mehrmals war ein Wechsel in den Magistratspersonen eingetreten, aber Hans Kirch hatte keinen Finger darum gerührt; auch, selbst wenn er darauf angesprochen worden, kein Für oder Wider über die neuen Wahlen aus seinem Munde gehen lassen.
Dagegen schlenderte er jetzt oft, die Hände auf dem Rücken, bald am Hafen, bald in den Bürgerpark, während er sonst auf alle Spaziergänger nur mit Verachtung herabgesehen hatte. Bei anbrechender Dämmerung konnte man ihn auch wohl draußen über der Bucht auf dem hohen Ufer sitzen sehen; er blickte dann in die offene See hinaus und schien keinen der wenigen, die vorübergingen, zu bemerken. Traf es sich, daß aus dem Abendrot ein Schiff hervorbrach und mit vollen Segeln auf ihn zuzukommen schien, dann nahm er seine Mütze ab und strich mit der andern Hand sich zitternd über seinen grauen Kopf. – Aber nein, es geschahen ja keine Wunder mehr; weshalb sollte denn auch Heinz auf jenem Schiffe sein? – Und Hans Kirch schüttelte sich und trat fast zornig seinen Heimweg an.
Der ganze Ehrgeiz des Hauses schien jedenfalls, wenn auch in anderer Form, jetzt von dem Tochtermann vertreten zu werden;

Herr Christian Martens hatte nicht geruht, bis die Familie unter den Mitgliedern der Harmoniegesellschaft figurierte, von der bekannt war, daß nur angesehenere Bürger zugelassen wurden. Der junge Ehemann war, wovon der Schwiegervater sich zeitig und gründlich überzeugt hatte, ein treuer Arbeiter und keineswegs ein Verschwender; aber – für einen feinen Mann gelten, mit den Honoratioren einen vertraulichen Händedruck wechseln, etwa noch eine schwergoldene Kette auf brauner Sammetweste, das mußte er daneben haben. Hans Kirch zwar hatte anfangs sich gesträubt; als ihm jedoch in einem stillen Nebenstübchen eine solide Partie »Sechsundsechzig« mit ein paar alten seebefahrenen Herren eröffnet wurde, ging auch er mit seinen Kindern in die Harmonie.

So war die Zeit verflossen, als an einem sonnigen Vormittage im September Hans Kirch vor seiner Haustür stand; mit seinem krummen Rücken, seinem hängenden Kopfe und wie gewöhnlich beide Hände in den Taschen. Er war eben von seinem Speicher heimgekommen; aber die Neugier hatte ihn wieder hinausgetrieben, denn durchs Fenster hatte er links hin auf dem Markte, wo sonst nur Hühner und Kinder liefen, einen großen Haufen erwachsener Menschen, Männer und Weiber, und offenbar in lebhafter Unterhaltung miteinander, wahrgenommen; er hielt die Hand ans Ohr, um etwas zu erhorchen; aber sie standen ihm doch zu fern. Da löste sich ein starkes, aber anscheinend hochbetagtes Frauenzimmer aus der Menge; sie mochte halb erblindet sein, denn sie fühlte mit einem Krückstock vor sich hin; gleichwohl kam sie bald rasch genug gegen das Kirchsche Haus dahergewandert. »Jule!« brummte Hans Adam. »Was will Jule?«

Seitdem der Bruder ihr vor einigen Jahren ein größeres Darlehen zu einem Einkauf abgeschlagen hatte, waren Wort und Gruß nur selten zwischen ihnen gewechselt worden; aber jetzt stand sie vor ihm; schon von weitem hatte sie ihm mit ihrer Krükke zugewinkt. Im ersten Antrieb hatte er sich umwenden und in sein Haus zurückgehen wollen; aber er blieb doch. »Was willst du, Jule?« frug er. »Was verakkordieren die da auf dem Markt?«

»Was die verakkordieren, Hans? Ja, leihst du mir jetzt die hundert Taler, wenn ich dir's erzähle?«

Er wandte sich jetzt wirklich, um ins Haus zu treten.

»Nun, bleib nur!« rief sie. »Du sollst's umsonst zu wissen kriegen; dein Heinz ist wieder da!«

Der Alte zuckte zusammen. »Wo? Was?« stieß er hervor und fuhr mit dem Kopf nach allen Seiten. Die Speckhökerin sah mit Vergnügen, wie seine Hände in den weiten Taschen schlotterten.

»Wo?« wiederholte sie und schlug den Bruder auf den krummen Rücken. »Komm zu dir, Hans! Hier ist er noch nicht; aber in Hamburg, beim Schlafbaas in der Johannisstraße!«

Hans Kirch stöhnte. »Weibergewäsch!« murmelte er. »Siebzehn Jahre fort; der kommt nicht wieder – der kommt nicht wieder.«

Aber die Schwester ließ ihn nicht los. »Kein Weibergewäsch, Hans! Der Fritze Reimers, der mit ihm in Schlafstelle liegt, hat's nach Haus geschrieben!«

»Ja, Jule, der Fritze Reimers hat schon mehr gelogen!«

Die Schwester schlug die Arme unter ihrem vollen Busen umeinander. »Zitterst du schon wieder für deinen Geldsack?« rief sie höhnend. »Ei nun, für dreißig Reichsgulden haben sie unsern Herrn Christus verraten, so konntest du dein Fleisch und Blut auch wohl um dreißig Schillinge verstoßen. Aber jetzt kannst du ihn alle Tage wiederhaben! Ratsherr freilich wird er nun wohl nicht mehr werden; du mußt ihn nun schon nehmen, wie du ihn dir selbst gemacht hast!«

Aber die Faust des Bruders packte ihren Arm; seine Lippen hatten sich zurückgezogen und zeigten das noch immer starke, vollzählige Gebiß. »Nero! Nero!« schrie er mit heiserer Stimme in die offene Haustür, während sogleich das Aufrichten des großen Haushundes drinnen hörbar wurde. »Weib, verdammtes, soll ich dich mit Hunden von der Türe hetzen!«

Frau Jules sittliche Entrüstung mochte indessen nicht so tief gegangen sein; hatte sie doch selbst vor einem halben Jahre ihre einzige Tochter fast mit Gewalt an einen reichen Trunkenbold verheiratet, um von seinen Kapitalien in ihr Geschäft zu bringen; es hatte sie nur gereizt, ihrem Bruder, wie sie später meinte, für die hundert Taler auch einmal etwas auf den Stock zu tun. Und so war sie denn schon dabei, ihm wieder gute Worte zu

geben, als vom Markte her ein älterer Mann zu den Geschwistern trat. Es war der Krämer von der Ecke gegenüber. »Kommt, Nachbar«, sagte dieser, indem er Hans Adams Hand faßte, »wir wollen in Ihr Zimmer gehen; das gehört nicht auf die Straße!«
Frau Jule nickte ein paarmal mit ihrem dicken Kopfe. »Das meine ich auch, Herr Rickerts«, rief sie, indem sie sich mit ihrem Krückstocke nach der Straße hinunterfühlte; »erzählen Sie's ihm besser; seiner Schwester hat er es nicht glauben wollen! Aber Hans, wenn's dir an Reisegeld nach Hamburg fehlen sollte?«
Sie bekam keine Antwort; Herr Rickerts trat mit dem Bruder schon in dessen Zimmer. »Sie wissen es also, Nachbar!« sagte er; »es hat seine Richtigkeit; ich habe den Brief von Fritze Reimers selbst gelesen.«
Hans Kirch hatte sich in seinen Lehnstuhl gesetzt und starrte, mit den Händen auf den Knien, vor sich hin. »Von Fritze Reimers?« frug er dann. »Aber Fritze Reimers ist ein Windsack, ein rechter Weißfisch!«
»Das freilich, Nachbar, und er hat auch diesmal seine eigne Schande nach Haus geschrieben. Beim Schlafbaas in der Johannisstraße haben sie abends in der Schenkstube beisammengesessen, deutsche Seeleute, aber aus allen Meeren, Fritze Reimers und noch zwei andre unsrer Jungens mit dazwischen. Nun haben sie geredet über Woher und Wohin; zuletzt, wo ein jeder von ihnen denn zuerst die Wand beschrien habe. Als an den Reimers dann die Reihe gekommen ist, da hat er – Sie kennen's ja wohl, Nachbar – das dumme Lied gesungen, worin sie den großen Fisch an unserm Rathaus in einen elenden Bütt verwandelt haben; kaum aber ist das Wort herausgewesen, so hat vom andern Ende des Tisches einer gerufen: ›Das ist kein Bütt, das ist der Schwanz von einem Butzkopf, und der ist doppelt so lang als Arm und Bein bei dir zusammen!‹
Der Mann, der das gesprochen hat, ist vielleicht um zehn Jahre älter gewesen als unsere Jungens, die da mit gesessen, und hat sich John Smidt genannt.
Fritze Reimers aber hat nicht geantwortet, sondern weiter fortgesungen, wie es in dem Liede heißt: ›Und sie handeln, sagt er, da mit Macht, sagt er; hab'n zwei Böte, sagt er, und 'ne Jacht!‹«

»Der Schnösel!« rief Hans Kirch; »und sein Vater hat bis an seinen Tod auf meinem Schoner gefahren!«

»Ja, ja, Nachbar; der John Smidt hat auch auf den Tisch geschlagen. ›Pfui für den Vogel, der sein eigen Nest beschmutzt!‹«

»Recht so!« sagte Hans Kirch; »er hätte ihn nur auf seinen dünnen Schädel schlagen sollen!«

»Das tat er nicht; aber als der Reimers ihm zugerufen, was er dabei denn mitzureden habe, da –«

Hans Kirch hatte des andern Arm gefaßt. »Da?« wiederholte er.

»Ja, Nachbar« – und des Erzählers Stimme wurde leiser –, »da hat John Smidt gesagt, er heiße eigentlich Heinz Kirch, und ob er denn auch nun noch etwas von ihm kaufen wolle. – Sie wissen es ja, Nachbar, unsre Jungens geben sich da drüben manchmal andre Namen, Smidt oder Mayer, oder wie es eben kommen mag, zumal wenn's mit dem Heuerwechsel nicht so ganz in Ordnung ist. Und dann, ich bin ja erst seit sechzehn Jahren hier; aber nach Hörensagen, es muß Ihrem Heinz schon ähnlich sehen, das!«

Hans Kirch nickte. Es wurde ganz still im Zimmer, nur der Perpendikel der Wanduhr tickte; dem alten Schiffer war, als fühle er eine erkaltende Hand, die den Druck der seinigen erwarte.

Der Krämer brach zuerst das Schweigen. »Wann wollen Sie reisen, Nachbar?« frug er.

»Heute nachmittag«, sagte Hans Kirch und suchte sich so grade wie möglich aufzurichten.

– »Sie werden guttun, sich reichlich mit Gelde zu versehen; denn die Kleidung Ihres Sohnes soll just nicht im besten Stande sein.«

Hans Kirch zuckte. »Ja, ja; noch heute nachmittag.«

Dies Gespräch hatte eine Zuhörerin gehabt; die junge Frau, welche zu ihrem Vater wollte, hatte vor der halboffenen Tür des Bruders Namen gehört und war aufhorchend stehengeblieben. Jetzt flog sie, ohne einzutreten, die Treppe wieder hinauf nach ihrem Wohnzimmer, wo eben ihr Mann, am Fenster sitzend, sich zu besonderer Ergötzung eine Havanna aus dem Sonntagskistchen angezündet hatte. »Heinz!« rief sie jubelnd ihm entgegen, wie vor Zeiten ihre Mutter es gerufen hatte, »Nachricht von Heinz! Er lebt, er wird bald bei uns sein!« Und mit überstürzenden Worten erzählte sie, was sie unten im Flur erlauscht hatte. Plötzlich aber hielt sie inne und sah auf ihren Mann, der nachdenklich die Rauchwölkchen vor sich hin blies.

»Christian!« rief sie und kniete vor ihm hin; »mein einziger Bruder! Freust du dich denn nicht?«

Der junge Mann legte die Hand auf ihren Kopf. »Verzeih mir, Lina; es kam so unerwartet; dein Bruder ist für mich noch gar nicht dagewesen; es wird ja nun so vieles anders werden.« Und behutsam und verständig, wie es sich für einen wohldenkenden Mann geziemt, begann er dann ihr darzulegen, wie durch diese nicht mehr vermutete Heimkehr die Grundlagen ihrer künftigen Existenz beschränkt, ja vielleicht erschüttert würden. Daß seinerseits die Verschollenheit des Haussohnes, wenn auch ihm selbst kaum eingestanden, wenigstens den zweiten Grund zum Werben um Hans Adams Tochter abgegeben habe, das ließ er freilich nicht zu Worte kommen, so aufdringlich es auch jetzt vor seiner Seele stand.

Frau Lina hatte aufmerksam zugehört. Da aber ihr Mann jetzt schwieg, schüttelte sie nur lächelnd ihren Kopf: »Du sollst ihn nur erst kennenlernen; oh, Heinz war niemals eigennützig.«

Er sah sie herzlich an. »Gewiß, Lina; wir müssen uns darein zu finden wissen; um desto besser, wenn er wiederkehrt, wie du ihn einst gekannt hast.«

Die junge Frau schlug den Arm um ihres Mannes Nacken: »Oh, du bist gut, Christian! Gewiß, ihr werdet Freunde werden!«

Dann ging sie hinaus; in die Schlafkammer, in die beste Stube, an den Herd; aber ihre Augen blickten nicht mehr so froh, es war auf ihre Freude doch ein Reif gefallen. Nicht, daß die Bedenken ihres Mannes auch ihr Herz bedrängten; nein, aber daß so etwas überhaupt sein könne; sie wußte selber kaum, weshalb ihr alles jetzt so öde schien.

Einige Tage später war Frau Lina beschäftigt, in dem Oberbau die Kammer für den Bruder zu bereiten; aber auch heute war ihr die Brust nicht freier. Der Brief, worin der Vater seine und des Sohnes Ankunft gemeldet hatte, enthielt kein Wort von einem frohen Wiedersehen zwischen beiden; wohl aber ergab der weitere Inhalt, daß der Wiedergefundene sich anfangs unter seinem angenommenen Namen vor dem Vater zu verbergen gesucht habe und diesem wohl nur widerstrebend in die Heimat folgen werde.

Als dann an dem bezeichneten Sonntagabend das junge Ehepaar zu dem vor dem Hause haltenden Wagen hinausgetreten war, sahen sie bei dem Lichtschein, der aus dem offenen Flur fiel, einen Mann herabsteigen, dessen wetterhartes Antlitz mit dem rötlichen Vollbart und dem kurzgeschorenen braunen Haupthaar fast einen Vierziger anzudeuten schien; eine Narbe, die über Stirn und Auge lief, mochte indessen dazu beitragen, ihn älter erscheinen zu lassen, als er wirklich war. Nach ihm kletterte langsam Hans Kirch vom Wagen. »Nun, Heinz«, sagte er, nacheinander auf die Genannten hinweisend, »das ist deine Schwester Lina und das ihr Mann Christian Martens; ihr müßt euch zu vertragen suchen.«

Ebenso nacheinander streckte diesen jetzt Heinz die Hand entgegen und schüttelte die ihre kurz mit einem trockenen »Very well!« Er tat dies mit einer unbeholfenen Verlegenheit; mochte die Art seiner Heimkehr ihn bedrücken, oder fühlte er eine Zurückhaltung in der Begrüßung der Geschwister; denn freilich, sie hatten von dem Wiederkehrenden sich ein anderes Bild gemacht.

Nachdem alle in das Haus getreten waren, geleitete Frau Lina ihren Bruder die Treppe hinauf nach seiner Kammer. Es war nicht mehr dieselbe, in der er einst als Knabe geschlafen hatte, es war hier oben ja alles neu geworden; aber er schien nicht darauf zu achten. Die junge Frau legte das Reisegepäck, das sie ihm nachgetragen hatte, auf den Fußboden. »Hier ist dein Bett«, sagte sie dann, indem sie die weiße Schutzdecke abnahm und zusammenlegte; »Heinz, mein Bruder, du sollst recht sanft hier schlafen!«

Er hatte den Rock abgeworfen und war mit aufgestreiften Ärmeln an den Waschtisch getreten. Jetzt wandte er rasch den Kopf, und seine braunen blitzenden Augen ruhten in den ihren.

»Dank, Schwester«, sagte er. Dann tauchte er den Kopf in die Schale und sprudelte mit dem Wasser umher, wie es wohl Leuten eigen ist, die dergleichen im Freien zu verrichten pflegen. Die Schwester, am Türpfosten lehnend, sah dem schweigend zu; ihre Frauenaugen musterten des Bruders Kleidung, und sie erkannte wohl, daß alles neu geschafft sein mußte; dann blieben ihre Blicke auf den braunen sehnigen Armen des Mannes haften, die noch mehr Narben zeigten als das Antlitz. »Armer Heinz«, sagte sie, zu ihm hinüber nickend, »die müssen schwere Arbeit getan haben!«

Er sah sie wieder an; aber diesmal war es ein wildes Feuer, das aus seinen Augen brach. »Demonio!« rief er, die aufgestreckten Arme schüttelnd; »allerlei Arbeit, Schwester! Aber – basta y basta!« Und er tauchte wieder den Kopf in die Schale und warf das Wasser über sich, als müsse er, Gott weiß was, herunterspülen.

Beim Abendtee, den die Familie zusammen einnahm, wollte eine Unterhaltung nicht recht geraten. »Ihr seid weit umhergekommen, Schwager«, sagte nach einigen vergeblichen Anläufen der junge Ehemann; »Ihr müßt uns viel erzählen.«

»Weit genug«, erwiderte Heinz; aber zum Erzählen kam es nicht; er gab nur kurze allgemeine Antwort.

»Laß ihn, Christian!« mahnte Frau Lina; »er muß erst eine Nacht zu Haus geschlafen haben.« Dann aber, damit es am ersten Abend nicht gar zu stille werde, begann sie selbst die wenigen Erinnerungen aus des Bruders Jugendjahren auszukramen, die sie nach eigenem Erlebnis oder den Erzählungen der Mutter noch bewahrte.

Heinz hörte ruhig zu. »Und dann«, fuhr sie fort, »damals, als du dir den großen Anker mit deinem Namen auf den Arm geätzt hattest! Ich weiß noch, wie ich schrie, als du so verbrannt nach Hause kamst, und wie dann der Physikus geholt wurde. Aber« – und sie stutzte einen Augenblick – »war es denn nicht auf dem linken Unterarm?«

Heinz nickte: »Mag wohl sein; das sind so Jungensstreiche.«

»Aber Heinz – es ist ja nicht mehr da; ich meinte, so was könne nie vergehen!«

»Muß doch wohl, Schwester; sind verteufelte Krankheiten da

drüben; man muß schon oft zufrieden sein, wenn sie einem nicht gar die Haut vom Leibe ziehen.«

Hans Kirch hatte nur ein halbes Ohr nach dem, was hier gesprochen wurde. Noch mehr als sonst in sich zusammengesunken, verzehrte er schweigend sein Abendbrot; nur bisweilen warf er von unten auf einen seiner scharfen Blicke auf den Heimgekehrten, als wolle er prüfen, was mit diesem Sohn noch zu beginnen sei.

– – Aber auch für die folgenden Tage blieb dies wortkarge Zusammensein. Heinz erkundigte sich weder nach früheren Bekannten, noch sprach er von dem, was weiter denn mit ihm geschehen solle. Hans Adam frug sich, ob der Sohn das erste Wort von ihm erwarte oder ob er überhaupt nicht an das Morgen denke; »ja, ja«, murmelte er dann und nickte heftig mit seinem grauen Kopfe; »er ist's ja siebzehn Jahre so gewohnt geworden.«

Aber auch heimisch schien Heinz sich nicht zu fühlen. Hatte er kurze Zeit im Zimmer bei der Schwester seine Zigarre geraucht, so trieb es ihn wieder fort; hinab nach dem Hafen, wo er dem oder jenem Schiffer ein paar Worte zurief, oder nach dem großen Speicher, wo er teilnahmslos dem Abladen der Steinkohlen oder andern Arbeiten zusah. Ein paarmal, da er unten im Kontor gesessen, hatte Hans Kirch das eine oder andere der Geschäftsbücher vor ihm aufgeschlagen, damit er von dem gegenwärtigen Stande des Hauses Einsicht nehme; aber er hatte sie jedesmal nach kurzem Hin- und Herblättern wie etwas Fremdes wieder aus der Hand gelegt.

In einem aber schien er, zur Beruhigung des jungen Ehemannes, der Schilderung zu entsprechen, die Frau Lina an jenem Vormittage von ihrem Bruder ihm entworfen hatte: an eine Ausnutzung seiner Sohnesrechte schien der Heimgekehrte nicht zu denken.

Und noch ein zweites war dem Frauenauge nicht entgangen. Wie der Bruder einst mit ihr, der soviel jüngeren Schwester sich herumgeschleppt, ihr erzählt und mit ihr gespielt hatte, mit ihr und – wie sie von der Mutter wußte – früher auch mit einer anderen, der er bis jetzt mit keinem Worte nachgefragt und von der zu reden sie vermieden hatte, in gleicher Weise ließ er jetzt, wenn er am Nachmittage draußen auf dem Beischlag saß, den kleinen Sohn des Krämers auf seinem Schoß umherklettern und sich Bart und Haar von ihm zerzausen; dann konnte er auch lachen, wie Frau Lina meinte, es einst im Garten oder auf jenen Sonntagswanderungen mit der Mutter von ihrem Bruder Heinz gehört zu haben. Schon am zweiten Tage, da sie eben in Hut und Tuch aus der Haustür zu ihm treten wollte, hatte sie ihn so getroffen. Der kleine Bube stand auf seinen Knien und hielt ihn bei der Nase. »Du willst mir was vorlügen, du großer Schiffer!« sagte er und schüttelte derb an ihm herum.

»Nein, nein, Karl, by Jove, es gibt doch Meerfrauen; ich habe sie ja selbst gesehen.«

Der Knabe ließ ihn los. »Wirklich? Kann man die denn heiraten?«

»Oho, Junge! Freilich kann man das! Da drüben in Texas, könntst allerlei da zu sehen bekommen, kannte ich einen, der hatte eine Meerfrau; aber sie mußte immer in einer großen Wassertonne schwimmen, die in seinem Garten stand.«

Die Augen des kleinen Burschen leuchteten; er hatte nur einmal einen jungen Seehund so gesehen, und dafür hatte er einen Schilling zahlen müssen. »Du«, sagte er heimlich und nickte seinem bärtigen Freunde zu; »ich will auch eine Wasserfrau heiraten, wenn ich groß geworden bin!«

Heinz sah nachdenklich den Knaben an. »Tu das nicht, Karl; die Wasserfrauen sind falsch; bleib lieber in deines Vaters Stor und spiel mit deines Nachbars Katze.«

Die Hand der Schwester legte sich auf seine Schulter: »Du wolltest mit mir zu unserer Mutter Grabe!«

Und Heinz setzte den Knaben zur Erde und ging mit Frau Lina nach dem Kirchhof. Ja, er hatte sich später auch von ihr bereden lassen, den alten Pastor, der jetzt mit einer Magd im großen Pfarrhaus wirtschaftete, und sogar auch Tante Jule zu besuchen, um die der Knabe Heinz sich wenig einst gekümmert hatte.

So war der Sonntagvormittag herangekommen, und die jungen Eheleute rüsteten sich zum gewohnten Kirchgang; auch Heinz hatte sich bereit erklärt. Hans Kirch war am Abend vorher be-

sonders schweigsam gewesen, und die Augen der Tochter, die ihn kannte, waren mehrmals angstvoll über des Vaters Antlitz hingestreift. Jetzt kam es ihr wie eine Beruhigung, als sie ihn vorhin den großen Flurschrank hatte öffnen und wieder schließen hören, aus dem er selber seinen Sonntagsrock hervorzuholen pflegte.
Als aber bald danach die drei Kirchgänger in das untere Zimmer traten, stand Hans Kirch, die Hände auf dem Rücken, in seiner täglichen Kleidung an dem Fenster und blickte auf die leere Gasse; Hut und Sonntagsrock lagen wie unordentlich hingeworfen auf einem Stuhl am Pulte.
»Vater, es ist wohl an der Zeit!« erinnerte Frau Lina schüchtern.
Hans Adam hatte sich umgewandt. »Geht nur!« sagte er trocken, und die Tochter sah, wie seine Lippen zitterten, als sie sich über den starken Zähnen schlossen.
»Wie, du willst nicht mit uns, Vater?«
– »Heute nicht, Lina!«
»Heute nicht, wo Heinz nun wieder bei uns ist?«
»Nein, Lina«, er sprach die Worte leise, aber es war, als müsse es gleich danach hervorbrechen; »ich mag heut nicht allein in unsern Schifferstuhl.«
»Aber, Vater, du tust das ja immer«, sprach Frau Lina zagend; »Christian sitzt ja auch stets unten bei mir.«
– »Ei was, dein Mann, dein Mann!« – und ein zorniger Blick schoß unter den buschigen Brauen zu seinem Sohn hinüber, und seine Stimme wurde immer lauter – »dein Mann gehört dahin; aber die alten Matrosen, die mit fünfunddreißig Jahren noch fremde Kapitäne ihres Vaters Schiffe fahren lassen, die längst ganz anderswo noch sitzen sollten, die mag ich nicht unter mir im Kirchstuhl sehen!«
Er schwieg und wandte sich wieder nach dem Fenster, und niemand hatte ihm geantwortet; dann aber legte Heinz das Gesangbuch, das seine Schwester ihm gegeben hatte, auf das Pult. »Wenn's nur das ist, Vater«, sagte er, »der alte Matrose kann zu Hause bleiben; er hat so manchen Sonntag nur den Wind in den Tauen pfeifen hören.«
Aber die Schwester ergriff des Bruders, dann des Vaters Hände. »Heinz! Vater! Laßt das ruhen jetzt! Hört zusammen Gottes

Wort; ihr werdet mit guten Gedanken wiederkommen, und dann redet miteinander, was nun weiter werden soll!« Und wirklich, mochte es nun den heftigen Mann beruhigt haben, daß er, zum mindesten vorläufig, sich mit einem Worte Luft geschafft – was sie selber nicht erwartet hatte, sie brachte es dahin, daß beide in die Kirche gingen.

Aber Hans Kirch, während unten, wie ihm nicht entging, sich aller Blicke auf den Heimgekehrten richteten, saß oben unter den andern alten Kapitänen und Reedern und starrte, wie einst, nach der Marmorbüste des alten Kommandeurs; das war auch ein Stadtsjunge gewesen, ein Schulmeisterssohn, wie Heinz ein Schulmeistersenkel; wie anders war der heimgekommen!

– – Eine Unterredung zwischen Vater und Sohn fand weder nach dem Kirchgang noch am Nachmittage statt. Am Abend zog Frau Lina den Bruder in ihre Schlafkammer: »Nun, Heinz, hast du mit Vater schon gesprochen?«

Er schüttelte den Kopf: »Was soll ich mit ihm sprechen, Schwester?«

– »Du weißt es wohl, Heinz; er will dich droben in der Kirche bei sich haben. Sag ihm, daß du dein Steuermannsexamen machen willst; warum hast du es nicht längst gesagt?«

Ein verächtliches Lächeln verzerrte sein Gesicht. »Ist das eine Gewaltssache mit dem alten Schifferstuhl!« rief er. »Todos diabolos, ich alter Kerl noch auf der Schulbank! Denk wohl, ich habe manche alte Bark auch ohne das gesteuert!«

Sie sah ihn furchtsam an; der Bruder, an den sie sich zu gewöhnen anfing, kam ihr auf einmal fremd, ja unheimlich vor. »Gesteuert?« wiederholte sie leise; »wohin hast du gesteuert, Heinz? Du bist nicht weit gekommen.«

Er blickte eine Weile seitwärts auf den Boden; dann reichte er ihr die Hand. »Mag sein, Schwester«, sagte er ruhig; »aber – ich kann noch nicht wie ihr; muß mich immer erst besinnen, wo ich hinzutreten habe; kennt das nicht, ihr alle nicht, Schwester! Ein halbes Menschenleben – ja rechne, noch mehr als ein halbes Menschenleben kein ehrlich Hausdach überm Kopf; nur wilde See oder wildes Volk oder beides miteinander! Ihr kennt das nicht, sag ich, das Geschrei und das Gefluche, mein eignes mit

darunter; ja, ja, Schwester, mein eignes auch, es lärmt mir noch immer in die Ohren; laßt's erst stiller werden, sonst – es geht sonst nicht!«
Die Schwester hing an seinem Halse. »Gewiß, Heinz, gewiß, wir wollen Geduld haben; o wie gut, daß du nun bei uns bist!«

Plötzlich, Gott weiß woher, tauchte ein Gerücht auf und wanderte emsig von Tür zu Tür: der Heimgekehrte sei gar nicht Heinz Kirch, es sei der Hasselfritz, ein Knabe aus dem Armenhause, der gleichzeitig mit Heinz zur See gegangen war und gleich diesem seitdem nichts von sich hatte hören lassen. Und jetzt, nachdem es eine kurze Weile darum herumgeschlichen, war es auch in das Kirchsche Haus gedrungen. Frau Lina griff sich mit beiden Händen an die Schläfen; sie hatte durch die Mutter wohl von jenem anderen gehört; wie Heinz hatte er braune Augen und braunes Haar gehabt und war wie dieser ein kluger wilder Bursch gewesen; sogar eine Ähnlichkeit hatte man derzeit zwischen ihnen finden wollen. Wenn alle Freude nun um nichts sein sollte, wenn es nun nicht der Bruder wäre! Eine helle Röte schlug ihr ins Gesicht: sie hatte ja an dieses Menschen Hals gehangen, sie hatte ihn geküßt – Frau Lina vermied es plötzlich, ihn zu berühren; verstohlen aber und desto öfter hafteten ihre Augen auf den rauhen Zügen ihres Gastes, während zugleich ihr innerer Blick sich mühte, unter den Schatten der Vergangenheit das Knabenantlitz ihres Bruders zu erkennen. Als dann auch der junge Ehemann zur Vorsicht mahnte, wußte Frau Lina sich auf einmal zu entsinnen, wie gleichgültig ihr der Bruder neulich an ihrer Mutter Grab erschienen sei; als ob er sich langweile, habe er mit beiden Armen sich über die Eisenstangen der Umfassung gelehnt und dabei seitwärts nach den andern Gräbern hingestarrt; fast als ob, wie bei dem Vaterunser nach der Predigt, nur das Ende abgewartet werden müsse.
Beiden Eheleuten erschien jetzt auch das ganze Gebaren des Bruders noch um vieles ungeschlachter als vordem; dies Sichumherwerfen auf den Stühlen, diese Nichtachtung vor Frau Linas sauberen Dielen. Heinz Kirch, das sagten alle, und den Eindruck bewahrte auch Frau Linas eigenes Gedächtnis, war ja ein feiner

junger Mensch gewesen. Als beide dann dem Vater ihre Bedenken mitteilten, war es auch dem nichts Neues mehr; aber er hatte geschwiegen und schwieg auch jetzt; nur die Lippen drückte er fester aufeinander. Freilich, als er bald darauf seinen alten Pastor mit der Pfeife am Zaune seines Vorgartens stehen sah, konnte er doch nicht lassen, wie zufällig heranzutreten und so von weitem an ihm herumzuforschen.

»Ja, ja«, meinte der alte Herr, »es war recht schicklich von dem Heinz, daß er seinen Besuch mir gleich am zweiten Tage gönnte.«

»Schuldigkeit, Herr Pastor«, versetzte Kirch; »mag Ihnen aber auch wohl ergangen sein wie mir; es kostet Künste, in diesem Burschen mit dem roten Bart den alten Heinz herauszufinden.«

Der Pastor nickte; sein Gesicht zeigte plötzlich den Ausdruck oratorischer Begeisterung. »Ja, mit dem Barte!« wiederholte er nachdrücklich und fuhr mit der Hand, wie auf der Kanzel, vor sich hin. »Sie sagen es, Herr Nachbar; und wahrlich, seit dieser unzierliche Zierat Mode worden, kann man die Knaben in den Jünglingen nicht wiedererkennen, bevor man sie nicht selber sich bei Namen rufen hörte; das habe ich an meinen Pensionären selbst erfahren! Da war der blonde Dithmarscher, dem Ihr Heinz – er wollte jetzo zwar darauf vergessen haben – einmal den blutigen Denkzettel unter die Nase schrieb; der glich wahrlich einem weißen Hammel, da er von hier fortging; und als er nach Jahren in meine friedliche Kammer so unerwartet eintrat – ein Löwe! Ich versichere Sie, Herr Nachbar, ein richtiger Löwe! Wenn nicht die alten Schafsaugen zum Glück noch standgehalten hätten, ich alter Mann hätte ja den Tod sonst davon haben können!« Der Pastor sog ein paarmal an seiner Pfeife und drückte sich das Sammetkäppchen fester auf den weißen Kopf.

»Nun freilich«, meinte Hans Kirch; denn er fühlte wohl, daß er ein Lieblingsthema wachgerufen habe, und suchte noch einmal wieder anzuknüpfen; »solche Signale wie Ihr Dithmarscher hat mein Heinz nicht aufzuweisen.«

Aber der alte Herr ging wieder seinen eigenen Weg. »Bewahre!« sagte er verächtlich und machte mit der Hand eine Bewegung, als ob er die Schafsaugen weit von sich in die Büsche werfe. »Ein

Mann, ein ganzer Mann!« Dann hob er den Zeigefinger und beschrieb schelmisch lächelnd eine Linie über Stirn und Auge: »Auch eine Dekorierung hat er sich erworben; im Gefecht, Herr Nachbar, ich sage im Gefechte; gleich einem alten Studiosus! Zu meiner Zeit – Seeleute und Studenten, das waren die freien Männer, wir standen allzeit beieinander!«

Hans Kirch schüttelte den Kopf. »Sie irren, Ehrwürden; mein Heinz war nur auf Kauffahrteischiffen; im Sturm, ein Holzsplitter, eine stürzende Stenge tun wohl dasselbe schon.«

»Crede experto! Traue dem Sachkundigen!« rief der alte Herr und hob geheimnisvoll das linke Ohrläppchen, hinter welchem die schwachen Spuren einer Narbe sichtbar wurden. »Im Gefecht, Herr Nachbar; oh, wir haben auch pro patria geschlagen.«

Ein Lächeln flog über das Gesicht des alten Seemanns, das für einen Augenblick das starke Gebiß bloßlegte. »Ja, ja, Herr Pastor; freilich, er war kein Hasenfuß, mein Heinz!«

Aber der frohe Stolz, womit diese Worte hervorbrachen, verschwand schon wieder; das Bild seines kühnen Knaben verblich vor dem des Mannes, der jetzt unter seinem Dache hauste.

Hans Kirch nahm kurzen Abschied; er gab es auf, es noch weiter mit der Geschwätzigkeit des Greisenalters aufzunehmen.

– – Am Abend war Ball in der Harmonie. Heinz wollte zu Hause bleiben, er passe nicht dahin; und die jungen Eheleute, die ihm auch nur wie beiläufig davon gesprochen hatten, waren damit einverstanden; denn Heinz, sie mochten darin nicht unrecht haben, war in dieser Gesellschaft für jetzt nicht wohl zu präsentieren. Frau Lina wollte ebenfalls zu Hause bleiben; doch sie mußte dem Drängen ihres Mannes nachgeben, der einen neuen Putz für sie erhandelt hatte. Auch Hans Kirch ging zu seiner Partie Sechsundsechzig; eine innere Unruhe trieb ihn aus dem Hause.

So blieb denn Heinz allein zurück. Als alle fort waren, stand er, die Hände in den Taschen, am Fenster seiner dunklen Schlafkammer, das nach Nordosten auf die See hinausging. Es war unruhiges Wetter, die Wolken jagten vor dem Mond; doch konnte er jenseits des Warders, in dem tieferen Wasser, die weißen

Köpfe der Wellen schäumen sehen. Er starrte lange darauf hin; allmählich, als seine Augen sich gewöhnt hatten, bemerkte er auch drüben auf der Insel einen hellen Dunst; von dem Leuchtturm konnte das nicht kommen; aber das große Dorf lag dort, wo, wie er hatte reden hören, heute Jahrmarkt war. Er öffnete das Fenster und lehnte sich hinaus; fast meinte er, durch das Rauschen des Wassers die ferne Tanzmusik zu hören; und als packe es ihn plötzlich, schlug er das Fenster eilig zu und sprang, seine Mütze vom Türhaken reißend, in den Flur hinab. Als er ebenso rasch der Haustür zuging, frug die Magd ihn, ob sie mit dem Abschließen auf ihn warten solle; aber er schüttelte nur den Kopf, während er das Haus verließ.

Kurze Zeit danach, beim Rüsten der Schlafgemächer für die Nacht, betrat die Magd auch die von ihrem Gaste vorhin verlassene Kammer. Sie hatte ihr Lämpchen auf dem Vorplatze gelassen und nur die Wasserflasche rasch hineinsetzen wollen; als aber draußen eben jetzt der Mond sein volles Licht durch den weiten Himmelsraum ergoß, trat sie gleichfalls an das Fenster und blickte auf die wie mit Silberschaum gekrönten Wellen; bald aber waren es nicht mehr diese; ihre jungen weitreichenden Augen hatten ein Boot erkannt, das von einem einzelnen Manne durch den sprühenden Gischt der Insel zugetrieben wurde.

Wenn Hans Kirch oder die jungen Eheleute in die Harmonie gegangen waren, um dort nähere Aufschlüsse über jenes unheimliche Gerücht zu erhalten, so mußten sie sich getäuscht finden; niemand ließ auch nur ein andeutendes Wort darüber fallen; es war wieder wie kurz zuvor, als ob es niemals einen Heinz Kirch gegeben hätte.

Erst am andern Morgen erfuhren sie, daß dieser am Abend bald nach ihnen fortgegangen und bis zur Stunde noch nicht wieder da sei; die Magd teilte auf Befragen ihre Vermutungen mit, die nicht weit vom Ziele treffen mochten. Als dann endlich kurz vor Mittag der Verschwundene mit stark gerötetem Antlitz heimkehrte, wandte Hans Kirch, den er im Flur traf, ihm den Rükken und ging rasch in seine Stube. Frau Lina, der er auf der Treppe begegnete, sah ihn vorwurfsvoll und fragend an; sie

stand einen Augenblick, als ob sie sprechen wolle; aber – wer war dieser Mann? – Sie hatte sich besonnen und ging ihm stumm vorüber.
Nach der schweigend eingenommenen Mittagsmahlzeit hatte Heinz sich oben in der Wohnstube des jungen Paares in die Sofaecke gesetzt. Frau Lina ging ab und zu; er hatte den Kopf gestützt und war eingeschlafen. Als er nach geraumer Zeit erwachte, war die Schwester fort; statt dessen sah er den grauen Kopf des Vaters über sich gebeugt; der Erwachende glaubte es noch zu fühlen, wie die scharfen Augen in seinem Antlitz forschten.
Eine Weile hafteten beider Blicke ineinander; dann richtete der Jüngere sich auf und sagte: »Laßt nur, Vater; ich weiß es schon, Ihr möchtet gern, daß ich der Hasselfritze aus der Armenkate wäre; möcht Euch schon den Gefallen tun, wenn ich mich selbst noch mal zu schaffen hätte.«
Hans Kirch war zurückgetreten. »Wer hat dir das erzählt?« sagte er, »du kannst nicht behaupten, daß ich dergleichen von dir gesagt hätte.«
»Aber Euer Gesicht sagt mir's; und unsre junge Frau, sie zuckt vor meiner Hand, als sollt sie eine Kröte fassen. Wußte erst nicht, was da unterwegs sei; aber heut nacht, da drüben, da schrien es beim Tanz die Eulen in die Fenster.«
Hans Kirch erwiderte nichts; der andre aber war aufgestanden und sah auf die Gasse, wo in Stößen der Regen vom Herbstwinde vorbeigetrieben wurde. »Eins aber«, begann er wieder, indem er sich finster zu dem Alten wandte, »mögt Ihr mir noch sagen! Warum damals, da ich noch jung war, habt Ihr das mit dem Brief mir angetan? Warum? Denn ich hätte Euch sonst mein altes Gesicht wohl wieder heimgebracht.«
Hans Kirch fuhr zusammen. An diesen Vorgang hatte seit dem Tode seines Weibes keine Hand gerührt; er selbst hatte ihn tief in sich begraben. Er fuhr mit den Fingern in die Westentasche und biß ein Endchen von der schwarzen Tabaksrolle, die er daraus hervorgeholt hatte. »Einen Brief?« sagte er dann; »mein Sohn Heinz war nicht für das Briefschreiben.«
»Mag sein, Vater; aber einmal – einmal hatte er doch geschrieben; in Rio hatte er den Brief zur Post gegeben, und später, nach

langer Zeit – der Teufel hatte wohl sein Spiel dabei – in San Jago, in dem Fiebernest, als die Briefschaften für die Mannschaft ausgeteilt wurden, da hieß es: ›Hier ist auch was für dich.‹ Und als der Sohn, vor Freude zitternd, seine Hand ausstreckte und mit den Augen nur die Aufschrift des Briefes erst verschlingen wollte, da war's auch wirklich einer, der von Hause kam, und auch eine Handschrift von zu Hause stand darauf; aber – es war doch nur sein eigener Brief, der nach sechs Monaten uneröffnet an ihn zurückkam.«

Es sah fast aus, als seien die Augen des Alten feucht geworden; als er aber den trotzigen Blick des Jungen sich gegenüber sah, verschwand das wieder. »Viel Rühmliches mag auch nicht darin gestanden haben!« sagte er grollend.

Da fuhr ein hartes Lachen aus des Jüngeren Munde und gleich darauf ein fremdländischer Fluch, den der Vater nicht verstand. »Da mögt Ihr recht haben, Hans Adam Kirch; ganz regulär war's just nicht hergegangen; der junge Bursche wär auch damals gern vor seinem Vater hingefallen; lagen aber tausend Meilen zwischen ihnen; und überdem – das Fieber hatte ihn geschüttelt, und er war erst eben von seinem elenden Lazarettbett aufgestanden! Und später dann – was meint Ihr wohl, Hans Kirch? Wen Vaters Hand verstoßen, der fragt bei der nächsten Heuer nicht, was unterm Deck geladen ist, ob Kaffeesäcke oder schwarze Vögel, die eigentlich aber schwarze Menschen sind; wenn's nur Dublonen gibt; und fragt auch nicht, wo die der Teufel holt und wo dann wieder neue zu bekommen sind!«

Die Stimme, womit diese Worte gesprochen wurden, klang so wüst und fremd, daß Hans Kirch sich unwillkürlich frug: ›Ist das dein Heinz, den der Kantor beim Amensingen immer in die erste Reihe stellte, oder ist es doch der Junge aus der Armenkate, der nur auf deinen Beutel spekuliert?‹ Er wandte wieder seine Augen prüfend auf des andern Antlitz; die Narbe über Stirn und Auge flammte brandrot. »Wo hast du dir denn das geholt?« sagte er, an seines Pastors Rede denkend. »Bist du mit Piraten im Gefecht gewesen?«

Ein desperates Lachen fuhr aus des Jüngeren Munde. »Piraten?« rief er. »Glaubt nur, Hans Kirch, es sind auch dabei brave Kerle!

Aber laßt das; das Gespinst ist gar zu lang, mit wem ich all zusammen war!«

Der Alte sah ihn mit erschrockenen Augen an. »Was sagst du?« frug er so leise, als ob es niemand hören dürfe.

Aber bevor eine Antwort darauf erfolgen konnte, wurden schwerfällige Schritte draußen auf der Treppe laut; die Tür öffnete sich, und von Frau Lina geführt, trat Tante Jule in das Zimmer. Während sie, pustend und mit beiden Händen sich auf ihren Krückstock lehnend, stehenblieb, war Heinz an ihr vorüber schweigend aus der Tür gegangen.

»Ist er fort?« sagte sie, mit ihrem Stocke hinter ihm her weisend.

»Wer soll fort sein?« frug Hans Kirch und sah die Schwester nicht eben allzu freundlich an.

»Wer? Nun, den du seit vierzehn Tagen hier in Kost genommen.«

– »Was willst du wieder, Jule? Du pflegst mir sonst nicht so ins Haus zu fallen.«

»Ja, ja, Hans«, und sie winkte der jungen Frau, ihr einen Stuhl zu bringen, und setzte sich darauf; »du hast's auch nicht um mich verdient; aber ich bin nicht so, Hans; ich will dir Abbitte tun; ich will bekennen, der Fritze Reimers mag doch wohl gelogen haben, oder wenn nicht er, so doch der andre!«

»Was soll die Rederei?« sagte Hans Kirch, und es klang, als ob er müde wäre.

– »Was es soll? Du sollst dich nicht betrügen lassen! Du meinst, du hast nun deinen Vogel wieder eingefangen; aber sieh nur zu, ob's auch der rechte ist!«

»Kommst du auch mit dem Geschwätz? Warum sollt's denn nicht der rechte sein?« Er sprach das unwirsch, aber doch, als ob es zu hören ihn verlange.

Frau Jule hatte sich in Positur gesetzt. »Warum, Hans? Als er am Mittwochnachmittage mit der Lina bei mir saß – wir waren schon bei der dritten Tasse Kaffee, und noch nicht einmal hatte er ›Tante‹ zu mir gesagt! – ›Warum‹, frug ich, ›nennst du mich denn gar nicht Tante?‹ – ›Ja, Tante‹, sagt er, ›du hast ja noch allein gesprochen!‹ Und, siehst du, Hans, das war beim ersten

Mal denn schon gelogen; denn das soll mir keiner nachsagen; ich lasse jedermann zu Worte kommen! Und als ich ihn dann nahe zu mir zog und mit der Hand und mit meinen elenden Augen auf seinem Gesicht herumfühlte – nun, Hans, die Nase kann doch nicht von Ost nach West gewachsen sein!«

Der Bruder saß mit gesenktem Kopf ihr gegenüber; er hatte nie darauf geachtet, wie seinem Heinz die Nase im Gesicht gestanden hatte. »Aber«, sagte er – denn das Gespräch von vorhin flog ihm durch den Kopf; doch schienen ihm die Worte schwer zu werden – »sein Brief von damals; wir redeten darüber; er hat ihn in San Jago selbst zurückerhalten!«

Die dicke Frau lachte, daß der Stock ihr aus den Händen fiel. »Die Briefgeschichte, Hans! Ja, die ist seit den vierzehn Tagen reichlich wieder aufgewärmt; davon konnte er für einen Dreiling bei jedem Bettelkinde einen Suppenlöffel voll bekommen! Und er mußte dir doch auch erzählen, weshalb der echte Heinz denn all die Jahre draußen blieb. Laß dich nicht nasführen, Hans! Warum denn hat er nicht mit dir wollen, als du ihn von Hamburg holtest? War's denn so schlimm, wieder einmal an die volle Krippe und ins warme Nest zu kommen? – Ich will's dir sagen; das ist's: er hat sich so geschwind nicht zu dem Schelmenwagstück resolvieren können!«

Hans Adam hatte seinen grauen Kopf erhoben, aber er sprach nicht dazwischen; fast begierig horchte er auf alles, was die Schwester vorbrachte.

»Und dann«, fuhr diese fort, »die Lina hat davon erzählt.« – – Aber plötzlich stand sie auf und fühlte sich mit ihrer Krücke, die Lina ihr dienstfertig aufgehoben hatte, nach dem Fenster hin; von draußen hörte man zwei Männerstimmen in lebhafter Unterhaltung. »O Lina«, sagte Tante Jule, »ich hör's, der eine ist der Justizrat, lauf doch und bitte ihn, ein paar Augenblicke hier heraufzukommen!«

Der Justizrat war der alte Physikus; bei dem früheren Mangel passender Alterstitel hierzulande waren alle älteren Physici Justizräte.

Hans Kirch wußte nicht, was seine Schwester mit diesem vorhatte; aber er wartete geduldig, und bald auch trat der alte Herr

mit der jungen Frau ins Zimmer. »Ei, ei«, rief er, »Tante Jule und Herr Kirch beisammen? Wo ist denn nun der Patient?«
»Der da«, sagte Tante Jule und wies auf ihren Bruder; »er hat den Star auf beiden Augen!«
Der Justizrat lachte. »Sie scherzen, liebe Madame; ich wollte, ich hätte selbst nur noch die scharfen Augen unseres Freundes.«
»Mach fort, Jule«, sagte Hans Kirch; »was gehst du lange um den Brei herum!«
Die dicke Frau ließ sich indes nicht stören. »Es ist nur so sinnbildlich, mein Herr Justizrat«, erklärte sie mit Nachdruck. »Aber besinnen Sie sich einmal darauf, wie Sie vor so ein zwanzig Jahren hier auch ins Haus geholt wurden; die Lina, die große Frau jetzt schrie damals ein Zetermordio durchs Haus; denn ihr Bruder Heinz hatte sich nach Jungensart einen schönen Anker auf den Unterarm geätzt und sich dabei weidlich zugerichtet.«
Hans Kirch fuhr mit seinem Kopf herum; denn die ihm derzeit unbeachtet vorübergegangene Unterhaltung bei der ersten Abendmahlzeit kam ihm plötzlich, und jetzt laut und deutlich, wieder.
Aber der alte Doktor wiegte das Haupt: »Ich besinne mich nicht; ich hatte in meinem Leben so viele Jungen unter Händen.«
»Nun so, mein Herr Justizrat«, sagte Tante Jule; »aber Sie kennen doch dergleichen Jungensstreiche hier bei uns; es fragt sich nur, und das möchten wir von Ihnen wissen, ob denn in zwanzig Jahren solch ein Anker ohne Spur verschwinden könne.«
»In zwanzig Jahren?« erwiderte jetzt der Justizrat ohne Zögern; »ei, das kann gar leicht geschehen!«
Aber Hans Kirch mischte sich ins Gespräch: »Sie denken, wie sie's jetzt machen, Doktor, so mit blauer Tusche; nein, der Junge war damals nach der alten gründlichen Manier ans Werk gegangen; tüchtige Nadelstiche, und dann mit Pulver eingebrannt.«
Der alte Arzt rieb sich die Stirn. »Ja, ja; ich entsinne mich auch jetzt. Hm! – Nein, das dürfte wohl unmöglich sein; das geht bis auf die cutis; der alte Hinrich Jakobs läuft noch heut mit seinem Anker.«
Tante Jule nickte beifällig; Frau Lina stand, die Hand an der Stuhllehne, blaß und zitternd neben ihr.

»Aber«, sagte Hans Kirch, und auch bei ihm schlich sich die Stimme nur wie mit Zagen aus der Kehle, »sollte es nicht Krankheiten geben? Da drüben, in den heißen Ländern?«
Der Arzt bedachte sich eine Weile und schüttelte dann sehr bestimmt den Kopf. »Nein, nein; das ist nicht anzunehmen; es müßten denn die Blattern ihm den Arm zerrissen haben.«
Eine Pause entstand, während Frau Jule ihre gestrickten Handschuhe anzog. »Nun, Hans«, sagte sie dann; »ich muß nach Haus; aber du hast nun die Wahl: den Anker oder die Blatternarben! Was hat dein neuer Heinz denn aufzuweisen? Die Lina hat nichts von beiden sehen können; nun sieh du selber zu, wenn deine Augen noch gesund sind!«
– – Bald danach ging Hans Kirch die Straße hinauf nach seinem Speicher; er hatte die Hände über dem Rücken gefaltet, der Kopf hing ihm noch tiefer als gewöhnlich auf die Brust. Auch Frau Lina hatte das Haus verlassen und war dem Vater nachgegangen; als sie in den unteren dämmerhellen Raum des Speichers trat, sah sie ihn in der Mitte desselben stehen, als müsse er sich erst besinnen, weshalb er denn hieher gegangen sei. Bei dem Geräusche des Kornumschaufelns, das von den oberen Böden herabscholl, mochte er den Eintritt der Tochter überhört haben; denn er stieß sie fast zurück, als er sie jetzt so plötzlich vor sich sah: »Du Lina! Was hast du hier zu suchen?«
Die junge Frau zitterte und wischte sich das Gesicht mit ihrem Tuche. »Nichts, Vater«, sagte sie; »aber Christian ist unten am Hafen, und da litt es mich nicht so allein zu Hause mit ihm – mit dem fremden Menschen! Ich fürchte mich; oh, es ist schrecklich, Vater!«
Hans Kirch hatte während dieser Worte wieder seinen Kopf gesenkt; jetzt hob er wie aus einem Abgrunde seine Augen zu denen seiner Tochter und blickte sie lange und unbeweglich an. »Ja, ja, Lina«, sagte er dann hastig; »Gott Dank, daß es ein Fremder ist!«
Hierauf wandte er sich rasch, und die Tochter hörte, wie er die Treppen zu dem obersten Bodenraum hinaufstieg.

Ein trüber Abend war auf diesen Tag gefolgt; kein Stern war sichtbar; feuchte Dünste lagerten auf der See. Im Hafen war es ungewöhnlich voll von Schiffen, meist Jachten und Schoner; aber auch ein paar Vollschiffe waren dabei und außerdem der Dampfer, welcher wöchentlich hier anzulegen pflegte. Alles lag schon in tiefer Ruhe, und auch auf dem Hafenplatz am Bollwerk entlang schlenderte nur ein einzelner Mann: wie es den Anschein hatte, müßig und ohne eine bestimmte Absicht. Jetzt blieb er vor dem einen der beiden Barkschiffe stehen, auf dessen Deck ein Junge sich noch am Gangspill zu schaffen machte; er rief einen »Guten Abend« hinüber und fragte, wie halb gedankenlos, nach Namen und Ladung des Schiffes. Als ersterer genannt wurde, tauchte ein Kopf aus der Kajüte, schien eine Weile den am Ufer Stehenden zu mustern, spie dann weit hinaus ins Wasser und tauchte wieder unter Deck. Schiff und Schiffer waren nicht von hier; der am Ufer schlenderte weiter; vom Warder drüben kam dann und wann ein Vogelschrei; von der Insel her drang nur ein schwacher Schein von den Leuchtfeuern durch den Nebel. Als er an die Stelle kam, wo die Häuserreihe näher an das Wasser tritt, schlug von daher ein Gewirr von Stimmen an sein Ohr und veranlaßte ihn stillzustehen. Von einem der Häuser fiel ein roter Schein in die Nacht hinaus; er erkannte es wohl, wenngleich sein Fuß die Schwelle dort noch nicht überschritten hatte; das Licht kam aus der Laterne der Hafenschenke. Das Haus war nicht wohlbeleumdet; nur fremde Matrosen und etwa die Söhne von Setzschiffern verkehrten dort; er hatte das alles schon gehört. – Und jetzt erhob das Lärmen sich von neuem, nur daß auch eine Frauenstimme nun dazwischenkreischte. – Ein finsteres Lachen fuhr über das Antlitz des Mannes; beim Schein der roten Laterne und den wilden Lauten hinter den verhangenen Fenstern mochte allerlei in seiner Erinnerung aufwachen, was nicht guttut, wenn es wiederkommt. Dennoch schritt er darauf zu, und als er eben von der Stadt her die Bürgerglocke läuten hörte, trat er in die niedrige, aber geräumige Schenkstube.

An einem langen Tische saß eine Anzahl alter und junger Seeleute; ein Teil derselben, zu denen sich der Wirt gesellt zu haben schien, spielte mit beschmutzten Karten; ein Frauenzimmer, über die Jugendblüte hinaus, mit blassem, verwachtem Antlitz, dem ein Zug des Leidens um den noch immer hübschen Mund nicht fehlte, trat mit einer Anzahl dampfender Gläser herein und verteilte sie schweigend an die Gäste. Als sie an den Platz eines Mannes kam, dessen kleine Augen begehrlich aus dem grobknochigen Angesicht hervorspielten, schob sie das Glas mit augenscheinlicher Hast vor ihn hin; aber der Mensch lachte und suchte sie an ihren Röcken festzuhalten: »Nun, Ma'am, habt Ihr Euch noch immer nicht besonnen? Ich bin ein höflicher Mann, versichere Euch! Aber ich kenne die Weibergeographie: Schwarz oder Weiß, ist alles eine Sorte!«

»Laßt mich«, sagte das Weib; »bezahlt Euer Glas und laßt mich gehen!«

Aber der andre war nicht ihrer Meinung; er ergriff sie und zog sie jäh zu sich heran, daß das vor ihm stehende Glas umstürzte und der Inhalt sie beide überströmte. »Sieh nur, schöne Missis!« rief er, ohne darauf zu achten, und winkte mit seinem rothaarigen Kopfe nach einem ihm gegenübersitzenden Burschen, dessen flachsblondes Haar auf ein bleiches, vom Trunke gedunsenes Antlitz herabfiel; »sieh nur, der Jochum mit seinem greisen Kalbsgesicht hat nichts dagegen einzuwenden! Trink aus, Jochum, ich zahl dir ein neues!«

Der Mensch, zu dem er gesprochen hatte, goß mit blödem Schmunzeln sein Glas auf einen Zug hinunter und schob es dann zu neuem Füllen vor sich hin.

Einen Augenblick ruhten die Hände des Weibes, mit denen sie sich aus der gewaltsamen Umarmung zu lösen versucht hatte; ihre Blicke fielen auf den bleichen Trunkenbold, und es war, als wenn Abscheu und Verachtung sie eine Weile alles andere vergessen ließen.

Aber ihr Peiniger zog sie nur fester an sich: »Siehst du, schöne Frau! Ich dächte doch, der Tausch wäre nicht so übel! Aber, der ist's am Ende gar nicht! Nimm dich in acht, daß ich nicht aus der Schule schwatze!« Und da sie wiederum sich sträubte, nickte er einem hübschen, braunlockigen Jungen zu, der am unteren Ende des Tisches saß. »He, du Gründling«, rief er, »meinst du, ich weiß nicht, wer gestern zwei Stunden nach uns aus der Roten Laterne unter Deck gekrochen ist?«

Die hellen Flammen schlugen dem armen Weibe ins Gesicht; sie wehrte sich nicht mehr; sie sah nur hülfesuchend um sich. Aber es rührte sich keine Hand; der junge hübsche Bursche schmunzelte nur und sah vor sich in sein Glas.

Aus einer unbesetzten Ecke des Zimmers hatte bisher der zuletzt erschienene Gast dem allen mit gleichgültigen Augen zugesehen; und wenn er jetzt die Faust erhob und dröhnend vor sich auf die Tischplatte schlug, so schien auch dieses nur mehr wie aus früherer Gewohnheit, bei solchem Anlaß nicht den bloßen Zuschauer abzugeben. »Auch mir ein Glas!« rief er, und es klang fast, als ob er Händel suche.

Drüben war alles von den Sitzen aufgesprungen. »Wer ist das? Der will wohl unser Bowiemesser schmecken? Werft ihn hinaus! Goddam, was will der Kerl?«

»Nur auch ein Glas!« sagte der andre ruhig. »Laßt euch nicht stören! Haben, denk ich, hier wohl alle Platz!«

Die drüben waren endlich doch auch dieser Meinung und blieben an ihrem Tische; aber das Frauenzimmer hatte dabei Gelegenheit gefunden, sich zu befreien, und trat jetzt an den Tisch des neuen Gastes. »Was soll es sein?« frug sie höflich; aber als er ihr Bescheid gab, schien sie es kaum zu hören; er sah verwundert, wie ihre Augen starr und doch wie abwesend auf ihn gerichtet waren und wie sie noch immer vor ihm stehenblieb.

»Kennen Sie mich?« sagte er und warf mit rascher Bewegung seinen Kopf zurück, so daß der Schein der Deckenlampe auf sein Antlitz fiel.

Das Weib tat einen tiefen Atemzug, und die Gläser, die sie in der Hand hielt, schlugen hörbar aneinander. »Verzeihen Sie«, sagte sie ängstlich; »Sie sollen gleich bedient werden.«

Er blickte ihr nach, wie sie durch eine Seitentür hinausging; der Ton der wenigen Worte, welche sie zu ihm gesprochen, war ein so anderer gewesen, als den er vorhin von ihr gehört hatte; langsam hob er den Arm und stützte seinen Kopf darauf; es war, als ob er mit allen Sinnen in eine weite Ferne denke. Es hätte ihm endlich auffallen müssen, daß seine Bestellung noch immer nicht ausgeführt sei; aber er dachte nicht daran. Plötzlich, während am andern Tisch die Karten mit den Würfeln wechselten, erhob er sich. Wäre die Aufmerksamkeit der übrigen Gäste auf ihn statt auf das neue Spiel gerichtet gewesen, er wäre sicher ihrem Hohne nicht entgangen; denn der hohe kräftige Mann zitterte sichtbar, als er jetzt mit auf den Tisch gestemmten Händen dastand.

Aber es war nur für einige Augenblicke; dann verließ er das Zimmer durch dieselbe Tür, durch welche vorhin die Aufwärterin hinausgegangen war. Ein dunkler Gang führte ihn in eine große Küche, welche durch eine an der Wand hängende Lampe nur kaum erhellt wurde. Hastig war er eingetreten; seine raschen Augen durchflogen den vor ihm liegenden wüsten Raum; und dort stand sie, die er suchte; wie unmächtig, die leeren Gläser noch in den zusammengefalteten Händen, lehnte sie gegen die Herdmauer. Einen Augenblick noch, dann trat er zu ihr; »Wieb!« rief er; »Wiebchen, kleines Wiebchen!«

Es war eine rauhe Männerstimme, die diese Worte rief und jetzt verstummte, als habe sie allen Odem an sie hingegeben.

Und doch, über das verblühte Antlitz des Weibes flog es wie ein Rosenschimmer, und während zugleich die Gläser klirrend auf den Boden fielen, entstieg ein Aufschrei ihrer Brust; wer hätte sagen mögen, ob es Leid, ob Freude war. »Heinz!« rief sie, »Heinz, du bist es; oh, sie sagten, du seist es nicht.«

Ein finstres Lächeln zuckte um den Mund des Mannes: »Ja, Wieb; ich wußt's wohl schon vorher; ich hätte nicht mehr kommen sollen. Auch dich – das alles war ja längst vorbei –, ich wollte dich nicht wiedersehen, nichts von dir hören, Wieb; ich biß die Zähne aufeinander, wenn dein Name nur darüber wollte. Aber – gestern abend – es war wieder einmal Jahrmarkt drüben – wie als Junge hab ich mir ein Boot gestohlen; ich mußte, es ging nicht anders; vor jeder Bude, auf allen Tanzböden hab ich dich gesucht; ich war ein Narr, ich dachte, die alte Möddersch lebe noch; o süße kleine Wieb, ich dacht wohl nur an dich; ich wußte selbst nicht, was ich dachte!« Seine Stimme bebte, seine Arme streckten sich weit geöffnet ihr entgegen.

Aber sie warf sich nicht hinein; nur ihre Augen blickten traurig auf ihn hin. »O Heinz!« rief sie; »du bist es! Aber ich, ich bin's nicht mehr! – Du bist zu spät gekommen, Heinz!«

Da riß er sie an sich und ließ sie wieder los und streckte beide

Arme hoch empor: »Ja, Wieb, das sind auch nicht mehr die unschuldigen Hände, womit ich damals dir die roten Äpfel stahl; by Jove, das schleißt, so siebzehn Jahre unter diesem Volk!«
Sie war neben dem Herde auf die Knie gesunken. »Heinz«, murmelte sie, »o Heinz, die alte Zeit!«
Wie verlegen stand er neben ihr; dann aber bückte er sich und ergriff die eine ihrer Hände, und sie duldete es still.
»Wieb«, sagte er leise, »wir wollen sehen, daß wir uns wiederfinden, du und ich!«
Sie sagte nichts; aber er fühlte eine Bewegung ihrer Hand, als ob sie schmerzlich in der seinen zucke.
Von der Schenkstube her erscholl ein wüstes Durcheinander; Gläser klirrten, mitunter dröhnte ein Faustschlag. »Kleine Wieb«, flüsterte er wieder, »wollen wir weit von all den bösen Menschen fort?«
Sie hatte den Kopf auf den steinernen Herd sinken lassen und stöhnte schmerzlich. Da wurden schlurfende Schritte in dem Gang hörbar, und als Heinz sich wandte, stand ein Betrunkener in der Tür; es war derselbe Mensch mit dem schlaffen gemeinen Antlitz, den er vorhin unter den andern Schiffern schon bemerkt hatte. Er hielt sich an dem Türpfosten, und seine Augen schienen, ohne zu sehen, in dem dämmerigen Raum umherzustarren. »Wo bleibt der Grog?« stammelte er. »Sechs Gläser. Der rote Jakob flucht nach seinem Grog!«
Der Trunkene hatte sich wieder entfernt; sie hörten die Tür der Schenkstube hinter ihm zufallen.
»Wer war das?« frug Heinz.
Wieb erhob sich mühsam. »Mein Mann«, sagte sie; »er fährt als Matrose auf England; ich diene bei meinem Stiefvater hier als Schenkmagd.«
Heinz sagte nichts darauf; aber seine Hand fuhr nach der behaarten Brust, und es war, als ob er gewaltsam etwas von seinem Nacken reiße. »Siehst du«, sagte er tonlos und hielt einen kleinen Ring empor, von dem die Enden einer zerrissenen Schnur herabhingen, »da ist auch noch das Kinderspiel! Wär's Gold gewesen, er wär so lang wohl nicht bei mir geblieben. Aber auch sonst – ich weiß nicht, war's um dich? Es war wohl nur ein Aberglaube, weil's doch noch das letzte Stück von Hause war.«

Wieb stand ihm gegenüber, und er sah, wie ihre Lippen sich bewegten.
»Was sagst du?« frug er.
Aber sie antwortete nicht; es war nur, als flehten ihre Augen um Erbarmen. Dann wandte sie sich und machte sich daran, wie es ihr befohlen war, den heißen Trank zu mischen. Nur einmal stockte sie in ihrer Arbeit, als ein feiner Metallklang auf dem steinernen Fußboden ihr Ohr getroffen hatte. Aber sie wußte es, sie brauchte nicht erst umzusehen; was sollte er denn jetzt noch mit dem Ringe!
Heinz hatte sich auf einen hölzernen Stuhl gesetzt und sah schweigend zu ihr hinüber; sie hatte das Feuer geschürt, und die Flammen lohten und warfen über beide einen roten Schein. Als sie fortgegangen war, saß er noch da; endlich sprang er auf und trat in den Gang, der nach der Schenkstube führte. »Ein Glas Grog; aber ein festes!« rief er, als Wieb ihm von dort her aus der Tür entgegenkam; dann setzte er sich wieder allein an seinen Tisch. Bald darauf kam Wieb und stellte das Glas vor ihm hin, und noch einmal sah er zu ihr auf; »Wieb, kleines Wiebchen!« murmelte er, als sie fortgegangen war; dann trank er, und als das Glas leer war, rief er nach einem neuen, und als sie es schweigend brachte, ließ er es, ohne aufzusehen, vor sich hinstellen.
Am andern Tische lärmten sie und kümmerten sich nicht mehr um den einsamen Gast; eine Stunde der Nacht schlug nach der andern, ein Glas nach dem andern trank er; nur wie durch einen Nebel sah er mitunter das arme schöne Antlitz des ihm verlorenen Weibes, bis er endlich dennoch nach den andern fortging und dann spät am Vormittag mit wüstem Kopf in seinem Bett erwachte.

In der Kirchschen Familie war es schon kein Geheimnis mehr, in welchem Hause Heinz diesmal seine Nacht verbracht hatte. Das Mittagsmahl war, wie am gestrigen Tage, schweigend eingenommen; jetzt am Nachmittage saß Hans Adam Kirch in seinem Kontor und rechnete. Zwar lag unter den Schiffen im Hafen auch das seine, und die Kohlen, die es von England gebracht hatte, wurden heut gelöscht, wobei Hans Adam niemals sonst zu fehlen pflegte; aber diesmal hatte er seinen Tochtermann geschickt; er hatte Wichtigeres zu tun: er rechnete, er summierte und subtrahierte, er wollte wissen, was ihm dieser Sohn, den er sich so unbedacht zurückgeholt hatte, oder – wenn es nicht sein Sohn war – dieser Mensch noch kosten dürfe. Mit rascher Hand tauchte er seine Feder ein und schrieb seine Zahlen nieder; Sohn oder nicht, das stand ihm fest, es mußte jetzt ein Ende haben. Aber freilich – und seine Feder stockte einen Augenblick –, um weniges würde er ja schwerlich gehen; und – wenn es dennoch Heinz wäre, den Sohn durfte er mit wenigem nicht gehen heißen. Er hatte sogar daran gedacht, ihm ein für allemal das Pflichtteil seines Erbes auszuzahlen; aber die gerichtliche Quittung, wie war die zu beschaffen? Denn sicher mußte es doch gemacht werden, damit er nicht noch einmal wiederkomme. Er warf die Feder hin, und der Laut, der an den Zähnen ihm verstummte, klang beinahe wie ein Lachen: es war ja aber nicht sein Heinz! Der Justizrat, der verstand es doch; und der alte Hinrich Jakobs trug seinen Anker noch mit seinen achtzig Jahren!

Hans Kirch streckte die Hand nach einer neben ihm liegenden Ledertasche aus; langsam öffnete er sie und nahm eine Anzahl Kassenscheine von geringem Werte aus derselben. Nachdem er sie vor sich ausgebreitet und dann einen Teil und nach einigem Zögern noch einen Teil davon in die Ledertasche zurückgelegt hatte, steckte er die übrigen in ein bereitgehaltenes Kuvert; er hatte genau die mäßige Summe abgewogen.

Er war nun fertig; aber noch immer saß er da, mit herabhängendem Unterkiefer, die müßigen Hände an den Tisch geklammert. Plötzlich fuhr er auf, seine grauen Augen öffneten sich weit: »Hans! Hans!« hatte es gerufen; hier im leeren Zimmer, wo, wie er jetzt bemerkte, schon die Dämmerung in allen Winkeln lag. Aber er besann sich; nur seine eigenen Gedanken waren über ihn gekommen; es war nicht jetzt, es war schon viele Jahre her, daß ihn diese Stimme so gerufen hatte. Und dennoch, als ob er widerwillig einem außer sich Gehorsam leiste, öffneten seine Hände noch einmal die Ledertasche und nahmen zögernd eine Anzahl großer Kassenscheine aus derselben. Aber mit jedem einzelnen, den Hans Adam jetzt der vorher bemessenen kleinen Summe zugesellte, stieg sein Groll gegen den, der dafür Heimat und Vaterhaus an ihn verkaufen sollte; denn was zum Ausbau lang gehegter Lebenspläne hatte dienen sollen, das mußte er jetzt hinwerfen, nur um die letzten Trümmer davon wegzuräumen.

– – Als Heinz etwa eine Stunde später, von einem Gange durch die Stadt zurückkehrend, die Treppe nach dem Oberhaus hinaufging, trat gleichzeitig Hans Adam unten aus seiner Zimmertür und folgte ihm so hastig, daß beide fast miteinander in des Sohnes Kammer traten. Die Magd, welche oben auf dem Vorplatz arbeitete, ließ bald beide Hände ruhen; sie wußte es ja wohl, daß zwischen Sohn und Vater nicht alles in der Ordnung war, und drinnen hinter der geschlossenen Tür schien es jetzt zu einem heftigen Gespräch zu kommen. – Aber nein, sie hatte sich getäuscht, es war nur immer die alte Stimme, die sie hörte; und immer lauter und drohender klang es, obgleich von der andern Seite keine Antwort darauf erfolgte; aber vergebens strengte sie sich an, von dem Inhalte etwas zu verstehen; sie hörte drinnen den offenen Fensterflügel im Winde klappern, und ihr war, als würden die noch immer heftiger hervorbrechenden Worte dort in die dunkle Nacht hinausgeredet. Dann endlich wurde es still; aber zugleich sprang die Magd, von der aufgestoßenen Kammertür getroffen, mit einem Schrei zur Seite und sah ihren gefürchteten Herrn mit wirrem Haar und wild blickenden Augen die Treppe hinausstolpern und hörte, wie die Kontortür aufgerissen und wieder zugeschlagen wurde.

Bald danach trat auch Heinz aus seiner Kammer; als er unten im Flur der Schwester begegnete, ergriff er fast gewaltsam ihre beiden Hände und drückte sie so heftig, daß sie verwundert zu ihm aufblickte; als sie aber zu ihm sprechen wollte, war er schon draußen auf der Gasse. Er kam auch nicht zur Abendmahlzeit; aber als die Bürgerglocke läutete, stieg er die Treppe wieder hinauf und ging in seine Kammer.

– – Am andern Morgen in der Frühe stand Heinz vollständig angekleidet droben vor dem offenen Fenster; die scharfe Luft strich über ihn hin, aber es schien ihm wohlzutun; fast mit Andacht schaute er auf alles, was, wie noch im letzten Hauch der Natur, dort unten vor ihm ausgebreitet lag. Wie bleicher Stahl glänzte die breitere Wasserstraße zwischen dem Warder und der Insel drüben, während auf dem schmaleren Streifen zwischen jenem und dem Festlandsufer schon der bläulichrote Frühschein spielte. Heinz betrachtete das alles; doch nicht lange stand er so; bald trat er an einen Tisch, auf welchem das Kuvert mit den so widerwillig abgezählten Kassenscheinen noch an derselben Stelle lag, wo es Hans Kirch am Abende vorher gelassen hatte.

Ein bitteres Lächeln umflog seinen Mund, während er den Inhalt hervorzog und dann, nachdem er einige der geringeren Scheine an sich genommen hatte, das übrige wieder an seine Stelle brachte. Mit einem Bleistift, den er auf dem Tische fand, notierte er die kleine Summe, welche er herausgenommen hatte, unter der größeren, die auf dem Kuvert verzeichnet stand; dann, als er ihn schon fortgelegt hatte, nahm er noch einmal den Stift und schrieb darunter: »Thanks for the alms and farewell for ever.« Er wußte selbst nicht, warum er das nicht auf deutsch geschrieben hatte.

Leise, um das schlafende Haus nicht zu erwecken, nahm er sein Reisegepäck vom Boden; noch leiser schloß er unten im Flur die Tür zur Straße auf, als er jetzt das Haus verließ.

In einer Nebengasse hielt ein junger Bursche mit einem einspännigen Gefährte; das bestieg er und fuhr damit zur Stadt hinaus. Als sie auf die Höhe des Hügelzuges gelangt waren, von wo aus man diese zum letzten Male erblicken kann, wandte er sich um und schwenkte dreimal seine Mütze. Dann ging's im Trabe in das weite Land hinaus.

Aber einer im Kirchschen Hause war dennoch mit ihm wach gewesen. Hans Kirch hatte schon vor dem Morgengrauen aufrecht in seinem Bett gesessen; mit jedem Schlage der Turmuhr hatte er schärfer hingehorcht, ob nicht ein erstes Regen in dem Oberhause hörbar werde. Nach langem Harren war ihm gewesen, als würde dort ein Fensterflügel aufgestoßen; aber es war wieder still geworden, und die Minuten dehnten sich und wollten nicht vorüber. Sie gingen dennoch; und endlich vernahm er das leise

Knarren einer Tür, es kam die Treppe in den Flur hinab, und jetzt – er hörte es deutlich, wie sich der Schlüssel in dem Schloß der Haustür drehte. Er wollte aufspringen; aber nein, er wollte es ja nicht; mit aufgestemmten Armen blieb er sitzen, während nun draußen auf der Straße kräftige Mannestritte laut wurden und nach und nach in unhörbare Ferne sich verloren.

Als das übrige Haus allmählich in Bewegung kam, stand er auf und setzte sich zu seinem Frühstück, das ihm, wie jeden Morgen, im Kontor bereitgestellt war. Dann griff er nach seinem Hute – einen Stock hatte er als alter Schiffer bis jetzt noch nicht gebraucht – und ging, ohne seine Hausgenossen gesehen zu haben, an den Hafen hinab, wo er seinen Schwiegersohn bereits mit der Leitung des Löschens beschäftigt fand. Diesem von den letzten Vorgängen etwas mitzuteilen, schien er nicht für nötig zu befinden; aber er sandte ihn nach dem Kohlenschuppen und gab ihm Aufträge in die Stadt, während er selber hier am Platze blieb. Wortkarg und zornig erteilte er seine Befehle; es hielt schwer, ihm heute etwas recht zu machen, und wer ihn ansprach, erhielt meist keine Antwort; aber es geschah auch bald nicht mehr, man kannte ihn ja schon.

Kurz vor Mittag war er wieder in seinem Zimmer. Wie aus unwillkürlichem Antrieb hatte er hinter sich die Tür verschlossen; aber er saß kaum in seinem Lehnstuhl, als von draußen Frau Linas Stimme dringend Einlaß begehrte. Unwirsch stand er auf und öffnete. »Was willst du?« frug er, als die Tochter zu ihm eingetreten war.

»Schelte mich nicht, Vater«, sagte sie bittend; »aber Heinz ist fort, auch sein Gepäck; oh, er kommt niemals wieder!«

Er wandte den Kopf zur Seite: »Ich weiß das, Lina; darum hättst du dir die Augen nicht dick zu weinen brauchen.«

»Du weißt es, Vater?« wiederholte sie und sah ihn versteinert an.

Hans Kirch fuhr zornig auf: »Was stehst du noch? Die Komödie ist vorbei; wir haben gestern miteinander abgerechnet.«

Aber Frau Lina schüttelte nur ernst den Kopf. »Das fand ich oben auf seiner Kammer«, sagte sie und reichte ihm das Kuvert mit den kurzen Abschiedsworten und dem nur kaum verkürzten Inhalt. »O Vater, er war es doch! Er ist es doch gewesen!«

Hans Kirch nahm es; er las auch, was dort geschrieben stand; er wollte ruhig bleiben, aber seine Hände zitterten, daß aus der offenen Hülle die Scheine auf den Fußboden hinabfielen.
Als er sie eben mit Linas Hülfe wieder zusammengerafft hatte, wurde an die Tür gepocht, und ohne die Aufforderung dazu abzuwarten, war eine blasse Frau hereingetreten, deren erregte Augen ängstlich von dem Vater zu der Tochter flohen.
»Wieb!« rief Frau Lina und trat einen Schritt zurück.
Wieb rang nach Atem. »Verzeihung!« murmelte sie. »Ich mußte; Ihr Heinz ist fort; Sie wissen es vielleicht nicht; aber der Fuhrmann sagte es, er wird nicht wiederkommen, niemals!«
»Was geht das dich an!« fiel ihr Hans Kirch ins Wort.
Ein Laut des Schmerzes stieg aus ihrer Brust, daß Linas Augen unwillkürlich voll Mitleid auf diesem einst so holden Antlitz ruhten. Aber Wieb hatte dadurch wieder Mut gewonnen. »Hören Sie mich!« rief sie. »Aus Barmherzigkeit mit Ihrem eigenen Kinde! Sie meinen, er sei es nicht gewesen; aber ich weiß es, daß es niemand anders war! Das«, und sie zog die Schnur mit dem kleinen Ringe aus ihrer Tasche, »es ist ja einerlei nun, ob ich's sage – das gab ich ihm, da wir noch halbe Kinder waren; denn ich wollte, daß er mich nicht vergesse! Er hat's auch wieder heimgebracht und hat es gestern vor meinen Augen in den Staub geworfen.«
Ein Lachen, das wie Hohn klang, unterbrach sie. Hans Kirch sah sie mit starren Augen an: »Nun, Wieb, wenn's denn dein Heinz gewesen ist, es ist nicht viel geworden aus euch beiden.«
Aber sie achtete nicht darauf, sie hatte sich vor ihm hingeworfen. »Hans Kirch!« rief sie und faßte beide Hände des alten Mannes und schüttelte sie. »Ihr Heinz, hören Sie es nicht? Er geht ins Elend, er kommt niemals wieder! Vielleicht – o Gott, sei barmherzig mit uns allen! Es ist noch Zeit vielleicht!«
Auch Lina hatte sich jetzt neben ihr geworfen; sie scheute es nicht mehr, sich mit dem armen Weibe zu vereinigen. »Vater«, sagte sie und streichelte die eingesunkenen Wangen des harten Mannes, der jetzt dies alles über sich ergehen ließ, »du sollst diesmal nicht allein reisen, ich reise mit dir; er muß ja jetzt in Hamburg sein; oh, ich will nicht ruhen, bis ich ihn gefunden ha-

be, bis wir ihn wieder hier in unsern Armen halten! Dann wollen wir es besser machen, wir wollen Geduld mit ihm haben; oh, wir hatten sie nicht, mein Vater! Und sag nur nicht, daß du nicht mit uns leidest, dein bleiches Angesicht kann doch nicht lügen! Sprich nur ein Wort, Vater, befiehl mir, daß ich den Wagen herbestelle, ich will gleich selber laufen, wir haben ja keine Zeit mehr zu verlieren!« Und sie warf den Kopf an ihres Vaters Brust und brach in lautes Schluchzen aus.

Wieb war aufgestanden und hatte sich bescheiden an die Tür gestellt; ihre Augen sahen angstvoll auf die beiden hin.

Aber Hans Kirch saß wie ein totes Bild; sein jahrelang angesammelter Groll ließ ihn nicht los; denn erst jetzt, nach diesem Wiedersehen mit dem Heimgekehrten, war in der grauen Zukunft keine Hoffnung mehr für ihn. »Geht!« sagte er endlich, und seine Stimme klang so hart wie früher; »mag er geheißen haben, wie er will, der diesmal unter meinem Dach geschlafen hat; mein Heinz hat schon vor siebzehn Jahren mich verlassen.«

Für fremde Augen mochte es immerhin den Anschein haben, als ob Hans Kirch auch jetzt noch in gewohnter Weise seinen mancherlei Geschäften nachgehe; in Wirklichkeit aber hatte er das Steuer mehr und mehr in die Hand des jüngeren Teilhabers der Firma übergehen lassen; auch aus dem städtischen Kollegium war er, zur stillen Befriedigung einiger ruheliebender Mitglieder, seit kurzer Zeit geschieden; es drängte ihn nicht mehr, in den Gang der kleinen Welt, welche sich um ihn her bewegte, einzugreifen.

Seit wieder die ersten scharfen Frühlingslüfte wehten, konnte man ihn oft auf der Bank vor seinem Hause sitzen sehen, trotz seiner jetzt fast weißen Haare als alter Schiffer ohne jede Kopfbedeckung. – Eines Morgens kam ein noch weißerer Mann die Straße hier herab und setzte sich, nachdem er näher getreten war, ohne weiteres an seine Seite. Es war ein früherer Ökonom des Armenhauses, mit dem er als Stadtverordneter einst manches zu verhandeln gehabt hatte; der Mann war später in gleicher Stellung an einen andern Ort gekommen, jetzt aber zurückgekehrt, um hier in seiner Vaterstadt seinen Alterspfennig zu ver-

zehren. Es schien ihn nicht zu stören, daß das Antlitz seines früheren Vorgesetzten ihn keineswegs willkommen hieß; er wollte ja nur plaudern, und er tat es um so reichlicher, je weniger er unterbrochen wurde; und eben jetzt geriet er an einen Stoff, der unerschöpflicher als jeder andere schien. Hans Kirch hatte Unglück mit den Leuten, die noch weißer als er selber waren; wo sie von Heinz sprechen sollten, da sprachen sie von sich selber, und wo sie von allem andern sprechen konnten, da sprachen sie von Heinz. Er wurde unruhig und suchte mit schroffen Worten abzuwehren; aber der geschwätzige Greis schien nichts davon zu merken. »Ja, ja; ei du mein lieber Herrgott!« fuhr er fort, behaglich in seinem Redestrome weiterschwimmend; »der Hasselfritze und der Heinz, wenn ich an die beiden Jungen denke, wie sie sich einmal die großen Anker in die Arme brannten! Ihr Heinz, ich hörte wohl, der mußte vor dem Doktor liegen; den Hasselfritze aber hab ich selber mit dem Hasselstock kuriert.«
Er lachte ganz vergnüglich über sein munteres Wortspiel; Hans Kirch aber war plötzlich aufgestanden und sah mit offenem Munde gar grimmig auf ihn herab. »Wenn Er wieder schwatzen will, Fritz Peters«, sagte er, »so suche Er sich eine andere Bank; da drüben bei dem jungen Doktor steht just eine hagelneue!«
Er war ins Haus gegangen und wanderte in seinem Zimmer hin und wider; immer tiefer sank sein Kopf zur Brust hinab, dann aber erhob er ihn allmählich wieder. Was hatte er denn eigentlich vorhin erfahren? Daß der Hasselfritze ebenfalls das Ankerzeichen hätte haben müssen? Was war's denn weiter? – Welchen Gast er von einem Sonntag bis zum andern oder ein paar Tage noch länger bei sich beherbergt hatte, darüber brauchte ihn kein anderer aufzuklären.
Und auch dieser Tag ging vorüber, und die dann kamen, nahmen ihren gleichmäßigen Verlauf. – Im Oberhaus wurde ein Kind geboren; der Großvater frug, ob es ein Junge sei; es war ein Mädchen, und er sprach dann nicht mehr darüber. Aber was hätte es ihm auch geholfen, wenn es ein künftiger Christian oder günstigen Falles ein Hans Martens gewesen wäre! Nur die Unruhe, die jetzt oft nächtens über seinem Kopfe in dem Schlafzimmer des jungen Paares herrschte, störte ihn.

Eines Abends, da es schon Herbst geworden – es jährte sich grade mit der Abreise seines Sohnes –, war Hans Kirch wie gewöhnlich mit dem Schlage zehn in seine nach der Hofseite belegene Schlafkammer getreten. Es war die Zeit der Äquinoktialstürme, und hierhinaus hörte man die ganze Gewalt des Wetters; bald heulte es in den obersten Luftschichten, bald fuhr es herab und tobte gegen die kleinen Fensterscheiben. Hans Kirch hatte seine silberne Taschenuhr hervorgezogen, um sie, wie jeden Abend, aufzuziehen; aber er stand noch immer mit dem Schlüssel in der Hand, hinaushorchend in die wilde Nacht.

Das Balken- und Sparrenwerk des neuen Daches krachte, als ob es aus den Fugen solle; aber er hörte es nicht; seine Gedanken fuhren draußen mit dem Sturm. »Südsüdwest!« murmelte er vor sich hin, während er den Uhrschlüssel in die Tasche steckte und die Uhr unaufgezogen über seinem Bette an den Haken hing. – Wer jetzt auf See war, hatte keine Zeit zum Schlafen, wie er es bei manchem Sturm hier schon getan hatte; die Stürme kamen ja allemal im Äquinoktium, er hatte sie so manches Mal gehört.

Aber es mußte heute noch etwas anderes dabeisein; Stunden waren schon vergangen, und noch immer lag er wach in seinen Kissen. Ihm war, als könne er Hunderte von Meilen weit hinaushorchen nach einem klippenvollen Küstenwasser des Mittelländischen Meeres, das er in seiner Jugend als Matrose einst befahren hatte; und als endlich ihm die Augen zugefallen waren, riß er gleich darauf mit Gewalt sich wieder empor; denn ganz deutlich hatte er ein Schiff gesehen, ein Vollschiff mit gebrochenen Masten, das von turmhohen Wellen auf und ab geschleudert wurde. Er suchte sich völlig zu ermuntern, aber wieder drückte es ihm die Augen zu, und wiederum erkannte er das Schiff; deutlich sah er zwischen Bugspriet und Vordersteven die Galion, eine weiße mächtige Fortuna, bald in der schäumenden Flut versinken, bald wieder stolz emportauchen, als ob sie Schiff und Mannschaft über Wasser halten wolle. Dann plötzlich hörte er einen Krach; er fuhr jäh empor und fand sich aufrecht in seinem Bette sitzend.

Alles um ihn her war still, er hörte nichts; er wollte sich besinnen, ob es nicht eben vorher noch laut gestürmt habe; da überfiel es ihn, als sei er nicht allein in seiner Kammer; er stützte beide Hände auf die Bettkanten und riß weit die Augen auf. Und – da war es, dort in der Ecke stand sein Heinz; das Gesicht sah er nicht, denn der Kopf war gesenkt, und die Haare, die von Wasser trieften, hingen über die Stirn herab; aber er erkannte ihn dennoch – woran, das wußte er nicht und frug er sich auch nicht. Auch von den Kleidern und von den herabhängenden Armen troff das Wasser; es floß immer mehr herab und bildete einen breiten Strom nach seinem Bette zu.

Hans Kirch wollte rufen, aber er saß wie gelähmt mit seinen aufgestemmten Armen; endlich brach ein lauter Schrei aus seiner Brust, und gleich darauf auch hörte er es über sich in der Schlafkammer der jungen Leute poltern, und auch den Sturm hörte er wieder, wie er grimmig an den Pfosten seines Hauses rüttelte.

Als bald danach sein Schwiegersohn mit Licht hereintrat, fand dieser ihn in seinen Kissen zusammengesunken. »Wir hörten Euch schreien«, frug er, »was ist Euch, Vater?«

Der Alte sah starr nach jener Ecke. »Er ist tot«, sagte er, »weit von hier.«

– »Wer ist tot, Vater? Wen meint Ihr? Meint Ihr Euren Heinz?«

Der Alte nickte. »Das Wasser«, sagte er; »geh da fort, du stehst ja mitten in dem Wasser!«

Der Jüngere fuhr mit dem Lichte gegen den Fußboden: »Hier ist kein Wasser, Vater, Ihr habt nur schwer geträumt.«

»Du bist kein Seemann, Christian; was weißt du davon!« sagte der Alte heftig. »Aber ich weiß es, so kommen unsere Toten.«

»Soll ich Euch Lina schicken, Vater?« frug Christian Martens wieder.

»Nein, nein, sie soll bei ihrem Kinde bleiben; geh nur, laß mich allein!«

Der Schwiegersohn war mit dem Lichte fortgegangen, und Hans Kirch saß im Dunkeln wieder aufrecht in seinem Bette; er streckte zitternd die Arme nach jener Ecke, wo eben noch sein Heinz gestanden hatte; er wollte ihn noch einmal sehen, aber er sah vergebens in undurchdringliche Finsternis.

– – Es ging schon in den Vormittag, als Frau Lina, da sie unten in die Stube trat, das Frühstück ihres Vaters unberührt fand; als sie dann in die Schlafkammer ging, lag er noch in seinem Bette; er konnte nicht aufstehen, denn ein Schlaganfall hatte ihn getroffen, freilich nur an der einen Seite und ohne ihn am Sprechen zu behindern. Er verlangte nach seinem alten Arzte, und die Tochter lief selbst nach dem Hause des Justizrats und stand bald wieder zugleich mit diesem an des Vaters Lager.

Es war nicht gar so schlimm, es würde wohl so vorübergehen, lautete dessen Ausspruch. Aber Hans Kirch hörte kaum darauf; mehr als bei seiner Krankheit waren seine Gedanken bei den Vorgängen der verflossenen Nacht; Heinz hatte sich gemeldet, Heinz war tot, und der Tote hatte alle Rechte, die er noch eben dem Lebenden nicht mehr hatte zugestehen wollen.

Als Frau Lina es ihm ausreden wollte, berief er sich eifrig auf den Justizrat, der ja seit Jahr und Tag in manches Seemannshaus gekommen sei.

Der Justizrat suchte zu beschwichtigen. »Freilich«, fügte er hinzu, »wir Ärzte kennen Zustände, wo die Träume selbst am hellen Werktag das Gehirn verlassen und dem Menschen leibhaftig in die Augen schauen.«

Hans Kirch warf verdrießlich seinen Kopf herum: »Das ist mir zu gelehrt, Doktor; wie war's denn damals mit dem Sohn des alten Rickerts?«

Der Arzt faßte den Puls des Kranken. »Es trifft, es trifft auch nicht«, sagte er bedächtig; »das war der ältere Sohn; der jüngere, der sich auch gemeldet haben sollte, fährt noch heute seines Vaters Schiff.«

Hans Kirch schwieg; er wußte es doch besser als alle andern, was weit von hier in dieser Nacht geschehen war.

Wie der Arzt es vorhergesagt hatte, so geschah es. Nach einigen Wochen konnte der Kranke das Bett und allmählich auch das Zimmer, ja sogar das Haus verlassen; nur bedurfte er dann, gleich seiner Schwester, eines Krückstockes, den es bisher verschmäht hatte. Von seinem früheren Jähzorn schien meist nur eine weinerliche Ungeduld zurückgeblieben; wenn es ihn aber einmal wie vordem überkam, dann brach er hinterher erschöpft zusammen.

Als es Sommer wurde, verlangte er aus der Stadt hinaus, und

Frau Lina begleitete ihn mehrmals auf dem hohen Uferwege um die Bucht, von wo er nicht nur die Inseln, sondern ostwärts auch auf das freie Wasser sehen konnte. Da das Ufer an mehreren Stellen tief und steil gegen den Strand hinabfällt, so wagte man ihn hier nicht allein zu lassen und gab ihm zu andern Malen, wenn die Tochter keine Zeit hatte, einen der Arbeiter oder sonst eine andere sichere Person zur Seite.

– – Auf den Sommer war der Herbst gefolgt, und es war um die Zeit, da Heinzens kurze Einkehr in das Elternhaus zum zweiten Mal sich jährte. Hans Kirch saß auf einem sandigen Vorsprunge des steilen Ufers und ließ die Nachmittagssonne seinen weißen Kopf bescheinen, während er die Hände vor sich auf seinen Stock gefaltet hielt und seine Augen über die glatte See hinausstarrten. Neben ihm stand ein Weib, anscheinend in gleicher Teilnahmlosigkeit, welche den Hut des alten Mannes in der herabhängenden Hand hielt. Sie mochte kaum über dreißig Jahre zählen; aber nur ein schärferes Auge hätte in diesem Antlitz die Spuren einer früh zerstörten Anmut finden können. Sie schien nichts davon zu hören, was der alte Schiffer, ohne sich zu rühren, vor sich hin sprach; es war auch nur ein Flüstern, als ob er es den leeren Lüften anvertraue; allmählich aber wurde es lauter. »Heinz, Heinz!« rief er. »Wo ist Heinz Kirch geblieben?« Dann wieder bewegte er langsam seinen Kopf: »Es ist auch einerlei, denn es kennt ihn keiner mehr.«

Da seufzte das Weib an seiner Seite, daß er sich wandte und zu ihr aufsah. Als sie das blasse Gesicht zu ihm niederbeugte, suchte er ihre Hand zu fassen: »Nein, nein, Wieb, du – du kanntest ihn; dafür« – und er nickte vertraulich zu ihr auf – »bleibst du auch bei mir, solang ich lebe, und auch nachher – ich habe in meinem Testament das festgemacht; es ist nur gut, daß dein Taugenichts von Mann sich totgetrunken.«

Als sie nicht antwortete, wandte er seinen Kopf wieder ab, und seine Augen folgten einer Möwe, die vom Strande über das Wasser hinausflog. »Und dort«, begann er wieder, und seine Stimme klang jetzt ganz munter, während er mit seinem Krückstock nach dem Warder zeigte, »da hat er damals dich herumgefahren? Und dann schalten sie vom Schiff herüber?« – Und als sie schwei-

gend zu ihm herabnickte, lachte er leise vor sich hin. Aber bald verfiel er wieder in sein Selbstgespräch, während seine Augen vor ihm in die große Leere starrten. »Nur in der Ewigkeit, Heinz! Nur in der Ewigkeit!« rief er, in plötzliches Weinen ausbrechend, und streckte zitternd beide Arme nach dem Himmel.
Aber seine laut gesprochenen Worte erhielten diesmal eine Antwort. »Was haben wir Menschen mit der Ewigkeit zu schaffen?« sprach eine heisere Stimme neben ihm. Es war ein herabgekommener Tischler, den sie in der Stadt den »Sozialdemokraten« nannten; er glaubte ein Loch in seinem Christenglauben entdeckt zu haben und pflegte nun nach Art geringer Menschen gegen andere damit zu trotzen.
Mit einer raschen Bewegung, die weit über die Kraft des gebrochenen Mannes hinauszugehen schien, hatte Hans Kirch sich zu dem Sprechenden gewandt, der mit verschränkten Armen stehenblieb. »Du kennst mich wohl nicht, Jürgen Hans?« rief er, während der ganze arme Leib ihm zitterte. »Ich bin Hans Kirch, der seinen Sohn verstoßen hat, zweimal! Hörst du es, Jürgen Hans? Zweimal hab ich meinen Heinz verstoßen, und darum hab ich mit der Ewigkeit zu schaffen!«
Der andere war dicht an ihn herangetreten. »Das tut mir leid, Herr Kirch«, sagte er und wog ihm trocken jedes seiner Worte zu; »die Ewigkeit ist in den Köpfen alter Weiber!«
Ein fieberhafter Blitz fuhr aus den Augen des greisen Mannes. »Hund!« schrie er, und ein Schlag des Krückstocks pfiff jäh am Kopf des anderen vorüber.
Der Tischler sprang zur Seite, dann stieß er ein Hohngelächter aus und schlenderte den Weg zur Stadt hinab.
Aber die Kraft des alten Mannes war erschöpft; der Stock entfiel seiner Hand und rollte vor ihm den Hang hinunter, und er wäre selber nachgestürzt, wenn nicht das Weib sich rasch gebückt und ihn in ihren Armen aufgefangen hätte.
Neben ihm kniend, sanft und unbeweglich, hielt sie das weiße Haupt an ihrer Brust gebettet, denn Hans Kirch war eingeschlafen. – Das Abendrot legte sich über das Meer, ein leichter Wind hatte sich erhoben, und drunten rauschten die Wellen lauter an den Strand. Noch immer beharrte sie in ihrer unbequemen Stel-

lung; erst als schon die Sterne schienen, schlug er die Augen zu ihr auf. »Er ist tot«, sagte er, »ich weiß es jetzt gewiß; aber – in der Ewigkeit, da will ich meinen Heinz schon wiederkennen.«

»Ja«, sagte sie leise, »in der Ewigkeit.«

Vorsichtig, von ihr gestützt, erhob er sich, und als sie seinen Arm um ihren Hals und ihren Arm ihm um die Hüfte gelegt hatte, gingen sie langsam nach der Stadt zurück. Je weiter sie kamen, desto schwerer wurde ihre Last; mitunter mußten sie stillestehn, dann blickte Hans Kirch nach den Sternen, die ihm einst so manche Herbstnacht an Bord seiner flinken Jacht geschienen hatten, und sagte: »Es geht schon wieder«, und sie gingen langsam weiter. Aber nicht nur von den Sternen, auch aus den blauen Augen des armen Weibes leuchtete ein milder Strahl; nicht jener mehr, der einst in einer Frühlingsnacht ein wildes Knabenhaupt an ihre junge Brust gerissen hatte, aber ein Strahl jener allbarmherzigen Frauenliebe, die allen Trost des Lebens in sich schließt.

Noch während der nächsten Jahre, meist an stillen Nachmittagen und wenn die Sonne sich zum Untergange neigte, konnte man Hans Kirch mit seiner steten Begleiterin auf dem Uferwege sehen; zur Zeit des Herbstäquinoktiums war er selbst beim Nordoststurm nicht daheim zu halten. Dann hat man ihn auf dem Friedhof seiner Vaterstadt zur Seite seiner stillen Frau begraben.

Das von ihm begründete Geschäft liegt in den besten Händen; man spricht schon von dem »reichen« Christian Martens, und Hans Adams Tochtermanne wird der Stadtrat nicht entgehen; auch ein Erbe ist längst geboren und läuft schon mit dem Ranzen in die Rektorschule; – wo aber ist Heinz Kirch geblieben?

EIN FEST AUF HADERSLEVHUUS

Im vierzehnten Jahrhundert in Nordschleswig war es, als dort im tiefen Buchenwalde der Ritter Klaus Lembeck auf seiner Höhenfeste Dorning saß. Sie war ihm nach dem Tode seines jütischen Weibes zugefallen; er hatte sein Wappen, einen Geierkopf auf rotem Felde, über die Einfahrt des Außentores nageln lassen und zog Wall und Gräben doppelt stark um sich herum. Denn Waldemar Atterdag, der Dänenkönig, trug heimlichen Groll gegen den gewaltigen Mann, der einst aus seinem grimmigsten Feinde sein dienstbeflissener Kanzler geworden war, dann aber wiederum ihm abgesagt und sich zu den Grafen von Holstein, den Schauenburgern, und zum Herzog Waldemar von Schleswig gestellt hatte.

Es war damals gar wilde Zeit bei uns; der König berannte, wiewohl vergebens, die Feste Dorning mit seinem Kriegsgeschwader; dann schloß er Frieden und legte, mit Untreue im Herzen, seine Hand in die des Ritters. Als dieser aber bald danach der tödlichen Nachstellung des Atterdag nur kaum entronnen war, da zog er nach der Insel Föhr, um dort sich eine Burg zu bauen, und ließ die Feste Dorning seinem ältesten Sohne. Das aber war nicht, wie ein Chronist dem anderen es nachgeschrieben hat, der Henneke Lembeck, welcher späterhin die Kieler in Not brachte, weil sie einigen seiner straßenräuberischen Burgleute den Kopf hatten vor die Füße legen lassen; es stand noch einer zwischen ihnen, von dem jede Kunde fast verschollen scheint: der älteste Sohn des vielberufenen Ritters war Rolf Lembeck und saß, wenn auch nur wenig Monde, auf Schloß Dorning. Er war nur halb vom Eisenstoffe seines Geschlechtes, und lieber als im Harnisch ging er auf leichten Sohlen und in zierlichen Gewändern von Sammet oder Seiden; von ihm war nur ein jäh zerrissenes Minneabenteuer zu berichten, das wie Mondlicht in die Wirrnis dieser finsteren Zeiten fällt; doch damit hatten die Chronisten nichts zu schaffen. Und obschon sein Leben ein Vierteljahrhundert kaum erreichte, so war er doch ein deutscher Ritter, blauäugig und mit blondem Haupthaar, von froher, leichter Jugend und von heißer Lebenslust.

Ich aber weiß von ihm; und was ich weiß, das drängt mich heut, es zu erzählen.

Klaus Lembeck wollte keinen Gelehrten aus seinem ältesten Sohne machen; aber gleich ihm, ja besser noch, sollte er Kopf und Faust gebrauchen können, und dazu mußte beides gleich geübt werden. So hielt er ihm einen clericus, der den leichtlebigen Gesellen in den Wissenschaften des Quadriviums umherführte; so sandte er ihn danach – es war noch während der Pestzeit – auf die Universität Paris, und der Junker begann sogleich ein eifrig Studium: er lernte höfisch fechten, er lernte tanzen und die Laute spielen, auch klingende Schanzunen dazu flechten, und was der schönen Künste sonst noch waren; die schwereren ließ er den andern. Dann ward ihm noch ein fröhlich Jugendjahr auf der neuen universitas zu Prag, wo derzeit der deutsche König Karl seinen Hof hielt. Hier lernte er die großen deutschen Dichter kennen, den »Iwein« und den »Armen Heinrich« Hartmanns von Aue, die Lieder des Österreichers von der Vogelweide, sogar ein Stück von Wolframs »Parzival« hatte er gelesen; was aber ganz sein Herz gefangen hatte, das war des Straßburger Meisters Liebeslied von Tristan und Isolde.

Vor dem weitreichenden Namen seines Vaters tat manch edles Tor, sogar das edelste sich auf. Bei einem großen Tanzfest im Hradschin, das auch des Königs Gegenwart verherrlichte, war Rolf Lembeck der gewandtesten Tänzer einer und flog in den hohen kerzenhellen Sälen von einer Schönen zu der andern. Der König stand an einem Fenster mit der jungen Gräfin von Jülich im Gespräch; die braunen Augen der Dame aber folgten einem Tanzpaar. »Ei, Majestät, so sehet doch den feinen Junker«, rief sie, »der tanzet ja wie ein Franzos!«

Des Königs Augen waren den Tanzenden eine Weile gefolgt; dann hatte er genickt und einen Pagen abgesandt, den jungen Tänzer herzufordern.

Rolf Lembeck aber hatte bei seiner Partnerin um Urlaub gebeten und dann, sein blondes Haar zurückstreichend, mit höfischer Verneigung sich dem König vorgestellt. Der betrachtete ihn wohlgefällig; dann aber schüttelte er den Kopf, und sich zu der

Gräfin wendend, sprach er: »Ihr irrt, schöne Frau! Von ferne möcht man's glauben; doch – nicht so, Junker, Ihr seid mir nimmer ein Franzose?«

»Da Majestät mich solcher Frage würdigen«, entgegnete Rolf Lembeck, »ich bin ein Holste, königlicher Herr; aber ich war zwei Jahre auf der Universität Paris.« Und lächelnd fügte er hinzu: »Bonarum artium causa, der schönen Künste halber!«

»Und studieret«, sprach der König, »die bonas artes jetzt in unserem Prag?«

Der Junker machte eine schweigende Verbeugung. Dann durfte er erzählen, daß er Klaus Lembecks Sohn im fernen Schleswig sei, von dessen Händeln mit König Waldemar das Gerücht auch hieher an des Königs Hof gedrungen war.

»Ich dachte nicht«, sprach dieser, »Ihr wäret auf so hartem Stamm gewachsen; doch« – und er winkte huldvoll mit der Hand – »tanzet jetzt weiter und erfreuet unsere Schönen durch Eure bonas artes! Ihr sollet mir später noch von Paris erzählen!«

Und Rolf Lembeck flog wieder in den Tanz zurück; wie begehrend war sein roter Mund geöffnet, und seine Augen sprühten blaues Feuer, wie er nach der Schönsten im Saale ausschaute, und als er mit demütigem Neigen vor die Erwählte hintrat, schoß ein helles Freudenrot durch ihre Wangen.

Der König, der einen Teil seiner Knabenjahre in Paris verbracht hatte, hörte an späteren Festen dann des Junkers heitere Geschichten, und als dieser das prächtige Prag verließ, nahm er den Ritterschlag von des höchsten Herrn Hand als einen weiteren Schmuck mit auf die Heimreise. Der König aber, als später die alte Oberhofmeisterin ihn darum angegangen, warum er dem jungen Holsten solche Ehre angetan, hatte lächelnd ihr erwidert: »Bonarum artium causa, Gräfin; er hat sie trefflich ausstudiert.«

Rolf Lembeck war nicht aus eigenem Willen heimgegangen, sein Vater hatte ihn gerufen; er hatte um ein ehelich Gemahl für ihn geworben, »denn« – so hatte er gesagt – »der Vogel muß eingefangen werden, die Flüchten wachsen ihm zu geile«.

Das Weib war die junge Witib eines holsteinischen Ritters Hans Pogwisch, der in den Kämpfen der Schauenburger Grafen wider König Waldemar vom Pferd gehauen worden; sie selbst aber war aus einem Nebenzweige der regierenden Schauenburger und mit Land und Sand nicht übel angesessen. Ihr Sinn stand wohl darauf, ihr leeres Witwenbett zu füllen; aber mit Augen sehen wollte sie zuvor den jugendlichen Ritter, nicht nochmals einen Ehegespons gleich dem Verstorbenen.

Sie hatte während des Krieges sich auf ihren holsteinischen Hof zurückgezogen, und als ihr Eheherr ihr dort sterbenswund ins Haus gebracht war, saß sie in Geduld an seinem Lager. Der Scharfrichter aus der nächsten Stadt war dagewesen, hatte verbunden und mit dem Apolloniuspflaster zusammengeklebt; aber er hatte dabei den Kopf geschüttelt. Frau Wulfhild legte immer wieder nasse Binden auf; sie tat das wie ein anderes Geschäft, das sich von selbst verstand; die Ruhe auf ihrem schönen Antlitz aber war nicht die sichere Hoffnung auf Genesung des Verwundeten, denn es wurde heiterer, je bleicher Tag für Tag der Kranke wurde. Sie nickte und sprach unhörbar zu sich selber: ›Geduld, noch eine kurze Weile!‹ Denn der jetzt unmächtig vor ihr lag, er hatte in Trunk und Spiel und wüstem Lärm sein Leben hingebracht; um grobhaariger Dirnen willen hatte er offen sein schönes Weib verachtet.

Nur über einzelne Worte hatte er jetzt mitunter noch Gewalt; auch die, so hoffte sie, sollten bald verstummen. Harrend saß sie in dem dumpfen Krankenzimmer und hörte gleichgültig auf die Ratten, die in Scharen über ihnen auf dem Boden rannten. Aber der Sterbende wollte Ruhe haben: er griff jäh nach seines Weibes Hand und wies mit kaum erhobenem Finger nach der Zimmerdecke; das Wort vermochte er nicht zu finden. Sie sah ihn ruhig an. »Soll ich sie töten?« frug sie; und nach einer Weile brachte er es zusammen; sein Kopf versuchte ein stummes Nikken. »Die Ratten!« stammelte er.

Und sie ließ Rattenkraut vom Schäfer holen, nahm ein Teil davon und legte das übrige in ihre Truhe. Darauf wurde es still über dem Schlafgemach; die Ratten lagen im Todeskampfe zukkend in den Bodenwinkeln.

Aber der wunde Mann begann an einem Morgen schier verständlicher zu reden, und seine Flüche wurden kräftiger; da erschrak sein Weib und fürchtete, das böse Leben mit dem Gesunden könne wohl aufs neue beginnen. Darum ließ sie von dem Scharfrichter, dessen geheimes Wissen ihr solche Sorge machte, und statt seiner wurde ein Chirurgus beigeschafft, dessen Kunst noch keinem Wunden aufgeholfen hatte. Der brachte andere Pflaster und Heilmittel, und als er wieder auf seinen Klepper stieg, sprach er mit rückgewandtem Kopf: »Seid frohen Mutes, edle Frau! Euer Ehebett soll nicht verwaiset werden! Und morgen bin ich wieder da!«

Dann ritt er fort; das schöne Weib aber blieb am Torpfosten stehen und sah noch lange ihn ins Land hinausreiten. Ihr blondes Goldhaar zog sie langsam durch die Finger, und ihre weißen Zähne zerbissen einen Strohhalm, den sie aufgegriffen hatte. »Die Ratten!« brach es plötzlich von ihren Lippen, und sie fühlte, wie jählings ihr das Blut zum Hals hinaufstieg. Aber sie wurde es nicht los; es kam ihr immer wieder. »Die Ratten!« Es verfolgte sie auf Trepp' und Gängen, und in der Krankenkammer war es unverjagbar. Und als der Abend kam, da trieb es sie im Dunkeln zu der Truhe, und ihre zitternde Hand tappte nach dem Rest des Pulvers. In dem Trunke, den Frau Wulfhild an diesem Abend ihrem Eheherrn gab, trank er den Tod hinunter.

Zwei Tage später war in dem düsteren Hausgang die Leiche ausgestellt; doch nur Frau Wulfhild stand hoch aufgerichtet mit untergeschlagenen Armen an der Totenlade und sah mit immer größer werdenden Augen auf das harte Leichenantlitz. »Leb wohl, Hans Pogwisch!« sprach sie; »der Kampf ist aus, auch zwischen uns! Ich hab deiner Hand mich schwer erwehrt! – Ein andermal – doch das kümmert dich nicht mehr!«

Eine Dienerin war eingetreten mit den Trauergewändern auf den Armen; und schweigend wandte sich die Witwe von dem Toten und schritt mit ihr zur Kammer, wo noch das Ehebett für sie und den Gefallenen stand. Die Kammerfrau tat ihr das lange, mit schwarzen Tränen bestickte Skapulier an und knüpfte die mönchsartige Hüftschnur um den geschmeidigen Leib; sie aber hatte dessen nicht weiter acht. Erst als die Dienerin ihr zur Beschau den Metallspiegel vorhielt, fuhr sie wie aus Träumen auf. »Das sei Gott geklagt, der mich zur Witwe machte!« rief sie. »Ich habe darum doch nicht den Tod gefreit!« Dann, mit rascher Hand den Gürtel lösend, schleuderte sie ihn von sich und zerriß das feierliche Gewand in einem Ruck von oben bis fast zum untern Saume. »Bring mir mein braunes Wollenkleid, das mag genügen!« Und die erschrockene Dienerin schritt schweigend aus der Kammer, um den Befehl der strengen Herrin zu erfüllen.

Des Toten Sippe, da solches kund ward, sah die Witib drob mit scheelen Augen an; Klaus Lembeck aber hatte zu sich selber gesprochen: ›Das ist das Weib für Rolf Lembeck; die wird den flüggen Vogel halten!‹ Er sah wohl, daß erst jetzt die Lebensfülle dieses Weibes sich völlig auszuwachsen begann: die blauen Gluhaugen ließ sie froh umherschweifen, und das wellige Goldhaar fiel ihr frei über den stolzen Nacken; doch so viele ihrer auch begehrten, sie sah noch keinen, dem sie sich jetzt ergeben mochte.

Da, an einem Frühlingsmorgen, trat Rolf Lembeck mit seinem Vater zu ihr ins Gemach. Die Stunde war vorher bestimmt, und lange, mit steigendem Herzschlag, war sie auf und ab geschritten; doch als die jugendlichen Gestalten sich jetzt gegenübertraten, fehlte nach der feierlichen Verneigung beiden das Wort der Anrede; wie erschrocken über ihre Schönheit schauten sie sich an.

Klaus Lembeck lächelte in seinen Bart. »Mein Sohn Rolf Lembeck, edle Fraue!« sagte er, »dem, wie ich sehe, der Anblick Euerer Schöne schier den Mund verschlossen hat.«

Sie atmete tief auf: »Ihr scherzet, Herr Marschall; Euer edler Sohn hat der Frauen wohl schönere gesehen zu Paris und draußen in dem Reich!«

Aber Rolf Lembeck rief: »Verzeihet, viel schöne Frauen; doch keine Schauenburgerin!« Und beider Blicke sanken ineinander.

Dem alten Ritter gefiel es wohl, daß er eine Weile schier vergessen dastand. Dann aber sprach er: »Ich seh schon Eueren Willen; nur des Schreibers Kunstwerk ist noch vonnöten!«

Frau Wulfhild langte nach einer Schelle, die auf dem Tische stand.
»Was wollt Ihr, Fraue?« frug der Ritter.
»Euch den Schreiber rufen«, sprach sie lächelnd, »denn einen Vater möcht ich, wie Ihr seid, Ritter!«
»Dank, holde Fraue!« rief der Alte. »Nun, Rolf, willst du dieses Weib aus deines Vaters Hand?«
Rolf hatte schon die schöne Frauenhand an seinen Mund gezogen und sein beteuernd »Ja« gesprochen, als Klaus Lembeck ein beschrieben Pergament hervorzog. »Wir brauchen keinen Schreiber«, sagte er, behaglich nickend; »ich gehe nicht ohne Rüstung auf so zweifelhaftes Feld! Was Euch an Gütern eigen ist, Frau Wulfhild, weiß ich; was ich dem Sohne gebe, mögt Ihr hieraus sehen! Nun leset, ob ich nach Eurem Sinn geschrieben habe!«
Sie rollte das Blatt auf und sah hinein; gelesen hat sie nichts davon; es war auch nicht vonnöten, denn Klaus Lembeck suchte in derlei Dingen niemanden zu hintergehen. Sie tauchte eine Feder in ihr Dintenfaß und schrieb in großen Zügen unter das Schriftstück: »Wulfhild von Schauenburg, Hans Pogwisch' Witib.«
Und als zu zweit auch Rolf mit flüchtiger Hand den Entwurf der Eheakte unterzeichnet hatte, da war der Verspruch getan, und Klaus Lembeck sagte wohlgefällig: »Mögen gräflicher Notarius und der Priester nun das Letzte tun!«
Frau Wulfhild stand mit geröteten Wangen und glänzenden Augen inmitten des Gemaches, zwei Finger ihrer weißen Hand in der des jungen Ritters; als aber itzt die Männer sich verabschieden wollten, neigte sie sich zu dem jungen und sagte leise: »Den Kuß nun, den Verlobungskuß, Rolf Lembeck!« Als aber der Kuß gegeben und genommen war, ergriff sie heftig seine beiden Hände, und sich aufrichtend, fast mit ihm zu gleicher Höhe, sah sie mit ihren brennenden Augen in die seinen. »Ihr wart im Reich, Rolf Lembeck!« rief sie, und wie aus heißer Leidenschaft klang es herauf: »Der Frauendienst soll dort noch umgehn; ich aber will den Gemahl allein! Verflucht die Lippen, die ein ander Weib berühren!«

Rolf Lembeck war schier erschrocken; doch als er sie in ihrer wilden Schöne vor sich sah, da riß er sie an sich und küßte sie inbrünstiglich und rief: »Das mag ums Leben gehen, Wulfhild!«

Der Alter aber sprach in sich selber: ›Das Werk ist wohlgefestet.‹

– – Die Männer hatten sich verabschiedet; die Frau war im Gemach zurückgeblieben; sie stand und horchte den Schritten nach, die in dem Saal verhallten, der vor ihrem Zimmer lag; dann konnte sie's nicht lassen, die Tür zu öffnen, als wolle sie die Spuren des ihr eigen gewordenen schönen Mannes noch auf den Dielen suchen. Als sie sich umblickte, sah sie auf einem Schemel, hart an der Tür, den Schreiber Gaspard sitzen; seine braune Gugelkappe, die hinten mit dem gleichfarbigen Rock zusammenhing, war ihm von dem kurzen Schwarzhaar abgeglitten, so daß sie mit Schwanz und Kugel ihm im Nacken hing; er saß mit gekreuzten Beinen und sah mit schief herabgesenktem Kopfe auf die Dielen, als wolle er dort etwas mit seiner spitzen Schnabelnase aufpicken. Es war ein seltsamer Gesell mit einem scharfen ältlichen Gesicht; er mischte sich gern in anderer Leute Sachen und war voll Lied- und Spruchweisheit; das Gesinde aber nannte ihn »Gaspard den Raben«, und der Rabe galt viel bei seiner Herrschaft.

»Du bist es?« sprach die schöne Frau. »Was hast du hier Geschäfte?«

»Keine, Herrin; ich dachte sie bei Euch zu finden«, entgegnete er, ohne aufzusehen.

»Sie waren beschafft«, sagte sie; »es gab nichts mehr für dich.«

»Ich weiß, ich weiß!« Dann sang er mit seiner scharfen Stimme leise vor sich hin:

Der gülden Hahn mit sieben
– Darum ist er der Hahn –,
Er geht mit sieben Hühnern,
Mit Scharren und mit Dienern –
Das kann er gar nicht lan!

»Laß nur den Narren, Gaspard!« rief die Herrin. »Was treibst du hier?«
»Das Lauschen ist ein undankbar Geschäft!« sagte er.
– »Und hast es doch getrieben?«
»Für Euch nur, edle Herrin!«
– »Warum siehst du vor dich auf die Dielen?« frug sie wieder.
»Auch für Euch, edle Herrin!« sprach er. »Ich sah dort guten Rat; aber ich seh itzt, es lohnt nicht mehr, ihn aufzuheben.«
Sie lachte: »Hab Dank; ich habe ihn selber schon gefunden! Das aber ziemt dir nicht, daß du die Schauenburgerin den Hühnern beizählst; dank es meinem Glück, daß ich dir die Strafe schenke!«
Gaspard zog Nase und Mund herunter, als müsse er eine neue Weisheit niederschlucken; dann sprang er mit rascher Bewegung in die Höhe, um seiner Herrin das Gewand zu küssen.

Als die Hochzeit auf dem Hof der Braut gehalten war, zog Klaus Lembeck nach der Insel zu seinem Burgbau; der Baumeister hatte ihn gerufen, denn zwischen den Werkleuten, da die dortigen Männer meist auf Seefahrt waren, befand sich viel fremdes und wüstes Volk, so daß des mächtigen Bauherrn eigene Person vonnöten war; auch stand das Werk so weit gediehen, als dieser den Plan genehmigt hatte. Die jungen Ehesponsen aber zogen in der Frühe eines heiteren Aprilmorgens mit einem Gefolge von Dienern, Amtleuten und Frauen zu Wagen und zu Rosse nordwärts hinauf durch Schleswig nach dem Schlosse Dorning. Sie saßen nicht in weichen Kissen: nebeneinander, aber jeder auf eigenem Rosse – Frau Wulfhild auf ihrem lichten Schimmel, auf seinem schwarzen Hengste Rolf –, waren sie an der Spitze des Zuges geritten; doch oftmals drängten die Tiere sich zusammen; dann warf das Weib sich mit der Brust zu ihm hinüber, daß Rolf nur kaum den Hengst bezwingen konnte.
Der Tag war heiß geworden, und es war schon Nachmittag, als sie den Weg zur Burg hinaufzogen. Als sie oben durch den ersten Mauerring geritten waren und die Hufen ihrer Pferde auf die Zugbrücke schlugen, die über den tiefen Zwinger herabgelassen worden, sah Frau Wulfhild unter sich hinab auf das Heer von

spitzen Pfählen, womit der Graben angefüllt war: im selben Augenblick drang von drunten hinter einer Pforte ein wild Geheul herauf. »Was ist das?« frug sie den jungen Ehegemahl.
»Da drunten, Wulfhild? Das sind meines Vaters liebste Hunde; er läßt sie nachts im Graben laufen, sobald die Brücke aufgezogen ist. Wir wollen sie töten lassen, denn es sind grimme Wölfe, und statt der Spitzpfähle ein Würzgärtlein mit Blumen pflanzen!«
»So?« sprach sie sinnend. »Nein, nein, laß mir die Wölfe! Ihr habt einen weisen Vater, Rolf!«
»Nach Euerem Willen, hohe Herrin!« rief der Ritter fröhlich.
Aber vor ihnen vom Pfortenturm blies itzt der Wächter immer mächtiger, und drunten aus der weit offenen Torfahrt drang Getöse und Waffenschall; da spornten sie ihre Rosse und sprengten ihrem Geleite voran hinein. In der Mitte des Hofes, um die schon grünende gewaltige Linde, standen Burgleute und Gesinde und begrüßten sie mit lautem Zuruf: »Heil Ritter Lembeck, unserm Herrn! Heil seiner schönen Fraue, Heil!« Sie zügelten ihre Rosse, und Wulfhilds Auge flog wie herrschend über die dichte Schar; als aber die Leute jetzt zurücktraten, wurde ein Brunnen bloß, in dessen steinernem Überbau der Eimer hing.
»Ha, Wasser!« rief sie. »Wer reicht mir zum Willkomm einen Trunk dort aus der Tiefe?«
Da stürzten Männer und Weiber an den Brunnen, und sie hätten den Eimer abgerissen; aber er hing zum Glück in Ketten und fuhr rasselnd in die Tiefe. Bald trat der Burgwart mit einem Glaspokale aus dem Schloßtor, und nachdem er mit dem klaren Quell gefüllt war, bot der Alte ihn der Herrin dar.
Sie hob ihn auf, daß die Sonnenstrahlen hindurchblitzten; dann trank sie und rief: »Das Wasser ist gut hier auf der Burghöh; aber, ihr Leute, Frau Wulfhild wird auch sorgen, daß es an Met und Fleisch nicht fehle!«
Da erhob sich neuer Zuruf, und dazwischen scholl von draußen das dumpfe Geheul der Wölfe. Rolf Lembeck aber flüsterte zu seinem Weibe: »Du wirst gefährlich, Wulfhild; du willst alles, mich und meine Leute!«
Sie lächelte nur; doch als sie drinnen im Gemach den schönen Mann allein hatte, umschlang sie ihn mit ihren festen Armen. »Dich will ich, dich, Rolf! Was kümmert mich das andere!«

Der junge Eheherr sah ihr in die zärtlichen Augen, als ob er Rätsel lösen solle.
Im Hofe draußen war es allmählich leer geworden; nur Gaspard der Rabe, den die Herrin nicht zurückgelassen hatte, saß noch unter der Linde auf der Steinbank, die um ihren Stamm herumlief. Sinnend saß er; er kannte seine Herrin: es war vom Blut des großen Gerhard in ihr; die Kunkel war ihr nicht genug. Mitunter fuhr ein dünnes Lachen durch seine schmalen Lippen; dann, wie mißbilligend, schüttelte er den Kopf. »Hüt dich, Frau Wulfhild!« – Leis, doch in scharfen Akzenten rief er es gegen das Burgtor hin; »der Vogel ist noch nicht dein eigen!«

Der Rabe hatte gekrächzt; ein Hauch des noch verborgenen Wetters mochte ihn gestreift haben; woher es kommen sollte, wußte er nicht. Ich aber will es jetzt erzählen.
Eine Meile von Dorning gegen Osten, hinter dem Dorfe Hammelef, lag das später im sechzehnten Jahrhundert abgebrochene Schloß Haderslevhuus; man nannte es auch eine Bergfeste, denn wie jenes lag es in diesem höhenarmen Lande auf einem Hügel von wenig über achtzig Schuh. Alter Buchenwald bedeckte diesen und begrub fast das Schloß in seinen Wipfeln; aber auch nach Osten breitete er sich aus, doch so, daß dort ein schmaler Sandweg dicht an der jäh abfallenden Hügelwand vorüberführte und den Hinaufblickenden den oberen Teil des stumpfen Schloßturms sehen ließ. Wer etwas weiter ging, gelangte an eine von den ältesten Bäumen überwölbte Auffahrt, die in Windungen zum Schloß emporführte; wer nicht dahingehörte oder dort nichts zu schaffen hatte, den brachte der Weg, um tausend Schritte weiter, in die Stadt hinab. – Vor Beginn jenes Sandweges aber führte ein anderer, breiterer Weg zu Westen in weitem Bogen um den Schloßhügel und durch die freie Lanschaft nach demselben Ziele. Dies war der gewöhnliche Stadtweg; denn in dem anderen war vor Jahren ein Bauerbursch vom Wolf zerrissen worden, und die Leute gingen dort nicht gern.
Die feste Burg, von deren Ursprung schon derzeit keine Kunde gewesen zu sein scheint, war mit den Wäldern und sonstigem Landbezirk seit Jahren im Pfandbesitz des Dänenkönigs Walde-

mar Atterdag, wenngleich sie zu dem Leibgeding der Witwe des Herzogs Erich gehörte. Ein schleswigscher Ritter, Hans Ravenstrupp, saß als Schloßhauptmann des Königs dort, ein Mann von gewaltigem Körperbau. Halbwüchsig war er einst ein wilder Gesell gewesen und von rascher Faust; er hatte den eigenen Bruder einmal fast im jähen Zorn erschlagen. Doch je mehr seine mächtige Gestalt sich auswuchs, je mehr er gefürchtet, ja als überlegener Streitentscheider aufgerufen wurde, um so milder wurden seine Sitten; dazu half ihm auch sein froh und gut Gemüt, das ihm der Herr mit auf die Welt gegeben hatte. So war er ein glücklicher und fester Mann geworden. In einigen Händeln seines Königs hatte er grimmig und mit Glück gefochten; kam er dann heim mit seinen Burgleuten, so standen vor der offenen Torfahrt sein zartes dunkles Eheweib, drei Söhne und zwei Töchter, alle voll Kraft und Wohlgestalt, und schwenkten grüne Buchenzweige in den Händen; dann sprang er von seinem Streithengst, und sie gingen über den Hof in das große Tor der unteren Halle, das erst vor wenigen Jahrzehnten von der Herzogin hier gebrochen war; und Glück und Friede gingen mit. Zogen an Sommerabenden dann Wanderer oder Reiter unten durch den Sandweg, so hörten sie manches Mal ein Lachen oder Rufen von frohen Kinderstimmen über sich; dazu wohl eine tiefe Männerstimme, die beruhigend dazwischensprach. Die gehörte dem Ritter Hans Ravenstrupp, der hier seine Abendmuße mit Frau und Kindern teilte; denn der Burggarten, den ausnahmsweise dieser fürstliche Bau besaß, lag dort hinter starken Mauerzinnen. Die Hügelwand freilich fiel hier steil und kahl hinab; aber hart daran war eine italische Pappel, derzeit eine Seltenheit hierzulande, so hoch hinaufgewachsen, daß sie die Mauer wohl um zwanzig Schuh noch überragte. An einem ihrer oberen Zweiglein flatterte jetzt an leichtem Faden ein Kunstschmetterling aus bunten Hahnenfedern, den die ältere Schwester Heilwig angefertigt und den der Vater dort befestigt hatte. Der älteste Knabe stand hinter den Würzebeeten an dem Taxusbusche, seine gespannte Armbrust in der Lage; die Jüngste, die kleine süße Dagmar, hatte die Mutter auf den Arm genommen, damit sie alles sehen könne. Nun kam aufs neu ein Lufthauch, der den Sommervogel flattern machte. »Schieß!« rief der Vater, und der Bolzen flog von des Knaben Armbrust; eine Feder stob aus dem Schmetterling und wurde von dem Winde hoch in die Luft getragen. Da klatschten alle in die Hände, der Vater und die Mutter auch, und die süße Dagmar schlug ihr Kinderlachen auf und ließ nicht ab, sich ihre Händchen rot zu patschen.

Es wurde alles anders. – Einige Jahre später, es war an einem Nachmittage des Septembers 1349, da der Ritter mit seinem Schreiber an der Arbeit saß, kamen die damals elfjährige Dagmar und der um ein Jahr ältere Bruder Axel mit erschreckten Gesichtern zu ihm hineingestürzt. Etwas unwillig blickte er auf: »Was ist? Was habt ihr, Kinder?«
Sie waren fast außer Atem; aber Dagmar, das schmächtige Ding, war, wie um Furchtbares zu erzählen, mit erhobenen Armen vor ihn hingetreten.
»Nacht!« rief sie. »Es wird Nacht, Vater!« Und aus dem schmalen Gesichtlein sahen die schwarzen Augen zu ihm auf.
Der Ritter blickte um sich: sie hatte recht, die Sonne war erloschen; die Wände des Gemaches standen öd und lichtlos.
»Ja, Herr«, sagte der Schreiber; »es fällt wie Asche auf die Schrift.«
»Nein, Ringang, nicht wie Asche!« rief der Knabe; »ich sah es: im Norden, weit hinaus, stieg schwarzer Nebel aus der Erde und schwimmt wie eine Wolke auf uns zu; seht nur, es wird ganz finster hier! Kommt, kommt mit hinaus!«
Die Kinder faßten beide die Hand des Vaters; und er ließ sich von ihnen aus dem Gemach und nach dem stumpfen Turm hinaufziehen; auch die Mutter mit der älteren Tochter und die beiden älteren Söhne stießen auf dem Wege aus Hallen und Gemächern zu ihnen. Als sie die Platte des Turms erstiegen hatten, stand schon ein Teil des Gesindes dort und wich ehrerbietig an die Seite; alle schwiegen, nur die alte Schaffnerin flüsterte mit ihrer heiseren Stimme zu dem einen oder anderen: »Die Zeichen des Herrn erfüllen sich! Wißt Ihr noch, da um das Julfest dreizehn Kühe jählings wild geworden! Und da wir nach dem Bakken das erste Gerstenbrot anschnitten, schnitten wir nicht in

schwarzes Blut? Des Herrn Gericht! O alle Heiligen, seid unsre Helfer!« – Aber niemand antwortete ihr.

Die Schloßfrau hatte die Hand ihres Mannes ergriffen, und bald lagen alle Kinderhände in der seinen; denn schon hatte das schwarze, von Norden kommende Dunstgespenst sich über sie gebreitet und sank in furchtbarem Schweigen auf die Erde.

»Kommt!« sprach der Ritter leise, indem er mit den Seinen zuerst die Treppenstufen hinabstieg. Und alle folgten ihm nach unten zu der kleinen Burgkapelle, deren Torklinke nur noch mit tappender Hand zu finden war. Drinnen aber zogen schwarze Nebelflocken unter der gewölbten Decke und verbargen das Antlitz des crucifixus über dem Hauptaltar; und von dem Bilde der Mutter Gottes scholl die zerrissene Stimme der alten Schaffnerin: »O heilige Jungfrau, deine Augen! Wo sind deine Augen?« Alle lagen auf ihren Knien in den Stühlen und beteten stumm und schrien mit gerungenen Händen zu Gott und allen seinen Helfern.

Sie hätten es sich sparen können; denn der schwarze Tod war gekommen, der die Welt leerfraß und gegen den nichts half als sterben.

In selbiger Nacht noch blies er den jüngsten Knaben an, und sein Eingeweide brannte, seine Lippen wurden wie Ruß, und am dritten Tage war statt des schönen Knaben ein schreckhafter blauschwarzer Leichnam auf dem in Todesqual zerwühlten Bette; dann griff er nach der schönen ältesten Tochter, dann nach den beiden andern Söhnen; und sie starben alle, alle. Hallen und Gemächer dufteten Tag für Tag nach frischem Gras und Thymian, das gegen die böse Pestluft überall gestreut wurde; aber die Mutter Erde und ihre Kräuter hatten keine Heilkraft mehr; es war, als ob selbst Gott der Herr die Macht verloren habe auf seiner Erde.

Ein paar Monde schien dann das Sterben im Schlosse aufzuhalten; da eines Tages trat die Schloßfrau zu ihrem Eheherrn in sein Gemach, gekrümmten Leibes, mit entstelltem Antlitz. »Benedikte!« schrie er.

– »Ja, Hans, ich muß nun auch von dir!«

»Du nicht! Du nicht, Benedikte!« Und er streckte seine Arme nach ihr aus. »Herr Gott, wo bist du? Herr, schütze deine Menschen!« Aber bevor er sie berührete, war sie mit ihrer letzten Kraft entflohen. »Ade, du mein Herzenstrauter! O süße Dagmar!« So rief sie noch zurück.

Er hatte ihr folgen wollen, aber ein bewußtloser Schrecken hatte ihn festgehalten; dann ging er taumelnd nach ihrem Ehegemach; aber es war leer, und seiner Sinne unmächtig, sank er auf das große Bett.

Die Schaffnerin, die noch lebte, fand ihn am andern Tage; aber sie erkannte, daß das große Sterben ihn nicht ergriffen habe.

Während sie ihn pflegte, war sein Weib verschwunden, und Dagmar, um die sich niemand kümmerte, das blauschwarze Haar wirr um ihr blaß Gesichtchen, lief, nach der Mutter weinend, durch Hall' und Gänge. Da wollte eine der Dirnen ein Gewandstück aus einer entlegenen Kammer holen; aber schreiend stürzte sie zurück, denn auf einem alten, dort stehenden Bette lag ein schwarzer Leichnam, dem die Abendsonne das Gesicht beschien. Da die anderen Dirnen hinzukamen, sahen sie, es sei die Schloßfrau, die einsam hier gestorben war.

Als der Ritter aus seinem Wirrsal aufwachte, war sein Weib nicht mehr im Hause. Die Kinder lagen drunten auf dem nahen Kirchhof; der aber hatte lang schon keine Erde mehr für neue Tote; seitwärts vom Walde war eine Niederung, dort hatte man mit Pfählen ein Viereck ausgeschlagen, wohin nun alle gebracht wurden, die der Tod erschlug. Draußen auf dem »Pestacker« war auch des Ritters Weib vergraben worden; so erzählte man ihm jetzt.

Er erwiderte kein Wort auf diese Kunde; aber er erhob sich bald von seiner Bettstatt. Den Gürtel lose um den grauen Leibrock geschlungen, die Otterkappe in die Augen gedrückt, schritt er langsam durch alle Hallen und sich kreuzenden Gänge des ganzen Baues, treppauf und -ab; mitunter riß er eine Tür in ihren schweren Angeln auf, er stand wie hintersinnig auf der Schwelle und blickte in das düstere Gemach; aber die Zellen waren alle leer und totenstill; wo die Älteste geschlafen hatte, lag in der Fensterbrüstung noch das verhungerte Rotkehlchen, das der kleine Axel ihr einst gefangen und jubelnd heimgebracht hatte; niemand hatte die Zellen öffnen dürfen, seitdem die jugendlichen Gestalten als furchtbare Leichen dort herausgehoben waren.

Das Leben und die Arbeit lag darnieder, alle Ordnung und Geschäft war aufgelöst; aber jeden Tag, morgens und wenn die Sonne niedersank, machte der Ritter seine düsteren Gänge durch die Burg; er rechnete nicht mit sich, weshalb; es war auch Sonstiges nicht für ihn zu tun. Ein paarmal war Dagmar ihm leise nachgeschritten, aber er sah nicht rückwärts; auch als sie in Angst und Sehnsucht stärker auftrat, schlossen nur seine Hände auf dem Rücken sich fester ineinander, und ohne sonstige Bewegung schritt er weiter. Da blieb sie stehen, legte die Finger auf ihre zitternden Lippen und verschluckte ein paar Tränen, die ihr aus den Augen fielen; dann kehrte sie um und suchte bei der alten Schaffnerin ihren stillen Unterschlupf.

Nur einmal, da bei seinem Vorübergehen das blasse Gesichtlein ihn so stumm und flehend angesehen hatte, ging er auf seinem Totengang nicht weiter. Er gedachte plötzlich einer Base seines toten Weibes, die einst in ihrer Jugend am Thüringer Hofe auf kurze Zeit zu den gelehrten Frauen gezählt worden sei; denn sie verstand zu lesen und zu schreiben, hatte sogar den Virgilium studiert; auch Paramentenstickerei und derlei Künste hatte sie verstanden. Sie war nun alt und lebte in einer kleinen Stadt von einem Rentlein, welches ihr die Sippe gab.

Der Ritter ging in sein Gemach; er setzte sich an seinen Schreibtisch und lud die Base ein, zu Zucht und Lehre Dagmars in sein Haus zu kommen. Und nicht lange, so war sie mit ihrem kleinen Hausrat eingerückt; darunter fanden sich ein Päckchen Pergamentrollen und beschriebener Blätter, eine sauber geschnitzte Mutter Gottes und eine kleine Anzahl von Glasscheiben, für welche man auf ihr Verlangen das sonst nur mit dünnen Därmen gespannte Fenster ihrer Kammer zurichtete.

Seitdem lebte und schlief Dagmar mit der Base. »Wir wollen es gut mitsammen haben, Kind!« sagte die Alte, da sie zum ersten Mal sich neben dem Mädchen in ihren breiten Sessel setzte.

Und Dagmar ergriff ihre beiden alten Hände.

– »Aber du zitterst, Kind!« rief die Base.

»Ja, Bas', ich war hier so allein!«

Und die alten guten Augen sahen zärtlich auf das blasse Ding; aber Dagmar zitterte noch immer, sie war der Liebkosungen zu lange nicht mehr gewohnt. Allmählich, erst nach Monden, brach wieder ein zartes Rot durch ihre Wangen, und der süße Augenschein war wiederum darüber; und wenn noch so alt, sie hatte itzt doch eine, zu der sie gehörte, die keine andere in ihren Arm nahm als nur sie.

Der Ritter aber war am Ende ein finsterer Mann geworden; die Lust und Güte seines Herzens war bei den Toten; gegen die Lebenden war seine Hand von Eisen.

So ging die Zeit um ein paar Jahre weiter. Der König hatte harte Abgaben auferlegt, die härteste war der Viehzehente, und für falsche Angabe des Viehbestandes waren schwere Bußen ausgeschrieben. Der Schloßhauptmann saß den Vögten auf dem Nakken, daß alles pünktlich eingetrieben werde. »Der König will es«, war seine einzige Antwort, wenn sie dagegen über des Volkes Unmacht klagten. Warfen dann die Armen sich ihm selber in den Weg, so wandte er schweigend ihnen den Rücken und schritt davon, bis der Schrei des Elends hinter ihm verhallt war.

Da eines Herbsttages, als schon der Duft des gefallenen Laubes durch das offene Tor der unteren großen Halle wehte, war ein Weib hier eingedrungen, als eben der Ritter in das Freie treten wollte. Sie war eine Witwe, tief verschuldet und um Verschweigung zweier Rinder schwer gebüßt worden. Da sie unversehens ihm in den Weg trat, herrschte er sie an: »Was willst du? Geh mir aus dem Wege!«

Das Weib erschrak; sie vermochte nicht zu antworten, aber ihre Augenlider öffneten sich weit, als gebe sie dem zornigen Blick des Mannes ihre Seele preis. »Erbarmen!« lispelte sie kaum hörbar und warf sich auf die Fliesen nieder.

Der Ritter wollte an ihr vorüberschreiten, aber der Aufschrei einer Kinderstimme machte ihn stillestehen. Als er sich umblickte, sah er sein Kind; sie stand mit einem Fuß noch auf der letzten Stufe der aus dem Treppenturm herabführenden Stiege; die schmalen Händchen, die unter dem schwarzen Ärmelsaum des weißen Kleides hervorsahen, hingen schlaff herab; ihre dunkeln Augen blickten erschreckt zu ihm hinüber.

»Du bist es, Dagmar?« sprach er; er hatte vielleicht in Jahresfrist kein Wort an sie verloren. Sie aber, da sie seine Stimme hörte, war an seinen Hals geflogen und drückte weinend den Kopf an seine Brust.

Der starke Mann bebte und frug mild: »Was willst du denn, mein Kind?«

Da sprach auch sie, doch ohne aufzusehen: »Erbarmen, Vater!«

Er aber hob die Faust gen Himmel und rief: »Fand ich Erbarmen? – Die Hände hab ich im Gebet zerrungen! Gott schwieg, und so tu ich's auch.«

Da hob das kleine dunkle Haupt sich zu ihm auf, und aus den Kinderaugen drang so gramvoll süße Bitte, daß er verstummte und den zarten Leib, als müsse er ihn zermalmen, mit beiden Armen an sich preßte: »Mein Kind! ... Du lebst! ... Du lebst!« Und seine Augen tranken den Jugendglanz der ihren. »Oh, doch *ein* Glück auf Erden – Gott sei mir gnädig!«

Das arme Weib lag noch auf ihren Knien und hatte wortlos diesem Vorgang zugeschaut; jetzt streckte eine Hand sich gegen sie: »Bist du noch hier, Weib?«

»Ja, Herr!« Und ihre Stimme bebte in Erwartung.

»So gehe heim! Die Buße, ich zahle sie für dich!« – Und noch einmal, da sie schon hinausgeschritten war, rief er sie an: »Was ist dein Name, Weib?«, und als sie es ihm gesagt hatte, sprach er: »So gehe heim, Trin Harders, und herze deine Kinder! Du sahest, unser Gott hat auch mit seinem armen Knechte wiederum Erbarmen.«

Dann hob er sein Töchterchen auf seine Arme und trug sie in sein Gemach. »Dagmar, mein Kind«, sprach er, indem er sie sanft zu Boden ließ, »es ist so hell hier heute, und scheint doch keine Sonne von dem grauen Himmel!«

– – So war nun Dagmar zwischen dem schweigsamen Vater und ihrer fast siebzigjährigen Base und sah nimmer ihresgleichen. Ihre Welt war die düstere Burg und, wenn Frühling und Sommer kamen, der Garten, der dahinter lag, wo außer ihr dann nichts war als das Summen der Bienen und Hummeln und drüben jenseits des tiefen Sandweges das Rufen der Drosseln aus dem Walde. Der Ritter hatte seit seines Weibes Tod ihn nimmer wieder betreten; denn seitwärts, vorbei an den Wipfeln des Waldes, schimmerte der graue Fleck des Pestackers. Dagmars Augen aber sahen gern dort hinüber, oder sie saß auf einer Bank, neben der die hohe Pappel ragte, und unter dem Summen und dem Gesang der Vögel sah sie wie einst den Bruder nach dem Sommervogel schießen.

Meist saß sie freilich droben bei der Base in dem Gemache mit den Butzenscheiben; sie nähte und stickte; auch lernte sie lateinische Vokabeln oder schrieb mit der Feder nach, was ihr die Base vorgeschrieben hatte. Dazwischen kam wohl einmal der Vater, strich sanft über ihr dunkles Haar und ging dann schweigend wieder fort. Als er ihr dabei eines Tages einen Silberreif ums Haupt gelegt hatte, trug sie ihn ferner an jedem Tag.

Später holte die alte Dame auch ihre Schriftrollen aus der Truhe; und eines Abends, eigener Jugendstunden denkend, griff sie nach Hartmanns von Aue »Armem Heinrich« und begann zu lesen, indessen Dagmar mit offenem Munde ihr zu Füßen saß. Wie kristallene Tröpflein fielen die lichten Worte zu ihr nieder: der junge, unheilbar sieche Burgherr im Schwabenland hatte auf seinem Vorwerk bei dem Meier sich verborgen; die Menschen sollten nicht sein Elend schauen, aber mit seinen noch immer schönen Augen streifte er einmal traurig seines Wirtes junge Tochter. Da ließ das Herzeleid um ihren Herrn sie nimmer schlafen; und als an einem Tage ein weiser Meister zu dem Herrn sprach: »Ich will Euch heilen; aber schaffet eine Jungfrau, die um Euch den Tod erkieset und aus der Brust sich das lebendige Herz will schneiden lassen!«, da, während der Herr und ihre Eltern sich entsetzten, rief das Kind: »Die Jungfrau bin ich! Nehmt nur das Messer, daß mein Herr genese!«

Ein schwerer Seufzer rang sich aus Dagmars Brust; sie griff nach ihrer Base Hand, als müsse sie den Strom der Dichtung hemmen. Dann aber brach ein so erhaben Leuchten aus des Kindes Augen, daß die Base die Schriftrolle hinwarf und sie mit Hast in ihre Arme zog: »Kind, Kind! Ich glaub fürwahr, du wärst zu solchem auch imstande!«

– »Ja, Bas'! – War das die Minne?«

»O Kind, Gott behüt dich vor der Minne!« Und die Base packte erschreckt das Schriftwerk an die Seite.

– So war Dagmar fast sechzehn Jahr geworden, und noch immer war sie zarteren Leibes, als sonst die Menschen sind. Das sie eines Tages eine Handvoll weißer Anemonen dem Vater in einen Krug ordnete, sah er ihr zu wie einem Wunder. »Du bist wie deine Mutter«, sprach er dann; »mein Vater, als ich zuerst die Braut ihm zuführte, weigerte mir lächelnd seinen Segen; die sei der Elbinnen eine und würd nicht bei mir bleiben!« Und als er das gesagt hatte, riß er heftig das Kind an seine Brust.
Einer, der sie noch selber sah, soll einst geäußert haben, ihr Körper sei gewesen, als habe ihre anima candida ihn selber sich geschaffen.

Flitterwochen, in denen die Jungfrau sanft zum Weibe reift, hatte es auf Dorning nicht gegeben; die gehörten dem Toten, der mit zerhauenem Schädel in der Grube lag. Statt dessen war die Leidenschaft des Weibes; doch nur in den Stunden der Minne war Frau Wulfhild ihrem Manne untertan; zu anderer Zeit war ihr eigener Wille schwer zu beugen. Wie kampfgerüstet ging sie schon in der ersten Woche zwischen Gewappneten über alle Teile der Feste; dann schritt sie zu ihrem Eheherrn: »Traust du dem Atterdag? Ich nicht!« und verlangte hier ein Tor oder Fallgitter, dort einen weiteren Graben.
In manchem tat er ihr den Willen, in anderem blieb er hart und sprach dagegen: »Meinem Vater ist's so recht gewesen! Nimm deine Kunkel und sorg für Kinderhemde!« Dann ward sie zornig, und es gab üble Worte; kam es, daß es auch ihm wie Funken aus den Augen sprühte, dann konnte sie sich jäh in seine Arme werfen: »Halt, Rolf! Du bist zu schön! Da hast du mich; ich will nichts mehr!«
Dann ward wohl Friede; aber dem Ritter wurde nicht warm in seiner Ehe; es schien, als sei die Freude ihm verlorengegangen.
– – Es war zu Nachmittage im Anfang Juni, und die Luft war lieblich; stundenlang waren Frau Wulfhild und ihr Ehegemahl durch ihr Gebiet geritten; aber für ihn war es kein leichter Ritt, denn ihre raschen Augen flogen weit umher, und unter ihrer gewölbten Stirn arbeitete es dabei von neuen Plänen: wo Wald war, wollte sie Ackerfeld, und wo das Feld zu dürre schien, da

wollte sie Kiefern- oder Tannenwälder. »Wir müssen Schatten säen!« rief sie, da sie eben in einen Waldbezirk hineinritten; »fühl nur, wie wohl das tut!« Der Pfad war so schmal, daß die Pferde nur einzeln schreiten konnten; sie ritt voran, der Schreiber Gaspard, den sie als Berater mitgenommen hatte, war der letzte. Das Klopfen der Spechte oder unsichtbar über ihnen der Schrei eines Raubvogels war außer dem Tritt der eigenen Rosse alles, was sie hörten; und über Mann und Weib kamen die Gedanken, die nicht laut werden; aber ihre Wege gingen nicht zusammen.

Der Wald hörte auf, und sie ritten aus dem beklommenen Bodendunst wieder in das Freie. Am Westhimmel war schon ein sanftes Rot erglommen; das Geißblatt, das voll Blüten an den Wällen hing, erfüllte die Luft mit Wohlgeruch, daß sie wie in ein wollüstig Meer von Duft hineinzogen. Rolf blickte nach seinem Weibe, das jetzt ein Stück zurückgeblieben war; dann wandte er wiederum den Kopf und sah ins Abendrot; da sprengte sie plötzlich an seine Seite und drängte ihren Schimmel hart an seinen Hengst; als aber Rolf die Schwere ihres Hauptes an seiner Brust fühlte, fuhr ein Sporenstich dem Hengste in die Weichen, daß er mit einem Satz zur Seite sprang. »Verzeih, Wulfhild!« rief der junge Reiter, indem er das Tier zusammendrückte, »der Hengst ist Menschenminne nicht gewohnt!« Das Weib ritt wieder zu ihm und faßte mit ihrem kräftigen Arm um seine Hüfte, mit ihren funkelnden Augen nach den seinen suchend; vor ihm aber stieg die zierliche Gestalt eines böhmischen Schätzchens auf, deren Lippen er einst gestreift und das er kaum vergessen hatte, und grollend sprach er zu sich selber: ›Die du freitest, ist kein Weib zum Minnen; und wenn nicht dazu, wozu denn anders?‹

Hinter ihnen ritt schweigend Gaspard der Rabe; er sah mit seiner Schnabelnase schief zur Erden und spielte mit der Kugel seiner Mütze, als ob er an einer Schellenkappe läutete.

Die Pferde gingen jetzt ruhig, und wieder nordwärts lag ein Wald vor ihnen. Das Dunkel kam nicht nur von seinen Schatten; die Dämmerung war stark herabgesunken, und im Osten begann der Mond den letzten Tagschein zu besiegen. Da fuhr es vor ihnen von einer schwarzen Tanne mit einem Satz zu Boden, daß

Rolf Lembeck sich jäh aus seinen Träumen aufhob. »Hallo! Was war das, Gaspard?« rief er und riß seine zierliche Armbrust von dem Rücken.
– »Eine Wildkatz, Herr! Seht nur, am Stamme sitzt sie noch, der Breitschwanz, und faucht Euch mit ihren spitzen Zähnen an!«
»Ein edel und ein übel Wild!« sprach der Ritter leis und sprang von seinem Hengste. »Nimm ihn am Zügel, Gaspard!«
Frau Wulfhild griff nach seiner Hand: »Laß doch die Katze! Daheim ist besserer Zeitvertreib!«
Es trieb ihn dennoch fort. »Reitet nur heim!« rief er; »ich komme früh genug!« Damit entriß er seine Hand der ihren.
Als aber die Dame, rot vor Zorn, den Weg nach Dorning eingeschlagen hatte, sprengte Gaspard mit den beiden Rossen ihr zur Seite: »Ereifert Euch nicht, edle Herrin! Die Wildkatz ist nächtens nicht zu jagen; lasset den Ritter daheim ein edler Wild im Lager finden!«
– – Sie ritten fort. Rolf Lembeck aber drang in den dunkeln Wald, aus den Tannen kam er in den Buchenforst; er stand an jedem starken Baum und lugte nach allen Ästen, ob nicht die Lichter des Raubtieres irgendwo herunterfunkelten, aber über ihm war so schwere Waldnacht, daß nur wie Tropfen das Mondlicht hie und da hindurchfiel; zu hören war nichts als nur das Knicken des Unterholzes, das er durchschritt, auch wohl das Zirpen einer Eulenbrut. Er blieb stehen und warf die Armbrust wieder auf den Rücken: ›Du warst ein Narr; hier ist kein Jagen in der Finsternis!‹ Seine Gedanken flogen heim zu seinem Weibe; doch er schüttelte den Kopf: »Nein, nein, Frau Wulfhild« – er sprach es laut in die einsame Nacht hinaus –, »eine Schlachtjungfrau wärst du wohl eher; und hat auch schon ein wundgehauener toter Mann an deinem Leib gehangen!«
Fast erschrak er über die eigenen Worte, die die Stille um ihn her durchbrachen; aber er kehrte nicht um, er schritt weiter auf seinem nächtlichen Irregang. Da, von unweit vor ihm, drang es an sein Ohr, so süß, als wollt es alle Sehnsucht wecken, die in ihm schlief. »O Nachtigall, selige Singerin!« rief er, seine Arme in das Dunkel streckend.

Schon flog der Mai
Vorbei, vorbei,
Und brachte nicht, was minnewert!
Willst du sie künden,
Soll ich sie finden,
Die Fraue, die mein Herz begehrt?

Bald stand er, bald ging er vorsichtig weiter, und immer nur dem Schalle nach. ›Was hätt ich bessere Führerin!‹ sprach er zu sich selber.

Der Wald ging zu Ende, und durch die Stämme sah er auf einen Sandweg, auf den der Mond seinen Schein herabwarf. Jenseits, in gleicher Helle, stieg eine jähe Hügelwand empor, und eine Zinnenmauer streckte sich auf ihr entlang. Rolf Lembeck betrachtete das genau; als aber seine Augen hinter Baumwipfeln den Oberteil eines runden Turms gewahrten, da wußte er, das sei die Gartenseite von Haderslevhuus, auf dem der Schloßhauptmann des Königs sitze.

Der Ritter schaute starr hinauf, als müsse er ein Wunder hier erwarten; aber nur der Nachthauch rührte dann und wann das Laub der Bäume, und in kurzen Pausen schlug am Waldesrand die Nachtigall. Doch wie ein jäher Schreck durchfuhr es ihn: dort oben zwischen den Zinnen lehnte jetzt ein Weib; nein, nicht ein Weib; ein Kind – er wußte nicht, ob eines, ob das andere. Den Arm mit einem weißen Mäntelchen verhüllt, neigte sie sich tief hinab; denn der Kehle der Nachtbeleberin entquollen jetzt jene langgehaltenen Töne: sehnsüchtig, nicht enden wollend, wie ein heißer Liebeskuß.

Rolf Lembeck stand unten im Waldesschatten, unbeweglich, mit verhaltenem Atem. »O Stunde, bist du da!« Seine Lippen flüsterten es nur; das sanfte Rauschen weiblicher Gewänder berührte von oben her sein Ohr; ein Atmen, mehr ein Seufzer, kam herab; und nun hob sich ein Antlitz, schmal und blaß, und legte sich auf das gestützte Händchen; das Mondlicht schimmerte auf einem Silberreife, der das dunkle Haar umfing.

Da befiel den Mann am Waldesrand die sehnende Schwere, die allein nicht mehr zu tragen war; es drängte ihn hinaus ins Helle,

und die Arme ihr entgegenstreckend, rief er: »O Schöne, Selige! Gott woll ein süßes Leben so süßem Geschöpfe geben!«
Sie erschrak und bog sich von der Mauer weg; doch dann besann sie sich: die Worte waren ja aus Meister Gottfrieds »Tristan«, nur daß sie in Frankreichs Zunge dort geschrieben waren! Sie hatte sie eines Tags gelesen; aber die Base hatte ihr voll Angst das Buch entrissen; so etwas sei noch nicht für ihre Jugend! Nun kam der Reiz, zu zeigen, was sie wisse. ›Das ist kein Landfahrer, der ist nicht zu fürchten!‹ sprach es in ihrem Innern; und als sie wieder sich erhob, erblickte sie drunten den schönen Jungherrn in blitzendem Gewande und sah das Mondlicht auf seinem goldenen Blondhaar spielen; denn er hatte sein Haupt entblößt und hielt die Kappe mit der Reiherfeder in einer seiner Hände, die er wie anbetend ihr entgegenstreckte. Da faßte sie Mut und rief ihm aus demselben Buche ihre Antwort: »Dé te bénie! Gott segne dich! Et merci, gentil Sir!« Aber ihre Stimme zitterte und wehte nur wie ein Hauch hernieder.
Gleichwohl, da er seine Kappe wie zum Gegendanke schwenkte, fügte sie zaghaft noch hinzu: »Seid Ihr ein Sänger, Herr?«
»Ein wenig, selig Fräulein!« rief er ihr entgegen. Aber eine Antwort kam nicht mehr herab, denn zu den Füßen des Kindes regte es sich und hob sich auf; vergebens mühte sie sich, den Kopf der ungestümen Dogge niederzuhalten, die schlafend dort gelegen hatte. Zwar neigte Dagmar sich und drückte den Mund an das rauhe Ohr des Tieres: »Still, Heudan, still! Darfst auch zur Nacht vor meiner Kammertür schlafen!« Es wollte nicht verschlagen; die Dogge drängte die kleinen Hände fort, dann sprang sie mit den Vordertatzen auf die Mauer, und ein hallendes Gebell scholl in den Weg hinunter.
Als der Hund sich wieder knurrend zu ihren Füßen gestreckt hatte, wagte auch Dagmar hinabzuschauen; aber es war nichts mehr da als nur der lautlose Mondschein und in Pausen noch der Schlag der Nachtigall. – Trunken, als habe ein Zauber ihn berührt, schritt Rolf Lembeck indes am Waldesrande seinem Hause zu.

Es war auf Dorning schon nach Mitternacht. In der hochbelegenen, aber geräumigen Kemenate lagen die Seidendecken von Arras noch unaufgeschlagen auf dem Ehebette; unweit desselben aber auf einem Tischchen war ein lecker Mahl gerichtet; vor zwei Plätzen – nicht sich gegenüber, sondern Seit an Seite – stand je ein silberner Pokal; ein Kränzlein früher Rosen hing an jedem und erfüllte das Gemach mit Duft. Doch die Speisen waren kalt und unberührt, der eine der schmalen Sessel leer; auf dem anderen saß Frau Wulfhild wie ein steinern Bild, den Kopf auf ihren vollen Arm gestützt. Sie wußte nicht, wie lange sie so gesessen hatte; so ruhig der Leib schien, die Ungeduld des Wartens zehrte in ihrem Innern, und ihre Augen glühten dunkel über den heißen Wangen; wie sonder Gedanken hob sie eine Silberkanne und schenkte roten Wein in die Pokale, und mit der anderen Hand sich müde in ihr Goldhaar greifend, nahm sie den ihren und rührte klirrend an den Rand des andern. »Komm! Komm, Rolf! Verschmäh nicht deine Rosen!« rief sie leise.

Sie war emporgesprungen, sie stieß ein Fenster auf und bog sich weit hinaus, in der hellen Nacht über die Wipfel der absteigenden Wälder schauend; aber kein Menschentritt, kein Wächterruf erscholl; nur der Nachthauch wehte ihr kühl entgegen und trug von unten aus dem linken Flügel einen Schall vorüber: ein Waffenklirren, ein Stampfen wie mit vollen Krügen, dazwischen heisere Männerstimmen und dann und wann das Lachen eines Knaben. Ein sechzehnjähriger Junker, Gehrt Bookwald, war am Morgen angelangt, um bei dem kaiserlichen Ritter »Reiterei und Gottesfurcht« zu lernen; der Lärm kam unten aus der Gesindestube. Frau Wulfhild lauschte. »Die Knechte bringen ihm den Willkomm!« sprach sie, und das blonde Antlitz des Knaben, der nun ihr Diener war, zog an ihr vorüber. Es schien wüst herzugehen drunten, und eine Stimme klang ihr gleich der des ersten Ehegemahles, wenn er unter Zechbrüdern in seiner Freude saß; sie schauderte, und das Knabenbild erlosch.

Allmählich ging der Tumult zu Ende; es wurde totenstill, ein Kauz nur schrie von einem Turm herunter. Plötzlich warf sie jäh das Fenster zu und sah sich wild im Zimmer um: das Haupt des Toten, dem sie hatte sterben helfen, hatte aus der Nacht sie angestarrt. Doch es war nicht hereingekommen; die Kerzen brannten hell und ruhig.

Und wieder saß sie unbeweglich, und die Qual vergebenen Harrens war nicht mehr zu tragen. Da gedachte sie eines Wundergürtels, den eine uralte Muhme ihr zum ersten Ehefeste mitgegeben hatte. »Es ist derselbe«, hatte sie gesagt, »den einst der Ritter an Ginevra gab; so du ihn umlegst, kommt dir nimmer ein Leid!« Aber die stolze Braut hatte derzeit Zaubermittel nicht vonnöten und warf den Gürtel achtlos von sich. Doch nun war andere Stunde; sie kniete bald vor dieser, bald vor jener Truhe und warf um des verschmähten Kleinods willen ihre Kostbarkeiten durcheinander; da endlich hielt sie den goldgewebten Gürtel in der Hand, und dort saß der Rubin, vor dessen Schein alles Ungemach verschwinden sollte. Sie legte ihn über ihr weißes Nachtgewand, und er schmiegte sich leicht um ihre Hüften; aber vergebens sah sie auf den milden Glanz des Steines; der mußte gegen andere Schmerzen sein.

Noch eine Weile trug sie es; dann, wie in Scham ob ihrer Schwäche, riß sie das Zauberstück vom Leibe und warf es von sich, daß der Stein heraussprang. Zornig zog sie das Gewand von ihrem schönen Leibe und bestieg das Ehebett, aber auch die Seidendecke wollte ihr keine Ruhe bringen. »Komm nun! Du sollst! Du sollst!« rief sie, als könne sie durch ihren Willen den Ehegemahl in ihre Arme zwingen. Aber er kam nicht; und das Bild des schönen Mannes, der doch ihr eigen war, peinigte sie wie ein Gespenst; und die Kerzen, die noch auf der Tafel brannten, wurden ihr unheimlich, als sei es zum Begräbnis.

Zitternd stieg sie von ihrem Lager und löschte alle bis auf eine; dann nahm sie ein Stundenglas vom Kamingesimse und stellte es in den kargen Schein. ›Nichts anderes will ich sehen!‹ sprach sie zu sich selber; ›nur wie das Leben rinnt!‹ Und so lag sie gestützten Armes auf ihrem Kissen und blickte unablässig auf den rieselnden Sand; und war das letzte Korn hindurchgefallen, so stand sie langsam auf, das Glas zu wenden. Erst als im Dämmerscheine draußen der Wald erwachte und unter ihrem Fenster der Trupp der Arbeiter auf das Feld hinausging, war der schöne Leib in Schlaf versunken.

– Der Mann, um den sie solches litt, war längst auf einem Schleichweg in die Burg gekommen; keine Brücke hatte sich um ihn gehoben, kein Tor geöffnet; aber zu seinem Weibe zu gehen, hatte er nicht vermocht. Im äußersten Winkel des einen Flügels war eine fast leere Kammer, die er als Haussohn einstmals innehatte; dort auf einem harten Faulbett lag er unausgekleidet, den blonden Kopf auf beiden Händen; das Baumrauschen vor seinem Fenster hatte ihn selig eingewiegt.

Die Zeit war fast um eine Tagfrist weitergerückt; es war wieder Abend. Frau Wulfhild saß in ihrem Wohngemache, wo dunkelgemusterte Teppiche an den Wänden hingen; auch hier waren kleine Glasscheiben in den beiden Fenstern, und das Mondlicht, das hindurchfiel, mischte sich mit dem Schein der Kerze, die auf dem Tische stand. Das schöne Weib saß unbeweglich mit gestütztem Haupte. Da öffnete sich die Tür, und Gaspard der Rabe trat herein. »So kommst du endlich?« sprach sie und warf ihre müden Augen auf ihn.

»Wohl, Herrin.«

»Dein Kopf hat sich verrechnet«, sprach sie wieder. »Dein Herr schlief unter einem Dache mit mir; doch fern, in einer Bodenkammer; er hat das Edelwild verschmäht, das seiner wartete.«

»Ich weiß das, Herrin«, antwortete der Schreiber; »er hat das Raubtier nicht erjagen können; es wird ihm nur die Wildkatz vor seinen Augen noch gesprungen sein.«

»Laß deine Narreteidung!« sprach Frau Wulfhild finster. »Ich sagte dir einstmals, ich sei keine Henne; nun willst du mich gar reuen lassen, daß ich keine Wildkatz sei! – Ich fürchte wohl, hier ist ein ander Tier im Spiel!«

»Was sagt Ihr, Herrin?« Und Gaspard richtete seine spitzen Ohren auf.

»Sieh meine Hand, Gaspard – und fühl sie auch!« rief Frau Wulfhild und legte ihre weiße Hand an seine gelbe Wange. – »Nun, schauderst du noch nicht?«

– »Nein, Fraue; lasset sie nur immer liegen!«

Aber sie nahm sie fort. »Dann«, sprach sie, »stößt nicht meine Hand ihn fort; dann ist es eine andere, die ihn zu sich zieht!«

»Sprecht weiter, Herrin! Mein Witz ist nicht so fein wie Frauensinn.«
»Du sahst doch«, sprach sie, »wie er gestern auf dem Weg mir seine Hand entriß! Es tat nicht sanft; aber vorhin in der Dämmerung, er wollte fort, der Wildkatz wegen, als ich nach seiner Hand griff –«
Sie war aufgestanden und ging mit starken Schritten durch das Zimmer. »Sieh her!« rief sie und streckte ihm ihre linke Hand entgegen; »der Blutriß ist von seinem Ehering! Ich hatte, mein ich, genug der Wunden aus meinem ersten Ehebund!« Sie warf den Kopf zurück und begann mit geschlossenen Fäusten wieder auf und ab zu schreiten.
Gaspard sah dem eine Weile zu; dann sprach er: »Und, Herrin, wie dien ich Euch?«
Da stand sie still und sah auf ihn herab; sie mußte erst der Frage nachsinnen. »Er wird auch heut nicht zu mir kommen«, sprach sie heimlich, doch ihre Stimme bebte vor Zorn; »er wird auf seine Bodenkammer schleichen und im Traum mit seinem Luftbild buhlen; aber du weißt es, Gaspard, der Mann, so stolz und wild er ist – er ist ein Kind; nimm ihm sein Spielzeug, und er vergißt es! Und du – sollst mir die Puppe suchen helfen.«
Gaspard blickte schief zu Boden und zog mit einem leisen Pfiff den Atem durch die Zähne. Dann hob er langsam seine Schnabelnase und sprach mit scharfem Lächeln: »Kopf und Hände sind nur meiner Herrin!«

An demselben Abend, nur etwas früher, saß zu Haderslevhuus die alte Base in ihrem stillen Gemache; an einer Wand stand das schmale Bettchen Dagmars, an einer anderen das der alten Dame mit dem großen Himmeldach; daneben hing ein Gefäß mit Weihwasser, darüber die geschnitzte Mutter Gottes; in einer Wandnische lagen handschriftliche Dichterwerke, an denen sie sich einstmals in der Jugend die Wangen heiß gelesen hatte. Sie selber saß an einem Tischchen vor dem Fenster mit den Butzenscheiben, durch das der Abendschein hereinfiel; ihr gegenüber Dagmar, und beide mit einer heiligen Arbeit in den Händen;

denn bei der letzten Firmelung hatte der Bischof dem Reliquienschrank der Kirche zu Haderslev eine Anzahl Schädelknochen der zehntausend Jungfrauen zum Geschenk gemacht, und die Alte wie die Junge waren jetzt damit beschäftigt, sie mit rotem und weißem Sammet und mit Goldstickereien zu überziehen.
Es war ganz still im Gemach; nur das Sticheln der Nadeln wurde hörbar und das eintönige Geräusch eines Dompfaffen, der in seinem Bauer innerhalb des Fensters unaufhaltsam auf und nieder hüpfte. Das junge Kind führte heute ihre Nadel nicht mit gewohnter Sicherheit, und die Blättchen hingen oft nicht richtig an den goldenen Ranken; sie schaute nach jedem zehnten Stiche hastig durch das Fenster, das nach Osten lag, aber der Mond war noch nicht da. Ihr Atem wurde kürzer; in ihrem Innern war heute eine fremde Kraft, die ihr die Nadel aus der Richte stieß.
Endlich legte die Alte ihr besticktes Schädelstücklein auf den Tisch. »Fertig!« sagte sie. »Guck her, Dagmar! Ob wohl dieser Kopf im Leben solchen Schmuck getragen hat?«
Das Kind hatte nicht gehört: der Mond war eben über den Bäumen aufgegangen.
»Dagmar!« rief die Base. »Was ist dir? Du glühest ja wie Purpur!«
Mit verschleierten Augen sah das Mädchen auf die Alte.
»Du hast wohl in deinen Truhen gekramt, Bas'«, erwiderte sie; »es ist so schwüler Duft hier; es hemmet mir die Luft!«
Aber die Alte hatte ihr die Stickerei aus der Hand genommen und wiegte jetzt den Kopf, indem sie sorglich darauf hinsah. »Ei ja, Dagmarlein«, sagte sie, »du hast noch eine Kinderhand; aber doch nicht allemal so sehr! Ich sagt's dir schon: was wollten deine Finger bei dem Totenbein! Schelle nach der Grete, daß sie die Kerze bringt; der Tag ist aus, und der da draußen« – sie zeigte mit ihrem mageren Finger nach dem Mond –, »der leuchtet nur Verliebten, aber nicht Kindern und alten Frauen!«
Ein heißes Rot schoß über das junge Antlitz; aber die Alte gewahrte es nicht. »So schelle doch, Kind!« wiederholte sie; »du kannst dann deinen Silbergürtel weitersticken! Ist der erst fertig zu dem weißen Seidenkleide, da wirst du aussehen wie die heidnische Diana; es fehlt nur noch der Silbermond an deiner Stirn!«

Sie bog sich über den Tisch und streichelte die zarten Mädchenwangen. »Wart nur ein Jährlein, Dagmar! Da nimmt dein Vater dich mit hinaus, nach Wordingborg, nach Kopenhagen! Da kommen die jungen Erdensöhne und werden um einen Blick der keuschen Göttin werben; auch einer, wohl so schön als wie der junge Ritter Lembeck, der letzthin auf Dorning eingezogen ist!«

»Auf Dorning?« frug Dagmar achtlos. »Der Ritter Klaus ist ja schon alt!«

– »Ei, Kind! Sein Sohn, sein ältester! Und mit einem schönen, stolzen Weibe; gar einer Schauenburgerin!«

»So? Einer Schauenburgerin?«

– »Ei freilich; aber doch nur einer Witib – ein Pfirsich, dran schon ein anderer seine Lippen setzte!«

»Pfui, Bas'! Aber ich kenne sie ja gar nicht; was kümmern mich die fremden Menschen!«

Dagmar war schon mit der Schelle an die Tür gegangen, kehrte aber zurück, ohne sie geöffnet zu haben. »Nein, Bas'«, sagte sie mühsam; »mir ist das Herz bedrückt; ich muß hinaus, in die Luft!«

– »Ei, Kind, es wird ja Nacht, und du weißt, der alte Joseph sagt, die Unholden schauen dann aus dem Boden!«

»Nur in den Garten, Base; da gibt es keine!«

Die Alte wurde unruhig; sie rückte an dem Kinntuch, das sie über ihr schwarzes Käppchen gebunden hatte. »Du weißt, sieh mich nur an!« sagte sie; »das dumme Kopfreißen; ich darf nicht in die Abendluft. Wenn dich was ankäme! Dein Vater ist in Wordingborg!«

»O Bas', ich nehme Heudan, die Dogge, mit!« rief Dagmar beklommen; »sie war auch gestern abend bei mir!«

Die Alte nickte: »Ja, ja, Dagmar, die Dogge, ja, das geht! Du zogst ihr neulich auch den Dorn aus ihrer Tatze, wie Androklus dem Löwen! Du kennst doch die Geschichte?«

Sie sah sich um; aber da war Dagmar schon hinausgeschlüpft, und die Glocke stand wieder auf dem Tische. »Ei ja«, sagte die Alte seufzend, »da läuft sie mit dem Hunde in die Nacht hinaus, und ich kann hier im Mondschein meine lieben Schatten zu mir laden; wir brauchen keine Lichter!«

Der Nachtschein fiel durch die kleinen Scheiben; und mitten im Gemache saß die alte Dame und sah mit geisterhaften Augen in die Dämmerung: nur mitunter eine leise Handbewegung, als sei es ein Willkommen.
– – Dagmar aber war hoch aufatmend die Treppen hinabgeflogen; unten in dem großen Flur erhob sich die Dogge und sprang freudig ihr entgegen. »Heudan, mein Hund, komm, komm mit mir!« rief sie ängstlich, und das Tier drängte sich an die schmächtige Gestalt, daß sie dem Ungestüm kaum wehren konnte.
Sie schritten aus einem hinteren Tore durch einen weiten Hof, an dessen Ende ein Gelaß zur Absonderung bissiger oder neuer Hunde war; und Heudan sah verwundert zu dem Mädchen auf, als sie dort eingetreten waren. Dagmar aber schlug das Herz bis in den Hals hinauf, da sie eine der ledig hängenden Ketten faßte und das Halsband des Tieres daran befestigte. Es war nur Liebes von der jungen Hand gewohnt und leckte mit der roten Zunge nach ihr hin; da schlug sie die Arme um seinen rauhen Nacken: »O Heudan, ich bin treulos, aber – du, du bellst auch gar zu schreckbar!« Und eilig lief sie hinaus und schob den Riegel vor; dann ging sie durch eine Pforte in den Garten, durch Lindengänge und zwischen düsteren Taxusbüschen; da kam vom Hof ein Winseln, und einen Augenblick stand ihr der Atem still; aber sie drückte beide Hände vor die Ohren, und als sie auf den Platz hinaustrat, wo die Würzebeete waren und wo das volle Mondlicht ihr entgegenquoll, da hörte sie nur noch die Nachtigall, die drüben am Waldesrande schlug. Der Atem ging heftig durch ihre offenen Lippen; sie setzte sich auf die Bank und blickte vor sich auf den Wipfel der hohen Pappel, deren Blätter im Nachthauch sich bewegten. Doch aus den beklommenen Atemzügen wurden Worte. »Was wolltest du hier, Dagmar?« sprach sie leise. »Die Nachtigall?« – Sie horchte eine Weile, und der Vogel sang, als müsse er einen Preis ersingen – aber Dagmar schüttelte das Köpfchen, und ihre Lippen flüsterten, indem sie die Hände vor die Augen schlug: »O heilige Jungfrau, wenn du mir hold sein wolltest!«
Da rauschten neben ihr die dichten Pappelzweige; und ehe sie es

fassen konnte, schwang ein Mann sich auf die Mauer und hinab dann in den Garten. Ein Schrei rang sich aus ihrem Munde, aber sie erstickte ihn; denn schon lag er ihr zu Füßen, jung und schön, und sah mit flehenden Augen zu ihr auf: »Seid milde, Fräulein! Oh, wie hold seid Ihr! Ich sah noch nimmer Euresgleichen!«
Sie sagte nichts; mit kindisch weit geöffneten Augen blickte sie ihn an, erschreckt und doch entzückt, als wollte sie die Worte ihm von den Lippen lesen. Doch das Winseln der Dogge scholl vom Hof herüber durch die Büsche, und des Ritters Hand fuhr jäh nach einem Jagdstahl, der an seinem Gürtel hing.
Aber sie schüttelte nur leise mit dem Köpfchen, da ließ er die halb gezogene Waffe wieder fallen. »Wer seid Ihr?« frug er. »Wollet Ihr mir's sagen?«
Und sie antwortete: »Ich bin Dagmar, des Hauses Tochter; und wer seid Ihr?«
Er erschrak und wollte schon eine Mär erzählen, wie er zu andern Zeiten wohl getan; doch da er in dieses Kinderantlitz blickte, so konnte er es nicht; er sagte nur: »Ich, süße Fraue, bin ein selig unseliger Mann, seitdem ich Euch gesehen habe!«
– »Aber, Herre, das ist nicht rechte Antwort!«
Da hob er die Hände bittend zu ihr auf: »Verlanget nicht Weiteres; es wäre auf Nimmerwiederkehr!«
»So redet nicht!« rief sie hastig; aber ein Zug der Angst flog dennoch über das zarte Antlitz, und sie setzte bei: »Nur, um der Gottesmutter Leiden, schweigt nicht zu lang; es tät mir weh!« Und wie durch körperlichen Schmerz getrieben, drückte sie die Hand auf ihre linke Brust. Da er sorgvoll mit den Augen folgte, sprach sie: »Ihr wisset, das große Sterben, als das ins Land kam . . . aber« – unterbrach sie sich –, »wo waret Ihr denn damals?«
»In Paris«, sagte er leise, als wolle er den Laut ihrer Stimme nicht verlieren; »in Prag dann später, auch dort am Königshof.«
Sie sah ihm in sein schönes Antlitz, auf den gestickten Sammetrock und wie die goldenen Knöpfe im Mondlicht blitzten. »So wisset Ihr nichts von uns – o herzliebe Mutter! Süße Schwester Heilwig!« rief sie; »o meine Brüder – alle sind sie gestorben!«
Plötzlich ergriff sie seine Hand. »Kommt!« rief sie und zog ihn

mit sich auf eine kleine Höhe, von wo man seitwärts bei dem Walde in das flache Land hinaussehen konnte. Er glaubte eine Niederung zu gewahren und einzelne Pfähle, durch dunstigen Nebel schimmernd, der dort umzog.»Dort!« sprach sie kaum hörbar und zeigte mit ausgestreckter Hand dahin.
Er schwieg: er wußte, das sei der Pestacker, wohin sie gewiesen hatte. – Ein Nachthauch kam und hob ihr dunkles Haar ein wenig von dem schmalen Antlitz und wehte das Gewand um ihren zarten Körper; ihm war auf einmal, als sei auch sie unhaltbar auf der Erde. »Wenn dort Eures Blutes einer ruht, so gönnet ihm die Ruhe!« sprach er zitternd.
Doch sie streckte die Arme aus und rief: »Mein Vater! Mein armer Vater! Wir werden nimmermehr vom Tode geheilet!«
»Das klang hart von Eueren jungen Lippen«, sprach der Mann.
Da wandte sie ihr Haupt und sah den Schmerz in seinen Augen. »Ich wollte Euch nicht Leid tun!« sprach sie bittend; »nur sagen: von all dem Sterben habe auch ich mein Teil behalten!« – und sie faßte wieder mit der Hand nach ihrem Herzen – »des Königs Arzt, der spanische Jude, ich hörte ihn einst zur Base sagen, es sei zu groß, ich könnte einmal so hingehen; starkes Leid und Freude könnte ich nicht ertragen. Und die gute Bas', will sie mir liebtun, so sagt sie, ich hätte weiße Rosen auf den Wangen!«
Sie schwieg, und er antwortete ihr nicht; aber sie sahen sich in die Augen, und drunten aus der Tiefe schlug die Nachtigall. »Frühling!« sprach er leise und öffnete die Arme ihr entgegen. Da lag sie an seiner Brust, die Augen geschlossen, die Hände um seinen Hals gestrickt; und für die Worte, welche ihnen fehlten, sang die Nachtigall, als müsse ihr die Brust zerspringen – und nun ein Ton, lang ausatmend, ohne Ende. »Sie stirbt!« rief Dagmar, warf das Haupt zurück und schaute in des Mannes Augen. »O, kann man auch vor Liebe sterben?« – Er aber, in dem Törichttun der Minne, hob ihre leichte Last gegen den Silberschein des Mondes und küßte ihre Wangen: »O meine weißen Rosen! O heilige Jungfrau, beschütze mir mein ganz unfaßlich Glück!«
Da scholl vom Schlosse her das Klirren einer Pforte, und sie

wand sich jäh aus seinen Armen. »Scheiden!« rief sie schmerzlich; dann nahm sie seine Hand, doch nur für eines Atemzuges Dauer. »Nein, fort! – fort!« rief sie in Schrecken. »Oh, vergiß nicht mein; ich müßte sterben!«

Sie fühlte einen heißen Kuß auf ihrem Mund; dann rauschte es in den Pappelzweigen, und sie war allein. Sie stand, als wäre sie nicht lebend; ihre Wangen waren blaß, von ihren Lippen aber schimmerte es rot: das war die Minne, die dort des andern Paares harrte. »O Herzliebe, o sehnende Not!« seufzte das Kind und sank auf ihren Sitz. »Und wie heißet er denn nun? – Er? Er –?« Und lächelnd antwortete sie sich: »Das weiß ich nicht – o heilige Jungfrau!«

Da kamen Schritte näher, und aus den Büschen sprach ein altes Stimmchen: »Nein, nicht dorthin; hier, Grete, hier bei dem Taxus! O heilige Mutter Gottes!« Und die Base in ihrem Marderpelz, den Kopf mit einem dicken Tuch vermummt, trat mit der alten Grete in den Mondschein hinaus. »Kind, Kind, wo bleibst du!« rief sie. »Muß deine alte Base dich suchen gehen!«

– »O Bas', es ist so schön hier!«

»Und« – die Alte sah sich um – »du bist ja ganz allein; wo ist der Hund, der Heudan?«

»Der Hund?« sprach Dagmar hastig. »Ist der nicht hier?«

– »Ei, Kind, das mußt du ja doch selber wissen!«

»O Bas', du hättest die Nachtigall nur hören sollen!« Und wie gerufen drang der Vogelschall von neuem aus der Tiefe, und das Mondlicht glitzerte auf den Blättern der Hülsen und den Nadeln des Taxus; von Düften schwamm es in der Luft. Einen Augenblick stand die Alte, das Ohr geneigt. »Ja, ja; du heil'ger Gott, das wäre ein Plätzchen für die Minne hier!« sprach sie murmelnd vor sich hin. »Vor Zeiten; ach, vor langen Zeiten!« Dann aber trieb sie zu rascher Rückkehr in das Haus, denn ein Abendwind hob sich und rauschte durch die Wipfel der Bäume.

Dagmar ging mit unhörbaren Schritten, da sie dem Gelaß vorbeikamen, worin sie Heudan, die Dogge, eingesperrt hatte. »Morgen, mein Hund«, sprach sie leise gegen die verriegelte Tür; »ich hol dich früh!« Aber der Hund schien zu schlafen; es blieb alles still.

Und bald lag sie in dem schmalen Bettchen in der Kemenate der Base: aus dem großen Himmelbette scholl bald das gleichmäßige Atmen einer ruhig Schlafenden; von dem jungfräulichen Lager hob sich in dem zweifelhaften Mondlicht noch ein blasses Köpfchen, das schwarze Haar in ein weißes Seidennetz gehüllt. »O Mutter der Gnaden«, flüsterte das Kind, »ich habe sie beide belogen, Heudan erst, den Hund, und dann die gute Base! Ach, Heilige, aber wenn man erst so alt ist! Sie verständen das doch beide nicht!« Dann legte sie die Hände über die junge Brust, und sanft wie eine Wolke kam der Schlaf.

– Rolf Lembeck wanderte indessen mit langsamen Schritten heimwärts; er wußte wohl, auf Dorning erwartete ihn auch ein schönes Weib, und sie war sein mit allen ihren Wonnen; aber ihn überfiel es, als fürchte er die starken Weiberarme, und ging den Weg hinab wie in ein Tal des Todes.

Durch alle Gefahren aber fand die Minne ihren Weg. Rolf, der Leichtlebende, wie das schuld- und truglose Kind, sie waren beide plötzlich klug geworden und reich an Plänen und an Listen; denn Minne schärfte ihre Sinne und gab ihnen zum Schild die träumerische Vorsicht. Und alles fügte sich, als ob es helfen sollte: die Base hatte bei dem Nachtgang ihren Fluß im Kopf verschlimmert; den Schloßhauptmann hielt der König noch in Wordingborg. Rolf Lembeck zwar erkaufte sich bei seinem Weibe nur durch erzwungene Zärtlichkeit die flüchtigen Stunden seines echten Minneglückes; und mitunter, wenn er sie umfangen wollte, setzte sie ihre schöne Faust gegen seine Brust und sah ihm prüfend in die Augen, ob seine Seele auch dabei sei; und so geschah es unterweilen, daß sie plötzlich seine Arme von sich warf und schweigend aus der Tür schritt. – Und als zu Haderslevhuus der Schloßhauptmann aus Wordingborg heimkam, da trug ihm wohl die Tochter ein schweres Herz entgegen, und als er ihr die Wangen strich und frug: »Was ist mit meiner Dagmar?«, da schüttelte sie nur den Kopf und sah zu Boden und nicht wie früher in das geliebte und gefurchte Antlitz über ihr; und zu sich selber sprach sie: ›O brennend Leid! Wem soll ich reden, wem soll ich schweigen?‹ Doch es ward nicht laut; sie schwieg nur für den fremden Mann, und ein Weh durchflog sie wie einstmals in der Pestzeit, als sei sie nicht mehr ihres Vaters Kind; doch war es heute nicht ihres Vaters Schuld.

So schien die Heimlichkeit geborgen; aber ein Durchblick von eines Sandkorns Umfang konnte sie verraten. Schon mehrmals hatte Frau Wulfhild ihren Schreiber angehalten: »Nun, Gaspard, wo bleibt die Puppe?« Und er hatte geantwortet: »Verzeihet, Frauenwünsche sind schneller noch als Mannesarbeit!« Gleichwohl trug er schon etwas in seinen Sinnen; nur wollte er es unreif nicht herausgeben. Er hatte auch einmal vom Wege aus des Schloßhauptmanns Tochter über die Gartenmauer lehnen sehen; und auch zu ihm hatte die Dogge, die mit den Vordertatzen zwischen den Zinnen stand, das gewaltige Gebell hinabgesandt. ›Hm, ein Kind noch!‹ hatte er bei sich gemurmelt; ›ein Kind mit einem Hunde! Und doch – auch bald nicht mehr; wer weiß?‹

Und eines Morgens sprach er zu dem Ritter: ›Wisset, Herr, drunten in Haderslev hat ein junger Schmied, der eben aus dem Reich gekommen ist, ein neues Schießwerk heimgebracht: es ist ein eisern Rohr und wird mit einem Pulver draus geschossen! So's Euch gefällt, wir könnten einmal hinüberreiten!«

»Heiliger Hubertus!« rief Herr Rolf; »kümmert Gaspard der Rabe sich auch um Schießzeug?«

Der Schreiber warf von unten seine scharfen Blicke auf den Frager. »Wenn ich nur treffen könnte!« sagte er.

Da lachte Rolf Lembeck: »So komm! Ich kenne die Feuerröhre schon von Prag; wer weiß, ob nicht dein Treffer drinsitzt!«

»Vielleicht«, erwiderte Gaspard, und da der andere nach dem Reitstall schritt, sah er ihm nach, als sähe er auf seine Beute.

In kurzem ritten sie auf Haderslev. Es war zu Ende Juni; Rolf hatte sein Mäntelchen schon auf des Rappen Hals gelegt, denn die Sonne brannte; Gaspard warf die Gugelkappe in den Nakken. So ritten sie in dem goldenen Staub der Heerstraße durch das Kirchdorf Hammelef; die Bauernkinder lagen im Sande vor den Hütten und wiesen mit den Fingern auf den schmucken Reiter. Von da führte der Weg durch den Wald, und die Rosse traten vorsichtig zwischen die Eichen- und Buchenwurzeln. Der

Ritter blies den Atem von sich: »Ah, Gaspard, das ging schier ums Gesottenwerden!«
Der Schreiber nickte nur; er hatte Gedankenarbeit. Der Wald hörte auf, und wieder kam der Sonnenbrand; nach einer Weile ein Hügel mit hohen Bäumen, an dem zur Linken sich eine andere Holzung hinzog; oben aus den Wipfeln sah die Krönung eines stumpfen Turmes. Wie eine Gabel teilte sich der Weg nach rechts und links; und Gaspard, als ob es sich von selbst verstehe, spornte seinen Fuchs zur Linken in den Waldweg, er wollte an der Gartenwand vorüber, um dort des Ritters Mienen und Gebaren zu erforschen; doch da er umblickte, sah er sich allein; der Ritter war schon nach Osten auf dem Wege durch die freie Landschaft.
Gaspard wandte sein Pferd und ritt bald wieder neben ihm. »Ei, Herr«, sprach er, »was meidet Ihr den Schatten und reitet den weiteren Weg hier in der Sonnenglut?«
Der Ritter sah lachend von seinem Hengst auf ihn herab: »Ich wußt nicht, Gaspard, daß du die Sonne fürchtetest!«
»Ich bin kein Ritter, Herr«, sprach Gaspard und zog sich seine Gugelkappe in die Stirn. »Ist in dem Schlosse droben etwas, das Euer Auge haßt?«
»Meinst du«, erwiderte Rolf Lembeck fröhlich, »daß man nur meidet, was man haßt?« Doch, als besänne er sich plötzlich, fügte er hinzu: »Wohl seh ich lieber das freie Land hier als auf des Dänenkönigs Burgen; mir ist, er spinne wieder Unheil!« Der Zusatz kam zu spät, denn als er auf den Schreiber blickte, sah er dessen Kopf sich seitwärts drehen und mit der Nase nach der Erde fahren, daß ihm der Kappenzipfel um die Schulter schwenkte. »Holla, Rabe!« rief er. »Wonach trachtest du?«
»Ihr wisset, Herr«, entgegnete der Braune, »ich sehe bisweilen Dinge, die nicht da sind.«
»Und was Beute sahst du denn dorten auf dem Sande?«
»So Ihr es wissen wollet – nur eines Fädleins Ende! Ich dachte töricht, es sei schier mitzunehmen; doch – Ihr habt recht, warum sollen wir die Königsburg betrachten!«
»Ei, Gaspard!« rief der Ritter, »wozu der Faden! Hier ist kein griechisch Labyrinth!« Doch plötzlich überkam es ihn, als stehe

er mit Dagmar vor aller Welt auf offenem Markt, und aus dem Haufen glühten seines Weibes Augen auf das arme Kind.
Gaspard blinzte mit verkniffenem Lachen auf den jungen Herrn und ließ dann seinen Fuchs nach hinten gehen. So ritten sie, jeder in eigenen Gedanken, in die Stadt.
– Was mit dem Feuerrohr geworden, vermag ich nicht zu sagen; aber ein anderes. In Holstein, in einer engen Gruft, mußten die Würmer sich durch einen Sarg gefressen und von dem gemunkelt haben, was sie in dem toten Mann gefunden hatten, der, als er oben ging, Hans Pogwisch hieß.
Am Nachmittage, da Rolf Lembeck mit dem Schreiber das Haus des Schmieds verlassen hatte, saß in der Gaststube des »Schwarzen Stiers« zu Haderslev ein wüster Holstenkerl; er wollte zum König Waldemar, der wieder einmal Kriegsleute sammelte; ein paar Gesellen, die ihm nicht ungleich sahen, hielten ihn trunkfrei, denn er war ebenso maulfertig im Trinken wie im Reden. »Ihr habt das Weibsstück nun nahebei!« rief er, »die macht nicht viel Federlesens, und schmuck ist sie, daß sie den Teufel verführen könnte!« Er stützte den schweren Kopf in seine Hand und streckte die andere breithin auf den Tisch. »Die Königlichen hatten ihr den Mann, der seinem Weib die ganze Ehefröhlichkeit verdorben hatte, zu ihrer Freude so verhauen, daß schon der Gottseibeiuns am Bettende saß, um mit der Seele abzufahren. Aber – das wissen wir selber! Unkraut und Disteln vergehen nicht so leicht; und eines Tages wurde seine Nase wieder rot und kreuzfidel!«
Der Kerl lachte und nahm sein Glas: »Ein Satansweib! Möge der Teufel ihr weiterhelfen!« Und die Gläser der drei Halunken klirrten aneinander.
An einem andern Tische saß ein Herr, jung und im goldgestickten Rock; er war schon aufgesprungen und hatte die Hand am Schwertgriff, um die Kerle abzufuchteln; denn er wußte, es war sein Weib, das ihre schmutzigen Mäuler schändeten. Aber er setzte sich schweigend wieder: er mußte hören; das war besserer Gewinn.
Und mit heimlicherer Stimme begann auch schon wieder der Bettelgast am andern Tische; aber er hatte sich zuvor noch erst

sein Stück gelacht: »Der wunde Ritter, ich sagt's euch schon, hub an, seine Fäuste wiederum zu fühlen; da« – und der Kerl stieß mit seinem Becher auf den Tisch –, »da hatte sie auf einmal Ratten zu vergiften! – Ich glaub, es ist auch wohl eine Ratte mit krepiert; aber es glückte wunderbar: am andern Morgen war sie eine frohe Witwe!«

»Mordbrand!« rief einer von den andern; »gar eine Ritterfrau von hier? Wie heißt sie denn?«

Aber der Kerl wischte sich den Mund und hob mit trunkener Feierlichkeit die flache Hand: »Das bleibt bei mir! Ich bin von ihrem Hof; ein Hundsfott, der seinen Herrn verrät! Möchte nur der Folgmann des armen Vorwirts nicht geworden sein!«

Er leerte sein neu gefülltes Glas und stand taumelnd auf; als er an Rolf Lembeck vorüberkam, sah er ihn mit verglasten Augen an und strebte taumelnd nach der Tür.

Gleichzeitig war Gaspard in das Gemach getreten, der auf Einkauf für seine Herrin in der Stadt gewesen war, und Rolf drängte zur Heimfahrt. Auf dem Rückweg ließ er den Schreiber vor sich reiten: er wollte weder seine noch eines andern Menschen Rede hören; ihm war's, als wenn das Hirn ihm friere und gössen Eisstrahlen sich hinab durch seinen Rücken! Nicht seines Weibes dachte er zunächst; nein, Dagmars; und daß zu ihr ein furchtbarer Rettungsweg sich aufgetan.

Als er zu Dorning ins Gemach trat, kam Frau Wulfhild mit ausgestreckten Armen ihm entgegen; aber er griff sie an beiden Handgelenken und hielt sie von sich; mit entsetzten Augen sah er auf ihr Antlitz.

Sie erschrak. »Was ist dir?« rief sie auffahrend; »bist du auch toll geworden?«

Da ließ er schweigend ihre Hände fahren und schritt in den Hof hinab. Das Weib aber stand plötzlich ohne Regung. »Was war das?« stammelte sie kaum hörbar.

Nach einigen Tagen stand der Schreiber in Frau Wulfhilds Kemenate.

»Hast du die Puppe?« frug sie hastig.

Er wiegte seinen kleinen Kopf: »Ich habe sie und habe sie auch nicht.«

– »Das heißt?«
»Ich wette, es ist das Fräulein von des Königs Burg.«
– »Des Schloßhauptmanns Tochter? – Ein Kind!«
Er spreizte seine Finger: »Erlaubt, das pflegt sich beim ersten Kuß zu wandeln; und überdies – das Neue ist ein Dämon!«
Sie war vom Sessel aufgesprungen und schritt mit funkelnden Augen auf und ab; ihre Finger griffen in ihr Sacktuch, als sei's ein lebend Wesen, das sie würgen müsse.
»Das Spielzeug könnt Ihr nicht nehmen«, sagte Gaspard wieder; »doch wenn das Spielzeug nicht vom Kinde kann, so muß das Kind vom Spielzeug!«
– »Was heißt das? Rede deutlich!«
»Sind hier die Wände sicher?«
»Das weißt du selber«, erwiderte Frau Wulfhild und warf sich in den Sessel. »Nun rede!«
Und Gaspard setzte sich zu ihren Füßen auf den Schemel, den sie ihm gewiesen hatte. »Ihr habet, edle Herrin«, begann er leise, mit Fingerspiel sein Wort begleitend, »meine Maulwurfsarbeit nicht gesehen, aber ich habe sie getan. So leiht mir nun ein hörend Ohr! – Die unruhigen Herren in Holstein spinnen einmal wieder etwas gegen den König Atterdag« – er sah sich um; dann fuhr er fort: »Sie hatten Eueren Schwäher auch zum Rat berufen; Ihr wisset, der gewaltige Herr hat etwas von der Fledermaus: beim Wolfe heut und morgen bei den Falken; und so wollten sie seiner diesmal sicher werden. Aber er bauet die Burg dort auf der Insel und kann nicht fort von dem wilden Bauvolk.«
Gaspard senkte seine Nase: »Wollet nicht fragen, wie ich das erfahren habe; aber ich suchte einen klugen Boten und schrieb an Herrn Klaus Lembeck, daß bei Euch ein treuer Mann entbehrlich sei, wenn anders Treue im nächsten Blute liege; ich schrieb auch, es komme Euerem Wunsch entgegen, des Ehegemahls auf eine Weile zu entraten.«
»Mich will bedünken«, rief das Weib, »du bist noch eigenwilliger als klug! Und Klaus Lembeck« – setzte sie hinzu –, »wie lautet seine Antwort?«
Der Schreiber nestelte an seinem Rock und reichte ihr zwei Papiere. »Solange«, sprach er, »der alte Ritter nicht des Königs ist,

sind die Wünsche der Schauenburgerin ihm Befehl! Hier ist ein Brief für Euch, und nebenbei, wenn Ihr sie wollet, die Berufung für Herrn Rolf Lembeck!«

Die Frau griff nach den Briefen und las sie. »Du nimmst mir den Gemahl und solltest ihn mir doch wahren!« sprach sie seufzend.

– »So lasset mich schreiben, daß Ihr ihn nicht missen könnt!«

Da war sie aufgestanden; den Kopf emporgeworfen, die eine Hand an ihren Lippen, stand sie da, wie in die Weite schauend; dann reichte sie dem Schreiber ihre andere Hand: »Mein weiser Rabe! Ich bin zufrieden, schick mir deinen Boten; ich werde an Klaus Lembeck schreiben, Rolf wird diesem Vater nicht zuwiderhandeln.«

»Ich wußt es, Herrin; Ihr seid nicht wie die andern.« Er küßte ihr Gewand; dann wurde er entlassen.

– – Am Abend dieses Tages schritt Rolf Lembeck nach der Gartenmauer zu Haderslevhuus, und Gaspard der Rabe schlich unmerklich hinterdrein; er wollte nähere Bestätigung für einen neuen Anschlag, den er im Kopfe trug.

Spärlicher Nachtschein zitterte durch die Buchenkronen; nur wenn der Ritter durch eine Lichtung ging, huschten wie blaue Funken die Johanniskäfer um ihn her, und die Nacht war lau und still. Sein Weib hatte nicht versucht, ihn zu halten; dennoch ging er langsam und in schwerem Sinnen, und er hörte nicht auf den Schritt, der in den seinen trat. Nicht nur was er im »Schwarzen Stier« erfahren hatte, ein anderes noch war ihm gekommen! Ein Wort, das er als Knabe von seinem Vater vernommen hatte. Ein Graf von Orlamünde hatte derzeit von seinem Weibe wollen, um eine Schönere zu freien; aber kein Laie hatte zwischen den beiden Eheleuten den gemeinsamen Blutstropfen finden können, der fähig war, den Bund zu lösen. Da machte der Graf ein gut Teil seiner Habe zu Gold und zog nach Rom; und bald auch kam er mit heiterem Antlitz heim: zwar ohne Gold, aber mit dem Pergament des Heiligen Vaters in der Tasche, das wegen zu nahen Blutes die Ehe aufhob. »Beim heiligen Bart«, hatte Klaus Lembeck da gerufen, »der Teufel konnt es nicht; der Papst hat es herausgefunden!«

Der Knabe Rolf hatte das Wort gehört und nicht geachtet; jetzt kam es aus der Tiefe, wo das Gedächtnis die Schätze für die Zukunft hütet. ›Und wenn dem Orlamünder, warum nicht mir?‹ rief es in ihm. ›War meiner Großmuhme Gemahl doch ein Vetter von den Schauenburgern!‹ Dann dachte er des anderen: »Wenn ich es brauchen müßte, das bricht die Kette!« rief er laut, und mit kräftigeren Schritten ging er weiter.

Der Rabe Gaspard war auf seinen Fersen; und als nach einer Weile der Ritter sich droben aus den dichten Zweigen in die zarten Arme schwang, da war der Laurer an dem Waldrand und sah, was keines Menschen Auge hätte sehen sollen. Denn in dem Ritter war alle ungestüme Liebesnot und Hoffnung aufgesprüht; »Rolf, Rolf! Du tötest mich!« rief Dagmar, als er sie in seine Arme preßte.

Da ließ er sie plötzlich und starrte über die Mauer in den Grund hinab. »Hörtest du es, Dagmar? Da drunten lachte was!«

Sie aber wandte das süße Antlitz zu ihm: »Fürchtest du dich, Rolf?«

»Ja – Dagmar; wer dich im Arm hält, muß sich fürchten!«

»Doch nicht vor Ringeltauben! Ich hörte es auch, es kam dort aus der Buche.«

Er warf noch einen Blick hinab, dann zog er sie auf die Bank, wo vom Weg herauf kein Auge sie erreichen konnte. Die Nachtigall hatte ausgesungen; fast keines Atemzuges Regung war in der Nacht; wie müde legte Dagmar den feinen Nacken auf seinen Arm, und ihre dunkeln Augen wollten nichts als ihn. Dämmerung war es, denn der Mond war rund und wieder schmal geworden und stand mit seiner Sichel über den Bäumen in Südost. Rolf Lembeck sah grübelnd in die Nacht hinaus.

»Nimm! So nimm doch, liebster Mann!« hauchte das Kind und bot ihm ihre roten Lippen.

Aber er drückte wie in Angst ihren Kopf an seine Brust: »Nicht mehr, o Süße, Selige!«

Da lachte sie und riß das dunkle Köpfchen wieder gegen ihn auf: »Um was? So nimm doch, was dein ist!«

Aber der Mann stöhnte, in Wonne halb und halb in Schmerz: »O Dagmar, ein Feuer ist die Minne; es soll dich nicht verbrennen!«

Sie verstand ihn nicht; sie frug auch nicht, nur als seine Lippen jetzt flüchtig ihre Stirn berührten, klagte sie: »Das ist ja nicht der Weg zum Herzen! Zürnst du? Was hab ich dir getan?«

»Du, Dagmar?« rief er, und seine Augen leuchteten wie blaue Sterne, »du fülltest mir das Herz mit Wonne; soll ich Todesnot in deines bringen? Hör mich, du Schöne, Unirdische! Mir ist es oft ein Wunder, daß meine Hände dich berühren können; mir ist, als seiest du mein holder Schattengeist, von dem die alten Mären sagen, zwischen Lilien aus dem Mondscheinsee zu mir emporgestiegen; mir träumt zu Nacht, daß Flügel an deinen zarten Schultern sprießen, daß du mich fortträgst, weit aus dem Wirrsal meines jungen Lebens!«

– »O nein, nicht so, nicht so!« Flehend bat sie ihn, und ihre Hände legten sich auf seinen Mund; »du täuschest dich; ich bin nur ein Erdenkind, o Rolf, die sterben vom Hauch der Luft; ich weiß es!«

Anbetend sah der Mann sie an.

Da glitt sie ihm zu Füßen, ein gespenstischer Glanz brach aus ihren Augen. »O Liebster, kein Leben, kein Sterben ohne dich!«

Er zog sie sanft zu sich herauf: »Erst leben, Dagmar! Wir zusammen – möchtest du das nicht?«

Sie nickte nur; aber der Atem stand ihr still, als ob sie Wunder hören solle.

– »So muß ich dich um Urlaub bitten!«

»Urlaub?« rief sie erschreckt. »Du willst fort? – Ganz fort?«

– »Nur auf zehn Tage, Dagmar! Am Abend nach Mariä Heimsuchung bin ich wieder bei dir!«

»Zehn Tage! – Oh, das ist lange!«

Er strich ihr liebkosend das lose Haar unter ihren Silberreif: »Ja, Dagmar, lange! Aber ich muß zu meinem Vater!«

Sie blickte ihn plötzlich wie verwundert an. »Hast du auch einen Vater?« frug sie zaghaft.

– »Hast du doch einen, Liebste!« sprach er. »Und meiner soll uns helfen, daß ich mit ihm durchs Schloßtor zu dem deinen trete und dich zum Ehegemahl begehre!«

Ein selig Lächeln überflog das Angesicht des Kindes: »O Rolf, welch ein Glück!«

Es fiel ein Regentropfen, ein langer Donner rollte über ihnen.
»Gott hat's gehört!« sprach er.
– »Sag noch einmal«, bat sie, »wann kommst du wieder?«
Er neigte sich und flüsterte es noch einmal in ihr Ohr.
– »Gewiß?«
»Glaubst du, ich könnte den Weg vergessen?«
»Nein, nein!« –
Sie waren aufgestanden, Dagmar hing an seinem Halse; aber die Donner rollten stärker, und die Blitze flammten, vom Turme herab scholl das Wächterhorn. Noch einen Kuß, noch einmal, als wie auf ewig, Brust an Brust; dann war nichts als Nacht und Wetterschein auf diesem Platze.
– – Bevor Rolf Lembeck sein Haus erreichte, war Gaspard heimgekommen, und Bericht und Anschlag waren zwischen der Herrin und ihrem Diener schon zu Ende; als der Ritter in das eheliche Gemach trat, lag Frau Wulfhild wie schlummernd auf ihrem Lager. Doch obschon sie in voller Weibesschöne dalag, ihres Mannes Augen sahen an ihr vorüber, und seine Hand griff nur nach einem Schreiben, das auf einem Tischchen lag, auf dem er seines Vaters Hand erkannt hatte. Als er es hastig aufgerissen, flog es wie Schrecken halb und halb wie Staunen über des Weibes Antlitz, und ihre Augensterne blinzten heimlich durch die Lider, denn Rolf Lembeck hatte zufrieden vor sich hin genickt. Dann streckte er sich ruhig auf sein Lager.

Einige Tage nachdem der junge Ritter seine Fahrt nach Borgsum auf der Insel angetreten hatte, saß Frau Wulfhild in ihrem Gemache. Allerlei Schriften lagen vor ihr auf dem Tische; aber ihre Gedanken schienen nicht bei solcher Arbeit; ihr seiden Blondhaar hatte sie rückwärts über die Schulter geworfen, und es glänzte wie Gold gegen das dunkle Muster der Teppiche, die an den Wänden hingen. Inmitten der schönen Stirn des Weibes war eine Falte, die immer tiefer zu werden schien; sie drängte die Augen aneinander, als könne sie sicherer so das eine Ziel verfolgen, das vor ihren Sinnen stand.
Da wurde die schwere Tür aufgestoßen. Sie fuhr empor: »Wer ist da?«

»Der Herr Schloßhauptmann von Haderslevhuus!« erwiderte der junge Bookwald, der hereingetreten war. »Ihr, Herrin, hättet seinen Besuch erbeten.«
»Er ist willkommen! – Doch warte noch, Gehrt! Rück erst den Sessel hier zum Tische!« Sie hatte sich in ihrer ganzen stattlichen Gestalt erhoben und begann im Gemache auf und ab zu schreiten, während der Knabe das Aufgetragene besorgte und sich dann entfernte.
Nach einigen Augenblicken war ein grauhaariger Mann in dunkler Tracht und von gewaltigem Körperbau hereingetreten. »Euer Gemahl, edle Frau«, sprach er, nachdem die Grüße gewechselt waren, »scheint nicht daheim zu sein; Ihr selbst wünschtet mich!«
»Mein Gemahl, Herr Schloßhauptmann«, erwiderte Frau Wulfhild, »würde zu Euch gekommen sein; Ihr müßt diesmal Euch an mir genügen lassen!«
»Wollet mich nicht beschämen, edle Frau! Ich kam, um Euch zu hören!«
Sie setzte sich und lud ihn mit der Hand zum Niedersitzen; eine kurze Weile lagen ihre Augen auf seinem Antlitz, das er geduldig ihr entgegenhielt. »Mit Klaus Lembeck«, hub sie an, »saß hier ein dänisch Weib; ich bin aus dem Geschlecht der Schauenburger; wir beide sind Landsleute –«
Er unterbrach sie: »Ein Schleswiger bin ich und jetzt des Königs Mann!«
– »Ich weiß es, Ritter; Ihr waret auf Fünen in der Schar, von der mein seliger Gemahl von seinem Hengst gehauen wurde!«
»Er war mein Feind derzeit; ich aber habe ihn nicht gefällt«, erwiderte er ruhig.
Sie schwieg einen Augenblick. »Mag sein! Ich habe den Schaden ausgeheilet und bin itzt Herrin hier auf Dorning; wir sind Nachbarn, Ritter, und also –«
»Wollet Ihr mir etwa Nachbarrat erteilen?«
– »Ei, nun, wie Ihr es nehmen wollt!« Und da er nickte: »Ihr wisset, hinter Euerem Garten, dort, wo es so jäh hinab zu Boden schießt, steht hart daran eine italische Pappel und streckt ihre Zweige an die Mauerzinnen, so dort den Garten abschließen.

Man sagt, es soll dort fast achtzig Fuß in die Tiefe gehen! Was ich Euch sagen wollte ... den Baum, Ihr müßt ihn fällen lassen!«

»Die Pappel?« rief der Schloßhauptmann. »Was wirret Euch, edle Frau! Die ist des Königs Liebling; sein Ahn Christoffer hat sie gepflanzt, da er Südjütland gegen Abels Söhne in Besitz genommen hatte!«

»So habet Ihr wohl keine Tauben oder sonstig edles Geflügel in der Feste«, fuhr sie achtlos fort, »und ist Euch desgleichen nicht zerrissen worden? Denn aus dem Wald genüber laufen Iltis oder Edelmarder an dem Baum hinauf und springen aus dessen Zweigen in den Garten!«

»Was wollet Ihr, edle Fraue«, sprach der Ritter; »ich verstehe Euere Rede nicht; ich hatte niemals kostbares Geflügel, und wäre solches mir zerrissen worden, ich würde darum doch nicht des Königs Baum versehren!«

Sie sah ihn an; aber da er ruhig, mit der Hand auf seinem Schwerte, dasaß, hob sie eine Glocke vom Tisch und schellte, und da der Knabe eintrat, bedeutete sie ihn: »Gaspard soll kommen!« Dann sah sie wieder auf ihren Gast und frug, als sei's nur, um die Minuten hinzubringen: »Ihr habt wohl schöne Frauen in der Feste?«

– »Wie meint Ihr, edle Frau?«

»Nun, ich hörte auch nur so.«

Der Mund des ernsten Mannes lächelte fast: »Wer hat Euch so berichtet? Die Dienerinnen gehen alle an ein halb Jahrhundert, und unsere Base ist noch weit darüber. Ich hab gelitten, Fraue; das Lachen der Jugend tut meinen Ohren weh!«

Die kräftigen Lippen des Weibes zuckten, als wisse sie doch besseren Bescheid in seinem Hause als er selber. Dann öffnete sich die Tür, und der braune Mann mit der Gugelkappe war leisen, aber sicheren Schrittes eingetreten und blieb nun an der Schwelle stehen.

»Wer ist der Mann?« frug der Ritter.

»Es ist mein Schreiber«, sprach sie; »er mag Euch selbst berichten, was er nachts gesehen hat, da ihn der Weg an Euerem Schloß vorbeiführte.«

Der Schloßhauptmann wandte sich in seinem Sessel und blickte auf den Schreiber. »So sprich denn, Mann«, sagte er, »was du mir zu sagen hast!«
Gaspard der Rabe hatte von unten einen vorsichtigen Blick auf den finsteren Herrn geworfen. »Ich weiß nicht eben«, begann er, »ob es Euch gefallen mag! Wenn man die Füße seiner Worte nicht mehr hört – wer weiß, ob sie Dank oder Undank holen!«
Auf des Gastes Stirne furchten sich die Zeichen der Ungeduld: »Lasset Eueren Mann seine Rede tun, edle Frau, um die Ihr mich geladen habt; mir ist nicht Zeit für andere Weisheit!«
»Sprich ohne Umschweif, Gaspard!« rief Frau Wulfhild.
»Ja, Herr«, hub dieser an, »es war eine helle Nacht, vor kaum acht Tagen, da ich von Haderslev den Weg zwischen Eurem Garten und dem Buchenwald herunterkam; da stob aus dem Baumschatten ein Gewild – es mochte ein Marder oder Iltis sein – mir vor den Füßen quer über den Weg der großen Pappel zu, und ich hörte, wie es zwischen den Zweigen in den Baum hinaufklomm. Ich stand – ich sah hinauf und dachte: Itzt wird's bald oben sein und auf den Mauerzinnen tanzen!«
– »Nun – und?«
»Ja, Herre, es kam weder ein Marder noch ein Iltis!«
Der Schloßhauptmann fuhr auf: »So sitzt es wohl noch heute in dem Baum!«
»Das wäre möglich«, sagte Gaspard; »auch möglich, daß ein Zauberspiel dabeigewesen ist. Ihr hörtet wohl schon sagen: es springt ein Wolf, auch eine rote Maus uns in denWeg, und faßt man's mit dem rechten Wort, so hat man ein altes Weib oder gar einen jungen Knecht in seiner Hand!«
Der Ritter warf einen forschenden Blick auf den Sprecher: »Was soll das hier? Deine Nas' und Augen sind mir zu scharf für solche Kunkelweisheit!«
Aber in Gaspards Augen, die ihm begegneten, war kein Arg zu lesen. »Herr«, sagte er, »der eine spricht's, der andere widerspricht's; doch soviel haben meine Augen selbst gesehen: ein Marder war unten in den Baum gesprungen, und oben schwang sich ein junger Fant aus seinen Zweigen auf die Mauerzinnen; ich sah die goldenen Knöpfe auf seinem Leibrock funkeln, und der Nachtschein des Mondes leuchtete auf ein goldblond Haar.«

Der Schloßhauptmann hatte sich vorgebeugt: »Und dann?«
»Dann sprang er in den Garten.«
In der Brust des alten Ritters erhob sich eine Stimme, die sprach: ›Einer der Diener war es, der sich beim lustigen Trunk verspätet hatte; du mußt dein Hausrecht brauchen, und es soll nicht mehr geschehen!‹
Er sprach das dann auch laut; doch Gaspard erwiderte: »Ich weiß nicht, Herr, ob Ihr so fein Gesinde haltet; auch schien der Fant seine Lust noch vor sich zu haben, und seine Glieder waren sicherer, als ich nach dem Trunk es sonst gesehen habe. Vor allem: hinter der Mauer war ein Weib; noch kaum ein Weib! Ein schmächtig unschuldig Ding; denn ihr Gewand war weiß, gar ungeschickt zu geheimem Minnetreiben; der Mond blitzte auf einem Silberreif, der ihr dunkel Haar zusammenhielt!«
»Und weiter? – Was sahst du weiter?« stieß der Ritter wie in Angst hervor.
– »Ich sah nichts weiter, Herr.«
Das Weib hielt den schönen Kopf in ihre Hand gestützt und sah des Ritters Antlitz sich unter seinem grauen Bart mit Todesfarbe decken. Da winkte sie dem Schreiber, und er verließ das Zimmer.
»Nun, Herr Schloßhauptmann«, sprach sie leise; »werdet Ihr den Baum des Königs fällen lassen?«
Er wandte den Kopf, aber aus seinen Augen waren die Gedanken nach anderswo entflohen; er frug: »Was spracht Ihr, edle Frau?«
Und als sie ihre Worte noch einmal gesprochen hatte, frug er weiter: »Wißt Ihr von diesem Abenteuer mehr zu melden, als ich eben hörte?«
Doch sie erwiderte: »Nein, Herr; Ihr müsset nun so zufrieden sein!«
Er warf seine düsteren Augen auf sie und sprach zu sich selber: ›Was will das Weib? Denn nicht deinetwegen hat sie dich geladen; sie weiß, um wen die Pappel fallen soll!‹ Laut aber sprach er und richtete in seiner mächtigen Gestalt sich auf: »Ihr drücktet ein Beil in meine Hand! Gott mög mir raten; und mög er auch bei Euch sein, edle Frau!«
Er hatte sich gewandt und war aus dem Gemach geschritten. Unten im Hofe führte ein Knecht sein Roß umher; er rief ihn

und schwang sich in den Sattel; dann suchte das Tier durch Wald und Felder sich selber seinen Weg. Ob hoch am Himmel die Lerchen sangen, ob Falken und Elstern um ihn schrien, er hörte es nicht: gleich einem gebrochenen Manne hing er im Sattel; vor seinen Augen war immer nur sein schmächtiges Kind in eines Fremden Armen, dessen Antlitz er nicht erkennen konnte.

Erst als das Roß unter den Bäumen des Schloßberges hinantrabte, fuhr er empor und zog den Zügel an. Aber er wandte sein Tier und ritt zurück, er wußte selber nicht wohin; in seinem Kopfe war zu schmerzlich Wirrsal, das er weder schlichten noch zur Ruhe bringen konnte. Es dunkelte schon, da er zum zweiten Mal heimkam und jetzt langsam in den Schloßhof einritt. – Nachts von seinem Bette, wo er mit gestütztem Kopf lag, trieb es ihn wieder auf: er fand sich plötzlich die Turmtreppe hinabsteigend; dann stand er hinten in dem Garten, den er seit Jahren nicht betreten hatte, und sah bald auf den Wipfel der großen Pappel, bald hinunter in die Tiefe. Ja, ja; sie drängte ihr mächtiges Gezweig hart an die Bergwand und oben an die Zinnen, er hatte sie lang darauf nicht angesehen; auch der König konnte dort den Baum nicht dulden!

Dann stieg er zurück in seine Kemenate und warf sich wieder auf sein Lager; als aber im Zwielicht der Ton des Wächterhorns an sein Ohr drang, sprang er auf und holte drunten selbst ein Dutzend Knechte aus den Betten. Und da die Sonne aufgestiegen war, hallten donnernde Schläge durch die Burg und rissen alle aus den Betten, die noch in Morgenträumen lagen. »Bas'! Bas'! Der Feind kommt!« rief Dagmar, jäh vom Kissen fahrend; und die alte Dame lallte, noch halb vom Schlaf befangen: »Bete, Kind! Bete! Wir sind arme Frauen!« Als aber Dagmar jetzt vor ihrer Bettstatt auf den Knien lag, richtete sie sich mühsam auf und strich mit ihrer sanften alten Hand das wirre Haar von der Stirn ihres Lieblings. »Ei, Kind«, sprach sie, während die Schläge immer lauter dröhnten, »das ist die Holzaxt, es ist ja nimmer Krieg!«

Ein Rauschen wie von hundert Adlerflügeln, der Donner eines furchtbaren Sturzes machte in diesem Augenblick die dicken Scheiben des Gemaches klirren. Dagmar war totenbleich, und

ihre Hand zitterte in der der Base; die aber lächelte: »Es ist ja nichts, Kind; sie haben einen Baum gefällt!«
Aber in Dagmars großen Augen stand der Schrecken. »Einen Baum? O Bas', ich dachte, der Himmel falle ein!«
Die Base schüttelte den Kopf: »Es kam ja von der Gartenseite; hörtest du das nicht?«
Dagmar griff plötzlich nach ihren Kleidern und begann sie über sich zu werfen. »Ja, Bas', ich glaub; ich will hinab!«
»Du töricht Ding!« rief die Base. »Was kümmert dich der Baum? Die Vögel sind ja kaum vom Nest geflogen!«
Aber das Kind, dem der Atem stockte, war selber schon hinabgeflogen; und die Alte faltete zum Morgengebet die Hände; durch das kleine Fenster fielen die ersten Morgenstrahlen.
– – Nicht lange danach trat der Schloßhauptmann in den Garten; die Dogge Heudan folgte ihm. Als sie bei den Zinnen hinaustraten, stand der Hund und schaute wie verwundert vor sich hin: die Pappel, wo war sie denn? Dann wandte er den Kopf und lief plötzlich in Sprüngen ein Stückchen seitwärts auf die Mauer zu.
»Dagmar?« rief der Ritter. »Du hier? so früh?«
Sein Kind stand reglos an den Zinnen und starrte in die Tiefe: sie schien ihn nicht zu hören; ihre Händchen hielt sie übereinander auf die Brust gedrückt, als müsse sie den Tod gefangenhalten.
»Dagmar!« rief er angstvoll. »Was ist dir? Bist du krank geworden?«
Da wandte sie sich und sah ihn an.
»Kennst du mich nicht? Ich bin's, dein Vater!« rief er und zog sie mit sanften Händen zu sich.
Ein Schrei entfuhr ihr: »Oh, er kommt nimmer wieder!« Dann brach sie in ihres Vaters Arm zusammen.
Ratlos blickte er auf das schmale Antlitz: die Wimpern der geschlossenen Augen lagen ruhig auf den blassen Wangen; aber das Herz schlug so gewaltsam, als wollte es die kleine Brust zersprengen. Leis neigte er sich an ihr Ohr: »Dagmar, mein Kind, wer wird nicht wiederkommen?«
Ihre Lippen regten sich, aber ein Wort war nicht zu hören.
»Wer, mein vielliebes Kind?« wiederholte er. »Ich will ihn suchen helfen!«

Da flog ein selig Lächeln über das blasse Antlitz. »Rolf!« hauchte sie; und noch einmal wieder: »Rolf!«
»Weiter!« rief er hastig. »Wie weiter? Der Name läuft auf allen Gassen!«
Aber sie vermochte nur leis den Kopf zu wiegen, als sei das alles, was sie wisse.
›Rolf? Wer ist Rolf?‹ frug sich der Ritter. Zorn gegen den, der seinem Kinde das getan hatte, brauste betäubend in ihm auf; aber er durfte jetzt nicht schelten, was sie liebte: ihr Leben hing daran. Des Schreibers Gaspard Nachricht tauchte in ihm auf: ein Junker, ein ritterlicher Mann doch mußte es gewesen sein! Da schlug ein furchtbarer Gedanke ihm durchs Hirn. »Dagmar«, sprach er bebend, »besinne dich! Nicht wahr, er trug einen Rock, einen Gürtel mit Stickereien? War kein Wappentier, zahm oder Gewild, darauf gestickt?«
Er starrte lang vergebens auf ihr Antlitz; dann bewegten sich ihre Augen unter den geschlossenen Lidern. »Ein Geier!« sprach sie leise.
Wie von jähem Stoß getroffen, fuhr der Ritter auf. »Rolf Lembeck!« schrie er. »Verfluchter! Das gilt dir deinen Tod!«
Das Kind aber schlang die Arme fest um seinen Hals. »Vater! mein Vater!« schrie sie. »Oh, ich sterbe!«
Der Augenblick, den des Königs Arzt vorhergesagt hatte, schien gekommen. Zwiefach gespitzt hatte der Pfeil ihr Herz getroffen; sie sprach nicht mehr; erbarmungslose Gichter warfen den jungen Körper in ihres Vaters Armen hin und wider.
Still trug der Ritter sein Kind ins Schloß zurück; Heudan, die Dogge, folgte mit gesenktem Haupt.
»Mariä Heimsuchung!« murmelte der Mann. »O heilige Mutter, nimm mein Kind in deinen Schutz!«
– – Aber die Mutter Gottes war nicht die Hüterin der Minne. –
Ein Bote auf schnellstem Rosse ritt nach Schleswig, um einen sicheren Medicus zu holen; inzwischen legte die Base mit zitternder Hand kühlende Binden um das Herz des Kindes, und ein Chirurg aus Haderslev ging ihr dabei zu Hülfe; am Fuß des Bettes stand der Schloßhauptmann. »Die Tränen helfen nicht!« sprach er leis und biß die Zähne aufeinander.

– – Als aber die Dämmerung herabfiel, brachen jenseit des Gartens junge mutige Schritte aus dem Holz hervor; doch sie stockten plötzlich, da sie den Waldesrand erreichten. Es war lautlose Stille weit umher; nur eines war anders, als es sonst gewesen: im Wege vor des Anschreitenden Füßen lag der gestürzte Baum, und droben über der Mauerzinne, wo sonst die Pappelblätter flüsterten, stand jetzt die leere Luft.

Dem drunten mochte bald wohl alles anders erscheinen; denn statt des dunkeln Köpfchens mit dem Silberreife sah er plötzlich die Gestalt eines starken Mannes dort oben an der Mauer. »Rolf Lembeck!« hörte er es wie im Traume herunterschallen; ihm war, als führe die Hand des Mannes nach dem Schwerte; es kümmerte ihn nicht, es war nur wie Gespensterspiel vor seinen Augen. Wie es geworden, wann er von dort gegangen sei, er wußte später nichts darüber.

– – An manchem Tage noch, im Mondlicht und im Sonnenscheine, stand Rolf Lembeck unten an dem Waldesrand. Die Tage wurden kürzer, der September begann das Laub zu färben, und nur Krähen und Falken schrien noch im Walde; aber fortan sah er droben nie ein anderes als die kahlen Mauerzinnen, und kein Weg, keine Kunde war zwischen ihm und ihr.

Das waren Minnequalen, wie er noch nicht empfunden hatte, und sie gruben ihre Spuren in sein hoffnungsfrohes Antlitz und löschten den Glanz in seinen blauen Augen.

O Minneleid, o sehnende Not,
Euch will ich tragen
Sonder Klagen
Vom Morgen- bis zum Abendrot;
Nur nicht, wovon zu sagen:
Kein Leben und kein Tod!

So klagte er. Aber sie, die eine, hörte es nicht; ein anderer war es, der ihre Hand zu fassen kam.

In der Kemenate der Base lag Dagmar; die Alte hatte ihrem Kinde den Platz geräumt und sich woanders hingebettet. Die

Kranke war am Abend mit den Sterbesakramenten versehen worden; jetzt brachen die ersten Morgenlichter in das Zimmer.
»Mein Vater!« rief sie.
»Ich bin bei dir, Kind!« sprach der Schloßhauptmann, der die Nacht am Bette gewacht hatte.
»Hör!« sagte sie und hob einen Finger ihrer bleichen Hand. »Über uns, da oben auf der Hausfirst, sang die Amsel!«
Er schüttelte den Kopf: »Du irrst dich, Dagmar, im Oktober singt keine Amsel; die Blätter fallen schon.«
»Ja, horch nur!« sagte sie wieder. »Ich hör's, sie singet mir den Tod an!« Und sie streckte sich lang auf ihrem Lager und faltete die Hände unter ihrer Brust.
»Mein Kind, du weißt, sie singt auch dem Leben; aber ich höre keine Amsel.«
Sie antwortete nicht; nur ihr Haupt, das mit geschlossenen Augen auf dem Kissen lag, bewegte sich wie verneinend.
Der Ritter sah auf sein Kind und wie in schweren Zügen die kleine Brust sich hob und senkte; dann ward es stiller. Da streckte sie plötzlich wie in heftigem Gebet die Arme vor. »Nein, nein! Oh, noch nicht!« rief sie angstvoll; »nur noch ein Weilchen!« Dann wandte sie das Haupt, und mit weit aufgerissenen Augen blickte sie auf ihren Vater.
Er fuhr zusammen, denn er kannte diesen flimmernden Schein; die Seele schien ihn nur mühsam festzuhalten. »Sprich, mein Kind!« sagte der Ritter sanft.
»Ich sterbe, noch heute!« sprach sie hart, und ihre kleine Hand erfaßte mit festem Griff des Vaters Arm. »Ich hab noch einen Erdenwunsch: Rolf Lembeck – zürne nicht!« rief sie zagend.
Aber der verhaßte Name, den sie nimmer noch gesprochen hatte, war gleich eines giftigen Wurmes Stich ihm in das Herz gedrungen. »Nenn den Verruchten nicht! Die Minne, die dich betörte, verwest mit deinem Leib im Grabe!«
»Wer sagt das?« rief sie heftig.
– »Nicht ich, mein Kind; die heiligen Bücher sagen es, die Kirche! Du weißt es ja!«
Ein Seufzer, wie ein Abschied von aller Erdenseligkeit, entrang sich ihrer Brust. Dann aber kam ein hastig Sinnen in ihre Augen,

und ihre Hände strichen das wirre Haar sich von der Stirn. »Nein«, rief sie laut und richtete sich jäh empor, ein geisterhaftes Leuchten flog aus ihren Augen, »ich weiß es, Vater: die Minne ist stärker als der Tod!«

Ein Lachen voll Verzweiflung scholl aus des Ritters Kehle. »Gott wird euch scheiden!« rief er. »Dich wird er zu der Mutter seines Sohnes weisen; ihn, den Verfluchten, zum tiefsten Grund der Höllen. Tu dein Gebet, daß Gott sein Bild aus deiner Seele reiße!«

Da antwortete sie nicht mehr; aber ihre Hände hob sie betend auf, und flehend, daß kein Menschenherz ihr hätte widerstehen können, sprach sie: »Hilf du mir, lieber Herrgott! Nimm ihn mir nicht! Ich könnte sonst nicht in deinem Himmel leben!«

Der starke Mann fiel nieder auf seine Knie: »Sprich, Kind! – Alles, was du willst!«

Sie hatte sich mit beiden Armen aufgestemmt, mit aufgerissenen Augen sah sie ihren Vater an. »Rolf Lembeck!« flüsterte sie heiser. »Weiter nichts!« Sie hatte dem Tod die Worte abgerungen; nicht Dagmar war es, nur ein Gespenst von Dagmar saß an ihrer Stelle. »Lad ihn zu meiner Leiche, Vater! Sein Auge soll auf mir ruhen; noch einmal! Dann« – die Stimme brach ihr plötzlich – »laß ihn ziehn in Frieden!«

Ihr Mund war stumm; sie sank auf ihre Kissen.

Die Base war inzwischen leis hereingetreten und kniete neben ihr. »Oh Kind, und in solcher Törnis willst du uns verlassen!« murmelten die alten Lippen; aber die Kranke regte sich nicht mehr. Der Ritter sprach zu sich: ›Es ist alles aus, mein Leben mit dem deinen!‹ Er legte lind die Hand auf Dagmars Stirn und sagte: »Es soll geschehen, wie du es willst, mein Kind!« Und wie ein Lächeln flog es noch einmal über ihr Antlitz, sie lebte noch.

Aber da ihr Odem schwächer wurde und er sah, daß ihre Seele fliehen wollte, ging er zu einem Lädlein, darin geweihte Kerzen lagen, noch von dem großen Sterben her. Er nahm eine heraus und entzündete sie an dem Lämplein, das noch brannte. »Für mein Letztes!« sprach er und trat wieder zu seinem Kinde; dann faßte er ihre feinen Hände und schloß sie um die brennende Totenkerze und legte die seinen sorgsam noch darüber, daß nicht ein Tröpflein heißen Wachses sie von ihrem letzten Pfad zurückschrecke. Still harrend saß er auf der Kante des Bettes; die neben ihm kniende Base sprach: »Gott hat dir ein Lichtlein geben; das leucht' dir ins ewige Leben!« Und beide sahen, wie die Flamme von dem Odem der Sterbenden immer schwächer bewegt wurde. Da plötzlich flackerte die Kerze und erlosch; ein leichter blauer Qualm zog durchs Gemach. »Dagmar, mein Kind! O süße Dagmar!« rief der Mann; aber Dagmar hatte sanft ihr Haupt geneigt, und eine schöne Tote lag jetzt auf den Kissen. Die Base sprach: »Auf Wiedersehn in Gottes Himmelreich!«

Der Schloßhauptmann, der die erloschene Kerze fortgelegt hatte, sah jetzt finster auf die Leiche seiner Tochter: »Sein Name war dein Letztes.« – Er ging zur Tür und schellte.

Eine alte Dienerin war eingetreten. »Meine Tochter Dagmar ist nicht mehr auf Erden«, sprach er und schwieg dann plötzlich; das Knochengespenst des Todes, der ihm sein Kind genommen hatte, stand vor seinem inneren Auge, aber statt des nackten Schädels trug es den schönen Kopf des jungen Ritters Lembeck auf den Schulterknochen. Und aus der lang verschlossenen Falte seines Herzens schoß der Jähzorn ihm ins Hirn und fegte es leer von Verzweiflung und Leid, die es erdrücken wollten. Und in ihm sprach es: ›Es soll geschehen; ich hab mein Wort gegeben; doch – umsonst, Rolf Lembeck, sei auch nicht der ärmste Tropfen deines Minneglücks!‹ Dann wandte er sich wieder zu der Dienering: »Versteh mich, Sine, und künd es auch den andern: drei Tage lang, bis ich euere Zungen löse, geht über den Tod nicht Kunde aus unseren Mauern! Das Zügenglöckchen soll nicht läuten; bestelle mir sogleich Ambrosius, meinen alten Diener; laß den Priester in meinem Gemache unten mich erwarten!«

Im Hofe zu Dorning saß gegen Abend des nächsten Tages der Ritter Rolf Lembeck unter der Burglinde. – Er war allein; noch am Tage seiner Rückkunft, als vorher die Pappel und sein Glück gefällt worden, hatte Frau Wulfhild eilig nach ihrem Hof in Holstein müssen: zwischen Meier und Gesinde, so hatte sie gesagt, sei Unfriede ausgebrochen und die Gegenwart der Herrin nötig worden. Aber es lag wohl Tieferes am Grunde; im Augenblick der Abreise hatte Rolf einen Zug wie von versteinertem Entsetzen in ihrem Antlitz wahrgenommen; die Leidenschaft zu ihrem Eheherrn schien völlig ausgelöscht. Nach ihrer Abfahrt hatte der Junker Bookwald ihm geplaudert: es heiße, Hans Pogwisch, des Ritters Vorwirt, sei nicht durch seine Wunde, er sei durch Gift vom Leben in den Tod gekommen; so werde in der Gesindestub geredet; woher es komme, wisse er nicht; als aber die Schürzenmagd es an die Frau vertragen, sei die zum Tod erschrocken worden und habe ihr zornig Schweigen auferlegt, was doch nicht habe helfen wollen.

Darüber grübelte der Ritter, und seine Augen folgten achtlos, wie der Abendschatten allmählich den Brunnen und den ganzen Hof bedeckte. »Darum auch!« sprach er leise; »sie wollte keinen mit sich haben; nicht mich, nicht Gaspard – den am wenigsten!« – Dann flogen die Gedanken mit ihm nach dem Inseldorfe Borgsum; was er mit seinem Vater dort am Bau geredet hatte, kam ihm zurück: er hörte wieder das Lachen des alten Herrn bei der Geschichte von dem Orlamünder: »Geduld, mein Sohn! Was dies Weib dir wert ist, wirst du erst sehn, wenn dich der Däne überfällt! Und – mit den Schauenburgern muß man sachte gehen!« Als aber der Tod des Pogwisch dann zur Sprache kommen, war er still geworden; einen Stein hatte er vom Boden gehoben und in den Bau geworfen. »Herrin auf Dorning und eine Gifthexe?« hatte er überlaut gerufen. »Nein, Rolf, das soll sie nicht, und wenn sie des großen Carol Tochter wär! Ich helfe dir, mein Sohn; aber – Geduld! denn stumpfe Pfeile erlegen dir kein Wild!«

Er fühlte noch, wie ihm der Atem derzeit bei diesen Worten frei geworden, wie lind die Nachtluft durch sein Haar gestrichen, da er sie später und vergebens ihr entgegentrug. – Leis und in Qualen rief er ihren Namen.

Es dunkelte mehr und mehr, und der Ritter war aufgestanden, um in die Burg zurückzugehen; da drang ein dröhnender Ton vom Außentor herein, das schon geschlossen war; dort hingen Schalltafel und Hammer in Ketten an dem Pfosten; es hatte jemand angeschlagen, um Einlaß zu begehren. Dann knarrte das größere Tor, und bald schritt aus der Einfahrt einer der Wächter

über den Hof und meldete: »Ein Bote vom Schloßhauptmann zu Haderslevhuus!«
»So spät?« Rolf Lembeck war es, als habe er unsichtbar einen Schlag erhalten. »Laß ihn hieherkommen!«
Es ritt dann einer in den Hof, und als er näher kam, erkannte der Ritter bei dem Mondlicht, das über den Seitenbau hereinschien, daß er bunt und lustig gekleidet war: von der Achsel hing ihm ein lichtrot Seidengeschnür, auch solche Feder von der Haubenkappe. Als er aber schwerfällig von seinem weißen Pferd gestiegen und, das Tier dem Knechte übergeben, mit entblößtem Haupte vor den Ritter getreten war, sah dieser, daß er ein alter Mann sei, dessen weißer Knebelbart über einem zahnlosen Munde hing.
Der verneigte sich und begann eine lange, kaum verständliche Ansprache; doch der Ritter fiel ihm in die Rede: »Ich hab keine Lust am Überflüssigen; mach es dir bequem, sag's kurz, was dein Herr von mir begehrt! Mir klang's, als solltst du mich gar zur Hochzeit laden?«
»Ihr habet recht gehört, Herr Ritter«, sprach der Bote; »ich aber dank Euch für den Richtsteig.«
»Zur Hochzeit?« frug Rolf Lembeck sinnend. »Man pflegt sonst solche Ladung am hellen Morgen zu bestellen!«
– »Verzeihet, Herr! Ich bin nur der älteste der Knechte und bin geritten, wie der Herr mich ausgesandt.«
»So sprich denn, wessen Hochzeit gilt es? Will Euer Herr der Witwenschaft Valet geben?«
Da schien der Bote sich mühsam aufzuraffen, und erst nach einer Weile sprach er: »Die Jungfrau Dagmar, des Herrn letztes Kind, ist es, zu deren Festtag ich Euere Gegenwart erbitten soll.«
Der Ritter schwieg, in seinem Hirn erstickte er den Schrei: ›Du lügst!‹ Nur sein Antlitz wurde braun und wieder blaß; aber der Bote sah es nicht, denn der Ritter saß im tiefen Lindenschatten. Mit trockener Stimme sprach er endlich: »So sag mir, wie heißt der Mann, dem solch Glück gefallen ist?«
»Herr«, erwiderte der Alte, »ein schneller Freier ist es gewesen! Ich sah ihn nicht, und ward sein Name mir nicht genannt; doch soll er weit in der Welt bekannt sein. Es fehlt an ritterbürt'gen Zeugen; drum wollet der Jungfrau die erbetene Ehre antun! Wenn Ihr mit Mondesaufgang kommet, wird es recht sein!«

Wieder schwieg der Ritter, und der Bote stand harrend vor ihm. Einzelne Knechte mit trüben Hornleuchten gingen über den Hof, und wenn im Flügel die Tür nach der Gesindestube aufging, flog ein Lichtschein durch die Mauerschatten; im Brunnen fielen die Tropfen von dem Eimer tönend in die Tiefe. Da kam ein junger Schritt vorüber. »Gehrt, bist du es?« rief der Ritter.

– »Ich bin es, Herr!«

»So nimm den Boten mit dir und laß ihm guten Trunk geben!«

»Und was für Kunde«, frug dieser, »bring ich meinem Herrn?«

»Geh nur! Wo Jungfrau Dagmar hochzeitet, darf ich nicht fehlen!«

Sie gingen, und der Ritter saß wieder auf der Lindenbank. Vergebens bohrte sein Verstand an diesen Rätseln; aber in seinem Innern kochte es vor Weh und Grimm.

Am nächsten Tage, da schon die Abendschatten fielen, stand in einem Burggemache Gaspard der Rabe vor seinem Herrn; die Augen des klugen Gesichtleins blickten fast ermüdet. »Du siehst übel aus; was ist dir?« sprach der Ritter, der mit aufgestütztem Arm am Tische saß.

»Herr, für uns ist üble Zeit«, erwiderte der Schreiber und sah dem andern in die verwachten hohlen Augen. »Wenn Ihr's erlaubt, Ihr gleicht selber kaum einem Hochzeitsgast!«

Ein schweres Atmen war die einzige Antwort.

»Herr!« rief Gaspard plötzlich, »gehet nicht, wohin man Euch geladen hat!«

Wie abwesend sah ihn der Ritter an: »Meinst du? Weshalb nicht, Gaspard?«

– »Verzeihet, wenn ich von Eueren letzten Tagen mehr weiß, als Ihr denket« – und Gaspard ließ den Kopf auf die Seite sinken –, »Ihr seid doch unschuldig in Eurem Herzen! Herr, trauet nicht den Dänen!«

»Du weißt, mich hat kein Däne geladen!«

– »Er ist des Königs Mann.«

Tonlos erwiderte der Ritter: »So sprich, wenn du Unholdes von ihm wahrgenommen hast!«

»Herr!« sprach Gaspard und legte die Hand auf seine schmale Brust; »soweit unsere Herrin nicht meinen Dienst begehrt, der er vorab gehöret, sind Kopf und Hand die Euren! Ich bin noch in der Nacht dem Boten nachgegangen und habe bis zum Morgenrot die Burg umschlichen, dann noch von Vormittag bis Mittag: es ist, als sei sie zugemauert; kein Tor, kein Schlupfpförtlein hat sich aufgetan; ich hab nichts wahrgenommen. Doch – was soll Euch die Hochzeit? – Der Schloßhauptmann wird einen dänischen Junker sich geholet haben und mit dem das arme Kind zusammenschmieden lassen. Euch aber wird man aus den Hochzeitsbechern Hohn und Weh zu trinken geben! Wer weiß, Ihr trinket wohl den Tod daraus! Bleibt, geht nicht, lieber Herr!«

Er wollte ihm zu Füßen fallen; aber Rolf ergriff ihn bei den Schultern und sah mit blitzenden Augen in die seinen: »Da du es ehrlich meinst, so hör mich, Gaspard!« Er schrie es, daß es in dem weiten Raume von den Wänden hallte: »Und wenn auch in den Tod, ich muß! Dies Kind hat mir die Seele ausgetrunken!«

»Ruf mir den Junker!« fuhr er nach einer Weile fort. »Er soll mein schwarzes Gewand bringen; das ziemt mir bei dieser Hochzeit! Und auch – mein allerschärfstes Schwert! – Ihr beide, wenn's euch gelüstet, dürft mich begleiten!«

– – Um ein paar Stunden später ritten sie dahin, und schon trabten die Pferde in dem Sandweg und im Schutz des dunkeln Waldes. Ein leichter Wind hatte sich aufgemacht, und Wolken zogen über den Mond; über ihnen rauschte es in den Wipfeln. Rolf Lembeck, der voranritt, hatte auf dem Weg kein Wort verloren; als sie der Burg sich nahten, drückte er die linke Faust auf seine Brust, als müsse er dem Blute wehren, sie zu sprengen. Auch Gaspard hatte genug an Sorg und Neubegier und ließ die Zunge ruhen; nur Junker Gehrt stieß mitunter seiner Stute die Sporen in die Weichen, daß sie wild emporstieg; er mußte seinem innern Jauchzen Luft geben, denn er dachte an den Reigentanz mit hold geschmückten Jungfräulein, dem er entgegenreite.

»Gaspard!« rief er; »mir ist – hört Ihr die Flöten und Geigen von der Burg herunter?«

Doch Gaspard lachte verdrossen: »Euch Jungen ist leicht gepfiffen; ich hör die Wetterfahnen auf den kleinen Türmchen kreischen.«

»Ei was! Ihr habt doch feine Ohren!«
Aber er blieb ohne Antwort. Sie wandten die Pferde in den finsteren Baumgang und trabten den Anberg zu der Burg hinauf. Ein heller Schein drang durch zwei offene Tore und über der Ringmauer ihnen entgegen. »Joseph und heilige Jungfrau!« rief der Junker; »da brennt das Wachs von einem ganzen Sommer!«
»Ja, Junker«, sagte Gaspard, »Euere Jugend wird nicht verborgen bleiben.«
So ritten sie über die Brücke durch die Torfahrt in den innern Hof, wo der gewaltige Bau vor ihnen aufstieg; aus seinen vielen kleinen Fensterhöhlen schoß eine Flut von Kerzenstrahlen auf sie zu; nur links am Flügel ragte der stumpfe Turm lichtlos in die Sternennacht. Ihren geblendeten Augen war der Hof bis an die Mauern voll von Menschen; aber ein hochzeitliches Treiben schien es nicht; es war, als ob sie nur die Köpfe wandten und leise zueinander raunten.
Als die Reiter von ihren Rossen gesprungen und Diener vorgetreten waren, die ihnen die Tiere fortführten, stand ein großer Mann mit todblassem Antlitz unter grauem Haupthaar vor dem Ritter; zwei Diener mit Windlichtern, deren Flammen im Nachtwind wehten, waren ihm zur Seite. Da die Herren sich im Fakkelscheine sahen, stutzten sie einen Augenblick, ein jeder über des andern schwarze Tracht; dann sprach der graue Mann: »Nehmt Dank, Herr Ritter, von mir und für mein Kind! Ihr durftet hier heut nicht fehlen!«
»So dacht ich auch«, erwiderte der andere beklommen. »Doch wollet mich nun führen, Herr Schloßhauptmann, auf daß ich Wunsch und Ehrerbietung der Braut zu Füßen lege!«
Der alte Ritter, der seinen Gast mit starrem Aug gemustert hatte, neigte das Haupt und faßte dessen Hand; die Diener mit den Lichtern schritten ihnen voran, durch die schweigenden Menschen dem Treppenturm im Hochbau zu. Als sie hineintraten, blickte Gaspard, der mit dem Junker folgte, durch eine offene Tür, die seitwärts in die untere Halle ging; es brannten viele Kerzen dort, sonst war es leer; nur mitten auf den Fliesen schlief ein großer Hund.
Aber der Hausherr führte sie die Wendelstiege zum oberen Stock

hinan. Da sprach Rolf Lembeck im Emporsteigen: »Der Hof ist voll Menschen, Herr; was ist es so totenstille hier?«
Der Schloßhauptmann aber warf das Haupt zurück: »Mein Kind hat viel Leid gelitten«, sprach er; »es bedarf der Ruhe.«
Sie waren in eine große Halle eingetreten, an deren einer Seite sich viele Türen, im Grunde ein geschlossenes Doppteltor befand; vor diesem war ein niedriger Aufbau, mit weißem Sammettuch behangen; an beiden Seiten der Halle standen Männer und Frauen, alle in feierlicher Ruhe und in schwarzen Gewändern; nur an dem Doppeltor stand ein Priester in weißem Meßkleid.
Dem jungen Ritter, da er sich umsah, ward der Atem schwer. »Herr Schloßhauptmann«, sprach er wieder, »wollet mir sagen: ich sah noch nimmer eine Hochzeit mit so dunkeln Gästen!«
Der aber erwiderte: »Seit drei Tagen hat mein Kind sich Schwarz zur Leibfarbe angenommen; es ist wohl seltsam, doch es ist mein letztes – so muß ich ihr den Willen tun. Geduldet Euch, die Braut wird bald erscheinen!«
Rolf Lembeck schwieg, und unter all den Menschen war es wieder lautlos still.
Da nahte sich ein Rauschen hinter den geschlossenen Toren, ein Zug von langsamen Schritten wurde hörbar, und indem die Tore sich öffneten, scholl, von jungen Frauenstimmen gesungen, ein De profundis wie von den Sternen nieder.
Ein Schauer schlug Rolf Lembeck durch die Glieder; aber schon hatte der Zug der Jungfrauen die Schwelle überschritten. Er streckte sich und hob den Kopf; so stand er wie erstarrt, und nur sein Auge wurde wie das eines Raubvogels. Er sah die singenden Jungfrauen eine Totenlade von den Schultern heben und sie auf die Sammetbühne niederlassen; er sah in weißen Sterbgewändern ein Weib – nein, nicht ein Weib; aus weißen Binden sah ein totes Kinderantlitz –, da ließ der Bann von ihm: ein furchtbarer Schrei scholl durch die Halle. Der Gesang riß ab, und mit erhobenen Armen brach Rolf Lembeck durch die Menschen; er stürzte sich über den Sarg und preßte seine Lippen auf das tote Antlitz seiner Liebe: »O Dagmar, das ist unsere Hochzeit!«
Da ging ein Rauschen durch die Menge, die Schwerter flogen aus den Scheiden, und Schrei und Rufe schollen durcheinander:

»Wer ist's? Der Lembeck? Packt den Tollen, den Leichenschänder! Schlagt ihn nieder!« Der Priester aber streckte die Hände nach dem Kühnen und schrie: »Anathema!« Nur der jungen Sängerinnen eine, die der Blick aus seinem blauen Aug gestreift hatte, sank in die Knie und betete: »O Gott der Liebe, erbarm dich ihrer beider!«

Rolf Lembeck regte sich nicht, sein scharfes Schwert hing ruhig in der Scheide. Plötzlich drang ihm die Stimme Gaspards in das Ohr: »Flieht! Flieht, Herr! Der Junker und ich versperren hier den Weg!«

Er riß das Haupt empor; er sah die Schwerter glitzern, und wie Gespenster drangen die schwarzen Gestalten auf ihn ein; schon fiel Gaspard neben ihm zu Boden; da fuhr es wie düsterer Wetterschein ihm durch das Hirn: noch eines Atemzuges Dauer, dann hob er mit jähem Griff die tote Liebste aus ihrer Lade und entfloh. Durch den tobenden Lärm, der sich erhob, klang die mächtige Stimme des Schloßhauptmanns: »Zurück! – mein Kind – mein Fest – und auch der Verfluchte!«

Aber Rolf Lembeck war nicht mehr in der Halle. Die Tote an sich pressend, die Augen wie im Wahnsinn auf das süße, starre Antlitz heftend, war er durch den dahinter liegenden Saal geflohen; die Tür gegenüber warf er eben zu.

Der Saal war leer: die Kerzen flammten; Rolf aber floh, er wußte nicht, wohin; nur irgendwo allein, in Sicherheit mit ihr! Nur eine, noch eine stille letzte Stunde mit der Toten! Ob jemand folgte, daran dachte er nicht; er kam durch eine Tür in kleine düstere Gemächer, wo nur ein Mondstreif auf das stille Antlitz fiel; eine Treppe tiefer öffnete er eine große Tür, da schlug der Kerzenglanz aus einer weiten Halle ihm entgegen; von der Mitte des Fußbodens erhob sich ein gewaltiger Hund und rannte mit heiserem Knurren auf ihn zu. Rolf schloß die Tote fester an sich und hatte schon die Hand am Schwert, da sprang das große Tier mit zärtlichem Winseln an ihm auf. »Heudan, du bist es, Heudan!« rief er und stand einen Augenblick und legte die Hand liebkosend auf den Kopf des Tieres.

Aber drüben von der Turmtreppe aus trat die furchtbare Gestalt des Schloßhauptmannes ihm entgegen; ein Wutschrei flog zu ihm hinüber, da floh er durch dieselbe Tür zurück und warf sie hinter sich ins Schloß. Noch einen finsteren Raum, dann stieß sein Fuß an eine Treppenstiege; er klomm hinauf, da kam es hinter ihm – nein, es war nur der Hund. Die Treppe wand sich höher, nur hier und da ein Mauerloch, durch das die Nachtluft zog, dann ihm zu Häupten eine offene Luke. Er stieg hindurch und warf sie zu.

Es war die Platte des stumpfen Turmes, die er erklommen hatte; vom Hofe drunten kam kein Laut herauf, es schien dort alles leer geworden. Sanft rauschte der Lindenwipfel aus der Tiefe, denn der Abendwind war fast entschlafen; über ihm flammte der Himmel in seinen Millionen Sternen, und von Süden schimmerte die Bucht des Kleinen Beltes; über die Wasser hatte der Mondschein eine Brücke von Licht geworfen.

Rolf lag auf beiden Knien, die Liebste in seinem Schoß. »Weg mit den Totenbinden!« sprach er leise und löste die breiten weißen Bänder, die das zarte Haupt umschlossen hielten: wie traurige Freude flog es durch seine Augen, als jetzt das schwarze Seidenhaar hervorquoll. »Ja, du bist es, süße, heilige Dagmar!«

Da schollen Schritte von der Wendelstiege her; rasch und zornig kamen sie herauf. Er sprang empor; er lief zur Brüstung und hielt die Tote auf beiden Armen in den weiten Himmelsraum hinaus: da war noch Platz für sie und ihn; auf Erden nicht mehr! – Plötzlich wandte er den Kopf, die Falltür war aufgeschlagen, und mit halbem Leibe ragte die Gestalt des Schloßhauptmannes daraus hervor. Aber er stieg nicht weiter; mit entsetzten Augen streckte er die Arme aus und rief in bitterem Flehen: »Rolf Lembeck, gib mir mein Kind! Was gilt dir noch der tote Leib?«

Der aber wandte seine Augen wieder zu dem bleichen Antlitz. »O Dagmar!« rief er; »Süße, Selige! Breit deine Flügel nun und nimm mich mit dir!« Er schlang die Arme fest um ihren Leib; da war mit einem Satz der greise Mann ihm in dem Rücken; er stürzte vor und griff nach ihm, doch seine Faust fuhr in das Leere. Ihm war, als flög ein Schatten ihm vorüber; er sah jenseits der Brüstung, wie in der Sternennacht, die Sterbekleider seines Kindes wehen; dann nichts mehr, nur von unten auf der

Nachhall eines schweren Falles. Der Abendhauch fuhr über die leere Turmdecke; der Hund stand mit den Vordertatzen auf den Zinnen und sah winselnd in die Tiefe.
Da war sein Zorn als wie ein Rauch verflogen; er fiel auf seine Knie und faltete die Hände: »Herrgott, so nimm sie beide gnädig in dein Reich!« Und über ihm flimmerten die Nachtgestirne in ihrer stummen, unerschütterlichen Ruhe.
– – So endeten zwei schöne Menschenblüten, und so endet diese Märe; es war, wie es in unserem alten Liede heißt: »Daß Liebe stets nur Leiden am letzten Ende gibt.«

*

»Und die andern?« fragt ihr, »was ward aus denen?«
– Die andern? – Ich habe von ihnen weiter nichts erkunden können; es gab ja Klöster derzeit, in die hinein sich ein beraubtes, auch ein verpfuschtes Leben flüchten konnte! Was liegt daran? Die Geräusche, die ihre Schritte machten, sind seit Jahrhunderten verhallt und werden nimmermehr gehört werden.

EIN DOPPELGÄNGER

Vor einigen Jahren im Hochsommer war es, und alle Tage echtes Sonnenwetter; ich hatte mich in Jena, wie einst Dr. Martinus, in der alten Gastwirtschaft zum Bären einquartiert, hatte mit dem Wirt schon mehr als einmal über Land und Leute geredet und mich mit Namen, Stand und Wohnort, welcher derzeit zugleich mein Geburtsort war, in das Fremdenbuch eingeschrieben.
Am Tage nach meiner Ankunft war ich nach Besteigung des Fuchsturms und nach manchem andern Auf- und Absteigen spätnachmittags in das geräumige, aber leere Gastzimmer zurückgekehrt und hatte mich sommermüde vor einer Flasche Ingelheimer hinter dem kühlen Ofen in einen tiefen Lehnstuhl gesetzt; eine Uhr pickte, die Fliegen summten am Fensterglas, und mir wurde die Gnade, davon in den Schlaf gewiegt zu werden, und zwar recht tief.
Das erste, was vom Außenleben wieder an mich herankam, war eine sonore milde Männerstimme, welche, wie zum Abschied, gute Lehren gebend, zu einem andern zu reden schien. Ich öffnete ein wenig die Augen: am Tische, unfern von meinem Lehnstuhl, saß ein ältlicher Herr, den ich nach seiner Kleidung als einen Oberförster zu erkennen meinte; ihm gegenüber ein noch junger Mann, gleichfalls im grünen Rock, zu dem er redete; ein rötlicher Abendschein lag schon auf den Wänden.
»Und dessen gedenke auch noch«, hörte ich den Alten sagen, »du bist ein Stück von einem Träumer, Fritz; du hast sogar schon einmal ein Gedicht gemacht; laß dir so was bei dem Alten nimmer beikommen! Und nun geh und grüß deinen neuen Herrn von mir; zur Herbstjagd werd ich mich nach dir erkundigen!«
Als dann der Junge sich entfernt hatte, rüttelte ich mich völlig auf; der Alte stand am Fenster und drückte die Stirn gegen eine Scheibe, wie um dem Fortgehenden noch einmal nachzuschauen. Ich trank den Rest meines Ingelheimers, und als der Oberförster sich in das Zimmer zurückwandte, begrüßten wir uns wie nach abgetanen Werken, und bald, da niemand außer uns im Zimmer war, saßen wir plaudernd nebeneinander.
Es war ein stattlicher Mann von fünfzig Jahren, mit kurzgeschorenem, schon ergrautem Haupthaar; über dem Vollbart

schauten ein Paar freundliche Augen, und ein leichter Humor, der bald in seinen Worten spielte, zeugte von der Behaglichkeit seines inneren Menschen. Er hatte eine kurze Jagdpfeife angebrannt und erzählte mir von dem jungen Burschen, welchen er einige Jahre in seinem Hause gehabt und nun zur weiteren Ausbildung an einen älteren Freund und Amtsbruder empfohlen habe. Als ich ihn, seiner Vorhaltung an den Jungen gedenkend, frug, was für Leides ihm die Poeten denn getan hätten, schüttelte lachend den Kopf.

»Gar keines, lieber Herr«, sagte er, »im Gegenteil! Ich bin ein Landpastorensohn, und mein Vater war selber so ein Stück von einem Poeten; wenigstens wird ein Kirchenlied von ihm, das er einmal als fliegendes Blatt hatte drucken lassen, noch heutigen Tages nach ›Befiehl du deine Wege‹ in meinem Heimatdorf gesungen; und ich selber – als junger Gelbschnabel wußte ich sogar den halben Uhland auswendig, zumal in jenem Sommer« – er strich sich plötzlich mit der Hand über sein leicht errötend Antlitz und sagte dann, wie im stillen seine vorgehabte Rede ändernd –, »wo am Waldesrand das Geißblatt wie zuvor in keinem andern Jahre duftete! Aber ein Rehbock, ein andermal – und das war schwer verzeihlich – die seltene Jagdbeute, eine Trappe, sind mir darüber aus dem Schuß gekommen! – Nun, mit dem Jungen ist es nicht so schlimm; nur der Alte drüben wird schon fuchswild, wenn wir gelegentlich einmal anstimmen: ›Es lebe, was auf Erden stolziert in grüner Tracht‹; Sie kennen wohl das schöne Lied?«

Ich kannte zwar das Lied – hatte nicht auch Freiligrath seinen patriotischen Zorn an dem harmlosen Dinge ausgelassen? – Aber mir lag die plötzliche Erregung des alten Herrn im Sinne. »Hat das Geißblatt auch in späteren Jahren wieder so geduftet?« frug ich leise.

Ich fühlte meine Hand ergriffen und einen Druck, daß ich einen Schrei ersticken mußte. »Das war ja nicht von dieser Welt«, raunte der Mann mir zu, »der Duft ist unvergänglich – solang sie lebt!« setzte er zögernd hinzu und schenkte sich sein Glas voll hellen Weines und trank es in einem Zuge leer.

Wir hatten noch eine Weile weitergeplaudert, und manche anziehende Mitteilung aus seinem Forst- und Jagdleben hatte ich von ihm gehört, manches Wort, das auf einen ruhigen Lebensernst in diesem Manne schließen ließ. Es war fast völlig dunkel geworden; die Stube füllte sich mit andern Gästen, und die Lichter wurden angezündet; da stand der Oberförster auf. »Ich säße noch gern ein Weilchen«, sagte er, »aber meine Frau würde nach mir aussehen; wir beide bilden jetzt allein die Familie, denn unser Sohn ist auf dem Forstinstitut zu Ruhla.« Er steckte seine Pfeife in die Tasche, rief einem braunen Hühnerhund, der, mir unbemerkt, in einem Winkel gelegen hatte, und reichte mir die Hand. »Wann denken Sie wieder fort von hier?« frug er.

»Ich dachte, morgen!«

Er sah ein paar Augenblicke vor sich hin. »Meinen Sie nicht«, frug er dann, ohne mich anzublicken, »wir könnten unsere neue Bekanntschaft noch ein wenig älter werden lassen?«

Seine Worte trafen meine eigene Empfindung; denn auf meiner nun zweiwöchentlichen Reise hatte ich heute zum erstenmal ein herzlich Wort mit einem Begegnenden gewechselt; aber ich antwortete nicht gleich; ich sann nach, wohin er zielen möge.

Und schon fuhr er fort: »Lassen Sie mich es offen gestehen: zu dem Eindruck Ihrer Persönlichkeit kommt noch ein anderes dazu: es ist Ihre Stimme, oder richtiger die Art Ihres Sprechens, was diesen Wunsch in mir erregt; mir ist, als gehe es mich ganz nahe an, und doch ...« Statt des verständigenden Wortes aber ergriff er plötzlich meine beiden Hände. »Tun Sie es mir zulieb«, sagte er dabei, »meine Försterei liegt nur so reichlich eine Stunde von hier, zwischen Eichen und Tannen – darf ich Sie bei meiner lieben Alten als unsern Gast auf ein paar Tage anmelden?«

Der alte Herr sah mich so treuherzig an, daß ich gern und schon auf morgen zusagte. Er schüttelte mir lachend die Hände: »Abgemacht! Prächtig! Prächtig!«, pfiff seinem Hunde, und nachdem er noch einmal seine Kappe mit der Falkenfeder gegen mich geschwenkt hatte, bestieg er seinen Rappen und ritt in freudigem Galopp davon.

Als er fort war, trat der Wirt zu mir: »Ein braver Herr, der Herr Oberförster; dacht schon, Sie würden Bekanntschaft machen!«

»Und warum dachten Sie das?« frug ich entgegen.
Der Wirt lachte. »Ei, da wissen's der Herr wohl selber noch gar nicht?«
»So sagen Sie es mir! Was soll ich wissen?«
»Ei, Sie und die Frau Oberförster sind doch gar Stadtkinder miteinander!«
»Ich und die Frau Oberförster? Davon weiß ich nichts; Sie sagen es mir zuerst; ich hab dem Herrn auch meine Heimat nicht genannt.«
»Nun«, sagte der Wirt, »da ging's freilich nicht; denn 's Fremdenbuch hat er nicht gelesen; das ist grade keine Zeitung!«
Ich aber dachte: ›Das war es also! Liegt der Heimatklang so tief und darum auch so unverwüstlich?‹ Aber ich kannte daheim alle jungen Mädchen unseres Schlages innerhalb der letzten dreißig Jahre; ich wußte keine, die so weit gen Süden geheiratet hätte.
»Sie irren sich vielleicht«, sagte ich zu dem Wirt, »wie ist denn der Jungfernname der Frau Oberförster?«
»Kann nicht damit dienen, Herr«, entgegnete er, »aber mir ist's noch just wie heute, als die seligen Eltern des Herrn Oberförsters, die alten Pfarrersleute, mit dem derzeit kaum achtjährigen Dirnlein hier vorgefahren kamen.«
– – Ich wollte nicht weiterfragen und ließ es für itzt dabei bewenden; nur den Weg zur Oberförsterei ließ ich mir noch einmal, wie zuvor schon von dem Besitzer derselben, eingehend berichten.

Und schon in der Frühe des andern Morgens, als noch die Tautropfen auf den Blättern lagen und die ersten Vogelstimmen am Wege aus den Büschen riefen, befand ich mich auf der Wanderung. Nachdem ich etwa eine Stunde, zuletzt an einem Eichwald entlang, gegangen war, bog ich gemäß der empfangenen Weisung in einen breiten Fahrweg ein, der zur Linken unter die schattigen Wipfel durchführte. Bald mußte ich den Weg sich öffnen und das Heimwesen meines neuen Freundes vor mir liegen sehen! Dann, kaum eine Viertelstunde weiter, kam aus der großen Waldesstille ein Geräusch wie von wirtschaftlichem Leben mir entgegen; die Schatten um mich hörten auf, und ein blinkender

Teich und jenseits desselben ein altes, stattliches Gebäu mit mächtigem Hirschgeweih über dem offenen, auf einer Treppenplatte befindlichen Tore lagen in der lichten Morgensonne vor mir; ein wütendes Gebell von wenigstens einem halben Dutzend großer und kleiner Jagdhunde erhob sich und verstummte plötzlich auf einen gellenden Pfiff.

»Grüß Gott und tausendmal willkommen!« rief statt dessen die mir schon bekannte Männerstimme; und da kam er selbst aus dem Hause, die Stiege herab und um den kleinen Teich herum; aber nicht allein: eine zarte Frau, fast mädchenhaft, ging an seinem Arm; doch sah ich im Näherkommen wohl, daß sie den Vierzig nahe sein müsse. Sie begrüßte mich, indem sie fast nur die Worte ihres Mannes wiederholte; aber ein Zug von Güte um den halbgeöffneten Mund, der noch ein Weilchen in dem stillen Angesicht verblieb, ließ keinen Zweifel an ihrer Echtheit aufkommen. Während wir dann miteinander dem Hause zugingen, fiel es mir auf, wie sie mitunter ihren Arm auf seinem ruhen ließ, als wollte sie ihm sagen: ›Du trägst mein Leben, und du trägst es gern; dein Glück und meines sind dasselbe!‹

Als wir dann drinnen in dem bürgerlich schlichten Zimmer beim Morgenkaffee saßen, den man für mich aufgeschoben hatte, legte der Oberförster sich behaglich in seinen Lehnsessel zurück. »Christinchen«, sagte er, mich und seine Frau mit einem schelmischen Blicke streifend, »ich hab dir einen lieben Gast gebracht, von dem ich gleichwohl weder Namen noch Stand weiß; er mag uns beide sagen, wenn er uns verläßt, damit wir ihn doch wiederfinden können: es ist so tröstlich, auch einmal mit einem Menschen und nicht eben mit einem Herrn Geheimen Oberregierungsrat oder einem Leutnant zu verkehren.«

»Nun«, sagte ich lachend, »Qualitäten habe ich nicht zu verhehlen«; als ich dann aber mit dem Hinzufügen, daß ich ein schlichter Advokat sei, meinen Namen nannte, wandte sich die Frau wie überrascht mir zu, und ich fühlte, wie ihre Augen flüchtig auf meinem Antlitz weilten.

»Was hast du, Frau«, rief der Oberförster; »mir ist der Advokat schon recht!«

»Mir auch«, sagte sie und reichte mir eine Tasse Kaffee, dessen Duft mich mit allem einverstanden sein ließ. Sie war noch einmal aufgestanden, kehrte aber, nachdem sie eine Handvoll Brosamen aus dem offenen Fenster geworfen hatte, auf ihren Platz zurück. Draußen stürzte sich, einem Platzregen gleich, eine Flucht von Tauben von dem Dache auf den Boden herab; aus den Linden vor dem Hause kamen die Sperlinge dazu, und ein lustiger Tumult erhob sich.

»Die haben's gut!« sagte lachend der Oberförster, mit dem Kopfe nach dem Fenster winkend; »seit unser Paul in Ruhla ist! Sie kann es nicht lassen, den allzeit Hungerigen Brosamen auszustreuen; sei es nun der Bub, oder seien es nur unseres Herrgotts Krippenfresser!«

Aber die Frau setzte ruhig ihre Tasse von dem Munde: »Der Bub allein? Ich dächte, der Vater wär auch wohl dabei!«

»Komm, Alte«, rief der Oberförster, »ich merke doch, du bist mir zu gescheit; wir wollen Frieden machen!«

Wir plauderten weiter; und wenn das liebe Frauenantlitz sich zu mir wandte, konnte ich es mir nicht versagen, nach bekannten Zügen darin zu suchen; allein obgleich ein paarmal, wie im Fluge, als wolle es mir helfen, das frühere Kinderangesicht mich daraus anzublicken schien, ich mußte mir dennoch sagen: ›Die kennst du nicht; du hast sie nie gesehen!‹ Ich lauschte dann auch ihrer Sprache, aber weder die uns heimische Verwechslung verwandter Vokale noch die von solchen Konsonanten kam zum Vorschein; nur ein paarmal meinte ich das scharfe S vor einem andern Konsonanten zu vernehmen, dessen ich selbst freilich mich längst entwöhnt glaubte.

Am Vormittag ging ich mit dem Oberförster in den umliegenden Wald; er wies mir seine Hauptschläge, die mit uralten und mit kaum fingerhohen Eichen, und entwickelte mir eindringlich sein System der Waldkultur; wir sahen einen Hirsch mit sechzehn Enden und ein paar Rehe; aus einem schlammigen Sumpfe schielte sogar der schwarzbraune Borstenkopf eines Keilers aus seinen enggeschlitzten Augen nach uns hinüber. Wir gingen ohne Hunde. »Nur ruhig weiter«, mahnte mein Geleitsmann; »und wir kommen ungefährdet wieder nach Hause.«

Nach dem Mittagessen führte mein Wirt mich eine Treppe hoch nach hinten zu in das mir angewiesene Zimmer. »Sie wollten noch Briefe schreiben«, sagte er; »hier finden Sie alles, was dazu nötig ist! Unser Junge hat hier vordem gewohnt; aber es ist kühl und still!« Er zog mich an eines der offenstehenden Fenster. »Hier unten sehen Sie ein Stück von unserm Garten, dahinter zieht sich der Teich herum; dann dort die grüne Wiese und dann der hohe dunkle Wald – der schützt Sie vor allem Weltgeräusch! – Nun ruhen Sie vorerst sanft nach Ihren Wanderstrapazen!« sagte er und drückte mir die Hand.

Er ging, und ich tat nach seinen Worten; und die Stimmen der Grasmücken aus dem Garten und des Pirols und der Falken aus dem nahen Walde und über seinen Wipfeln aus der blauen Luft kamen wie aus immer größerer Ferne durch die offenen Fenster; dann hörte alles auf.

Ich erwachte endlich; ich hatte lang geschlafen; der Weiser meiner Taschenuhr zeigte schon nach fünf; gleichwohl mußte der Brief geschrieben werden, denn ein Knecht sollte ihn um sechs Uhr mit zur Stadt nehmen.

So kam ich erst spät wieder in das Haus hinab. Die Frau fand ich vor demselben im Lindenschatten auf der Bank mit einer Flickarbeit beschäftigt. »Das ist für unsern Paul«, sagte sie wie entschuldigend und schob die Sachen an die Seite; »er schleißt, er ist noch jung und wild; aber noch mehr gut als wild! – Und Sie haben fest geschlafen: die Sonne will schon zur Neige gehn!«

Ich frug nach ihrem Mann.

»Er hat eine Weile geschäftshalber fortmüssen; aber er läßt Sie grüßen; wir sollten nähere Bekanntschaft machen – so hat er mir gesagt – und dort die Schneise durch die Tannen hinaufspazieren; nach der andern Seite, als wo Sie heute vormittag mit ihm hinaus waren; er würd uns dort bald finden!«

Wir plauderten aber noch eine Weile, nachdem sie auf meine Bitte ihre mütterliche Arbeit wiederaufgenommen hatte; dann, da er nicht kam, erhob sie sich. »Es wird wohl Zeit!« sagte sie, und ein flüchtig Rot ging über ihr Antlitz.

So wanderten wir denn nebeneinander auf dem Wege zwischen den hohen Tannen, dessen eine Seite noch von der Sonne ange-

schienen war. Unser Gespräch schien ganz erloschen; nur hin und wieder prüfte ich mit einem Blicke ihr Profil; aber es machte mich nicht klüger.
»Gestatten Sie, verehrte Frau«, sprach ich endlich, »daß ich die Waldstille unterbreche; es drängt mich, Ihnen eins zu sagen und Ihnen eine Frage vorzulegen; Sie wissen wohl, daß man in der Fremde doch immer heimlich nach der Heimat sucht!«
Sie nickte. »Sprechen Sie nur!« sagte sie.
»Ich glaubte nicht zu irren«, begann ich, »Sie schienen überrascht, als ich heute morgen meinen Namen nannte. Hatten Sie ihn früher schon gehört? Mein Vater war, wenigstens im Lande, ein bekannter Mann.«
Sie nickte wieder ein paarmal: »Ja, ich erinnere mich Ihres Namens aus meiner Kinderzeit.«
Als ich dann aber meine Vaterstadt ihr nannte, wurden ihre Augen plötzlich starr und blieben unbeweglich auf den meinen ruhen; nur ein paar vorquellende Tränen verdunkelten jetzt beide.
Ich erschrak fast. »Es war nicht mein Gedanke, Ihnen weh zu tun«, sagte ich; »aber der Wirt zum Bären, der meine Heimat aus dem Fremdenbuch erfahren hatte, behauptete, wir beide seien Stadtkinder miteinander!«
Sie tat einen tiefen Atemzug. »Wenn Sie daher stammen«, sagte sie, »so sind wir es.«
»Und doch«, fuhr ich etwas zögernd fort, »ich glaube alle damaligen Familien unserer Stadt zu kennen und wüßte nicht, in welche ich Sie hineinbringen sollte.«
»Die meine werden Sie nicht gekannt haben«, erwiderte die Frau.
»Das wäre seltsam! Wann haben Sie denn die Stadt verlassen?«
»Das mag fast dreißig Jahre her sein.«
»Oh, damals war ich noch in unsrer Heimat, bevor wir, so viele, in die Fremde mußten.«
Sie schüttelte den Kopf. »Die Ursache liegt woanders; meine Wiege« – sie zögerte ein wenig und sagte dann: »Ich hatte wohl nicht einmal eine; aber die Kate, in der ich geboren wurde, war nur die Mietwohnung eines armen Arbeiters, und ich war seine Tochter.«

Sie blickte mit ihren klaren Augen zu mir auf. »Mein Vater hieß John Hansen«, sagte sie.
Ich suchte mich zurechtzufinden, aber es gelang mir nicht; der Name Hansen war bei uns wie Sand am Meer. »Ich kannte manchen Arbeiter«, erwiderte ich; »unter dem Dache des einen war ich als Knabe sogar ein wöchentlicher Gast, und für manches, was ich noch zu meinem Besten rechne, fühle ich mich ihm und seiner braven Frau verpflichtet. Aber Sie mögen recht haben, der Name Ihres Vaters ist mir unbekannt.«
Sie schien aufmerksam zuzuhören, und mir war es, als würden ihre kindlichen Augen wieder feucht.
»Sie hätten ihn kennen müssen«, rief sie, »Sie würden die, welche die kleinen Leute genannt werden, noch tiefer in Ihr Herz geschlossen haben! Als meine Mutter, da ich kaum drei Jahre alt war, starb, da hatte ich nur ihn; aber schon in meinem achten Jahre ist er plötzlich mir entrissen worden.«
Wir gingen eine Zeitlang, ohne ein Wort zu wechseln, und ließen die Spitzen der Tannenzweige, die in den Weg hingen, durch unsre Finger gleiten; dann hob sie den Kopf, als ob sie sprechen wolle, und sagte zögernd: »Ich möchte nun auch Ihnen, meinem Landsmann, etwas Weiteres vertrauen; es ist seltsam, aber es kommt mir immer wieder: mir ist oftmals, als hätt ich vorher, bei Lebzeiten meiner Mutter, einen andern Vater gehabt – den ich fürchtete, vor dem ich mich verkroch, der mich anschrie und mich und meine Mutter schlug –, und das ist doch unmöglich! Ich habe selbst das Kirchenbuch aufschlagen lassen; meine Mutter hat nur diesen einen Mann gehabt. Wir haben zusammen Not gelitten, gefroren und gehungert; aber an Liebe war niemals Mangel. Eines Winterabends entsinne ich mich noch deutlich; es war an einem Sonntag, und ich mochte etwa sechs Jahre alt sein. Wir hatten leidlich zu Mittag gegessen; doch zum Abend wollte es nicht mehr reichen; mich hungerte noch recht, und der Ofen war fast kalt geworden. Da sah mein Vater mich mit seinen schönen dunkeln Augen an, und ich streckte meine Ärmchen ihm entgegen; und bald lag ich, in ein altes Tuch gewickelt, an der warmen Brust des mächtigen Mannes. Wir gingen durch die dunkeln Straßen, immer in eine neue; aber über uns waren alle Ster-

ne angezündet, und meine Augen gingen von dem einen zu dem andern. ›Wer wohnt da oben?‹ frug ich endlich, und mein Vater antwortete: ›Der liebe Gott, der wird dich nicht vergessen!‹ Ich sah wieder in die Sterne, und alle blinkten so still und freundlich auf mich nieder. ›Vater‹, sagte ich, ›bitte ihn doch noch um ein kleines Stückchen Brot für heute abend!‹ Ich fühlte einen warmen Tropfen auf mein Angesicht fallen; ich meinte, er käme von dem lieben Gott. – Ich weiß, mich hungerte nachher noch in meinem Bettchen; aber ich schlief doch ruhig ein.«

Sie schwieg einen Augenblick, während wir langsam auf dem Waldweg weiterschritten.

»Aus der Zeit aber, wo ich mit meiner Mutter lebte«, sagte sie dann noch, »vermag ich keine feste Erinnerung an meinen Vater zu gewinnen; ich muß mich mit dem wüsten Schreckbild begnügen, das mein Verstand vergebens zu fassen sucht.«

Sie kniete plötzlich nieder, um eine Handvoll jener kleinen rötlichen Immortellen zu pflücken, die sich gern auf magerem Sandboden ansiedeln; da wir dann weitergingen, begannen ihre Finger einen Kranz daraus zu flechten.

Ich war noch mit ihren letzten Worten beschäftigt: mir ging im Kopf ein wüster junger Kerl herum; er war bekannt genug gewesen, aber sein Name war ein anderer. »Auch Kinder«, sagte ich endlich, während meine Augen ihren geschickten Händen folgten, »mag wohl einmal der Gedanke an den unsichtbar umhergeisternden Tod wie ein Schauder überfallen, daß sie voll Angst die Arme um ihr Liebstes klammern; dazu – Sie kannten gewiß schon von den Vätern, mit denen die Kommunen die Kinder der Armen zu beschenken pflegen – was Wunder, daß Ihre Phantasie das Schreckbild in jene von Erinnerung leere Zeit hinabschob!«

Aber die edle Frau schüttelte lächelnd ihren Kopf. »Schön ausgerechnet«, sagte sie; »aber ich habe niemals an solchen Gespensterphantasien gelitten; und die Menschen, die mich dann nach meines lieben Vaters Tode zu sich nahmen – bessere konnte kein Kind sich wünschen: es waren die Eltern meines Mannes, die auf einer Badereise ein paar Tage in unserer Vaterstadt verweilen mußten.«

In diesem Augenblicke glaubte ich in dem Staubwege Schritte hinter uns zu hören, und als ich umblickte, sah ich den Oberförster schon in der Nähe.
»Sehen Sie wohl«, rief er mir zu, »da habe ich Sie schon! Und du, Christine« – und er ergriff die Hand seiner Frau und neigte den Kopf, um ihr in die Augen zu blicken –, »du schaust ja so nachdenklich; was ist denn?«
Sie lehnte sich lächelnd an seine Schulter: »Ja, Franz Adolf, wir sprachen von unserer Vaterstadt – denn es hat sich herausgestellt, daß wir dieselbe haben –, aber wir haben uns dort nicht finden können.«
»So ist es um so schöner«, erwiderte er und reichte mir die Hand, »daß wir ihn heute bei uns haben; das Damals wäre ja doch schon längst vorüber!«
Sie nickte nachdenklich und schob ihren Arm in seinen. So gingen wir ein paar hundert Schritte weiter bis an einen Waldteich, an dessen Ufern die gelben Iris in für mich nie gesehener Fülle blühten.
»Da ist deine Lieblingsblume!« rief der Förster; »aber du würdest dir die Schuhe überwaten; sollen wir Männer dir einen braven Strauß holen?«
»Ich verzichte diesmal auf Ritterdienste«, erwiderte sie, sich anmutig gegen uns verneigend; »ich bin heute bei den Kleinen und weiß hier eine Stelle, wo ich mein Kränzlein vervollständigen kann!«
»So erwarten wir dich hier«, rief ihr der Oberförster nach, sie mit ernsten, liebevollen Blicken verfolgend, bis sie in der nahe liegenden Lichtung verschwand.
Dann wandte er sich plötzlich zu mir. »Sie werden mir nicht zürnen«, sagte er, »wenn ich Sie bitte, mit meiner Frau nicht weiter über ihren Vater zu sprechen. Ich ging im weichen Wegestaub schon länger hinter Ihnen, und der leichte Sommerwind trug mir genügend Brocken Ihres Gespräches zu, um das übrige zu erraten. Hätte ich von Ihrer beider so genauen Landsmannschaft gewußt – verzeihen Sie mir dies Geständnis –, ich hätte mir die Freude Ihres Besuches versagt; die Freude, sag ich; doch es ist so besser, wir kennen uns nun schon.«

»Aber«, entgegnete ich etwas bestürzt, »ich kann Sie versichern, es ist von einem Arbeiter John Hansen keine Spur in meiner Erinnerung.«
»Sie könnte Ihnen dennoch plötzlich kommen!«
»Ich denke nicht; jedenfalls, obgleich ich nicht die Ursache kenne, seien Sie meines Schweigens sicher!«
»Die Ursache«, erwiderte er, »will ich Ihnen mit einem Worte geben: der Vater meiner Frau hieß freilich John Hansen; von den Leuten aber wurde er John Glückstadt genannt, nach dem Orte, wo er als junger Mensch eine Zuchthausstrafe verbüßt hatte. Meine Frau weiß weder von diesem Übernamen noch von der Strafe, auf welcher er beruht; und – ich denke, Sie stimmen mir bei – ich möchte nicht, daß sie das je erführe; ihr Vater, den sie kindlich verehrt, würde mit jenem Schreckbild zusammenfallen, das ihre Phantasie ihr immer wieder vorbringt und das leider keine bloße Phantasie war.«
Fast mechanisch reichte ich ihm die Hand, und bald waren wir wieder auf dem Heimwege; die Frau ging, längst wieder an ihrem Kranze flechtend, neben mir, als ich aus andrängenden und sich ineinanderfügenden Erinnerungen wieder aufschaute. »Verzeihen Sie«, sagte ich, »es kommt mir mitunter, von einem plötzlichen Gedanken bis zur Vergessenheit der Gegenwart hingenommen zu werden. Im Elternhause sagte dann mein Bruder, des alten Volksglaubens gedenkend: ›Stört ihn nicht, seine Maus ist ihm aus dem Mund gesprungen!‹ Aber ich verspreche, sie in Zukunft besser zu überwachen.«
Aus den Augen des Oberförsters traf mich ein verständnisvoller Blick. »Auch wir haben hier den Glauben«, sagte er; »aber Sie sind bei Freunden, wenn auch nur bei neuen!«
So kamen wir wieder in Gespräch, und während die Tannenriesen schon tiefe Schatten über den Weg warfen und die Luft mit schwülem Abendduft erfüllten, gelangten wir allmählich an die Oberförsterei zurück; die Hunde, ohne zu bellen, sprangen uns entgegen, und aus der dampfenden Wiese, die hinter dem Teiche lag, scholl hin und wieder der schnarrende Laut des Wachtelkönigs; ein heimatlicher Frieden war überall.
Die Frau war uns voran ins Haus gegangen, mein Wirt und ich

setzten uns auf die Seitenbänke der Haustreppe; aber seine Leute kamen einer nach dem andern, um zu berichten oder sich Anweisung für den folgenden Tag zu holen; dazwischen drängten sich die Hunde, Teckel und Hühnerhunde, voran das Prachtexemplar eines lohbraunen Schweißhundes; zu Erörterungen zwischen uns blieb keine Zeit. Dann erschien meine Landsmännin in der offenen Haustür und lud zum Abendessen; und als wir im behaglichen Zimmer bei einer guten Flasche alten Hardtweins saßen, erzählte der Oberförster die Geschichte seines Lieblings, des Lohbraunen, den er als junges Tier von einem ruinierten Spieler gekauft hatte, und von den Heldentaten, welche er schon jetzt gegen die hier insonders kühnen Wilderer verübt habe. So gerieten wir in die Jagdgeschichten, von denen eine immer die andere nach sich zog; nur einmal, in einer Pause des Gespräches, sagte Frau Christine wie aus langem Sinnen: »Ob wohl noch die Kate da ist, am Ende der Straße, und das Astloch in der Haustüre, durch das ich abends hinaussah, ob nicht mein Vater von der Arbeit komme? – Ich möcht doch einmal wieder hin!«

Sie sah mich an, und ich erwiderte nur: »Sie würden viel verändert finden!« Der Oberförster aber faßte ihre beiden Hände und schüttelte sie ein wenig.

»Wach auf, Christel!« rief er. »Was wolltest du dort? Selbst unser Gastfreund hat sich ausgebaut! Bleib bei mir, wo du zu Haus bist – und um acht Tage kommt dein Junge in die Sommerferien!«

Sie sah mit glücklichen Augen zu ihm auf. »Es war ja nicht so ernst gemeint, Franz Adolf!« sagte sie leise.

Als es auf der Hausuhr vom Flur aus zehn schlug, brachen wir auf; der Oberförster zündete eine Kerze an und begleitete mich, wie am Nachmittage, die Treppe hinauf nach meinem Gastzimmer.

»Nun«, sagte er, nachdem er das Licht auf den Tisch gesetzt hatte, »Nicht wahr, wir sind jetzt einig? Sie verstehen mich?«

Ich nickte. »Gewiß; ich weiß nun freilich, wer John Hansen ist.«

»Ja, ja«, rief er, »aus dem Staube des Weges haben meine lieben Eltern dies Kind für mich aufgesammelt; ich dank es ihnen jeden Morgen, wenn ich beim Aufstehen dies friedliche Antlitz noch neben mir im Schlummer sehe oder wenn sie mir vom Kissen ihren Morgengruß zunickt. Doch – gute Nacht! Auch die Vergangenheit soll schlafen!«

Wir reichten uns die Hände, und ich hörte ihn den Korridor entlang- und die Treppe hinabgehen. Aber bei mir wollte die Vergangenheit nicht schlafen; ich trat an das offene Fenster und sah auf den Teich und auf die Wasserlilien, die wie Mondflimmer auf seinem dunkeln Spiegel lagen; die Linden am Ufer hatten zu blühen begonnen, und ihr Duft wehte im Nachthauch zu mir herüber; eine mir unbekannte Vogelstimme scholl in Pausen vom Wald herüber. Aber die reiche Sommernacht nahm mich nicht gefangen; vor mein inneres Auge drängten abwechselnd sich zwei öde Orte: ein verlassener Brunnen mit vermorschtem Plankwerk, der in der Nähe meiner Vaterstadt auf einem weiten Felde lag, wo vorzeiten ein Haus, eine Schinderkate, sollte gestanden haben; als Knabe, auf einer einsamen Schmetterlingsjagd, hatte ich einst erschrocken vor ihm haltgemacht; – was damit wechselte, war das äußerste der kleinen Stadthäuser am Ende der Norderstraße, mit einem Strohdach, auf dem allzeit ein großer Hauslauch wuchs, so niedrig, daß man's mit der Hand erreichen konnte; das Ganze zum Einstürzen verfallen und so winzig, daß kaum mehr als eine Kammer und der engste Küchenherd darin Platz haben konnten. Als Junge hatte ich manchmal, von Feldstreifereien heimkehrend, davor stillgestanden und mir vorphantasiert, wie hübsch es sich in diesem Liliputer-Hause ohne Eltern und ohne Lehrer würde wohnen lassen. Später, als ich schon Sekundaner war, kam noch ein anderes hinzu; es gab oft einen Lärm in diesen engen Räumen, der die Vorübergehenden davor haltmachen ließ, und zu diesen gehörte auch ich ein paarmal. Eine kräftige Männerstimme fluchte und schalt in sich überstürzenden Worten; dröhnende Schläge, das Zerschellen von Gefäßen wurde hörbar; dazwischen, kaum vernehmbar, das Wimmern einer Frauenstimme doch nie ein Hülferuf. Eines Abends trat danach ein junger, wilder Kerl aus dem Innern in

die offene Haustür, mit erhitztem Antlitz, über das ein paar dunkle Haarlocken ihm in die Stirn hingen. Er warf den Kopf mit der starken Adlernase zurück und musterte schweigend die Umstehenden; mich blitzte er mit ein Paar Augen an, mir war, als hörte ich ihn schreien: »Mach, daß du fortkommst, du mit dem feinen Rock! Was geht's dich an, wenn ich mein Weib zerhaue!«
Das war John Glückstadt, der Vater meiner edlen Wirtin, von dem ich heute erfahren hatte, daß er eigentlich John Hansen geheißen habe.

– – John Hansen war von einem Nachbarsdorfe und hatte seine Militärzeit als tüchtiger Soldat bestanden, wenn auch zu Anfang nur der kräftigere Arm eines Kameraden schuld gewesen war, daß er den dänischen Kapitän, der ihn »tyske Hund« geheißen hatte, nicht mit dem kurzen Seitengewehre niederstach. Als aber die Dienstzeit aus und er entlassen war, da wollte die müßige, wilde Kraft in ihm etwas zu schaffen haben; ein Dienst als Knecht war nicht sogleich zur Hand, so ging er in die Stadt und gab sich vorerst bei einem Kellerwirte in die Kost. Aber dort verkehrte allerlei fremdes und hergelaufenes Volk; eine Menge Arbeiter, die bei einem Schleusenbau beschäftigt waren, hatten dort ihre Schlafstelle. Einer davon, der wegen Trunkfälligkeit aus der Arbeit gejagt war, blieb trotzdem und verzehrte und vertrank seine letzten Schillinge. Er und John hatten beide nichts zu tun; so waren sie stets zusammen, lagen draußen am Deich oder saßen allein in der dämmerigen Kellerstube, und der Fremde erzählte allerlei lustige Spitzbuben- und Gewaltsgeschichten; er wußte genug davon, und bei den meisten war er selber mit dabeigewesen; aber alles war immer lustig ausgegangen.
Bei solcher Gelegenheit, da sie wieder einmal weit draußen am Haffdeich miteinander im Grase lagen, wo nur der Westwind pfiff und die Möwen schrien, überfiel den jungen Burschen die Lust, auch seinerseits einmal den Hals zu wagen; er streckte seine straffen Arme aus und schüttelte die Fäuste, ein wüstes Feuer brach aus seinen Augen. »Zum Satan!« rief er, »hätt man so was auch nur zu schaffen, da ehrliche Arbeit nicht zu haben ist!«

Der alte Halunke, der neben ihm lag und beim Erzählen nur über sich die Wolken hatte ziehen sehn, blickte ihn von der Seite an. »Meinst du?« sagte er heimlich – »nun, Spaß würd schon dabeisein!«

John antwortete nicht; ein Trupp Arbeiter kam von draußen auf dem Deich daher. Der Fremde stand auf und sagte: »Komm, John, die kennen uns; wir wollen mit ihnen heimgehn!«

– – Am andern Nachmittage, da sich für John abermals die Aussicht auf einen Dienst zerschlagen hatte, lagen die beiden wieder an derselben Stelle. Der Fremde sprach nicht; John riß Grasbüschel aus dem Boden und warf damit nach vorbeistreichenden Schwalben.

»Du ruinierst doch den Deich, da du sonst nichts zu tun hast!« sagte der andere lachend.

John stieß einen Fluch aus. »Du wolltest mir gestern was erzählen, Wenzel!« sagte er.

Wenzel sah wie abwesend auf die See, wo draußen eben ein Segel vorbeizog. »Ich?« sagte er. »Was sollte das gewesen sein?«

– »Das mußt du selber wissen; aber Spaß sollte dabei sein. So sagtest du.«

»Ja so! Ich weiß schon; aber es ist noch mehr Gefahr als Spaß dabei.«

John lachte.

»Was lachst du!« sagte Wenzel; »es kann um Kopf und Kragen gehn!«

»Ich meinte nur, es sei das just der Spaß!«

Der andere richtete sich auf: »Ist dir dein Kopf so wohlfeil?«

»Nein, Wenzel; aber ich denk, er sitzt mir ziemlich fest. Erzähl nur, es ist profitabler!«

Sie rückten näher zusammen; ihr Reden wurde ein Flüstern; mitunter lief der eine auf den Deich und blickte scheu umher, aber keine Menschenseele ließ sich sehen. Die Dämmerung fiel herab, in tiefem Dunkel kamen die beiden zurück und stiegen in den Keller hinab, wo noch halbbetrunkenes Volk an den Tischen lärmte.

– – Drei Tage nachher wurde unsere Stadt durch das Gerücht eines unerhört frechen Einbruchdiebstahls aufgeschreckt, und was an Polizei vorhanden war, hatte mit Arm und Beinen zu tun. Das Erkerhaus am großen Markt, das der Exsenator Quanzberger allein mit seinem alten Diener bewohnte, war der Schauplatz gewesen. Der alte hagere Herr, den man gebunden, mit einem Knebel in seinem zahnlosen Munde neben seinem Bett gefunden hatte, konnte viele Wochen nachher nicht seinen pünktlichen Spaziergang durch die Gassen machen, und viele Jungen wußten deshalb nicht mehr, was die Uhr sei, und kamen viel zu spät oder zu früh in die Schule, und als er ihn wieder antrat, fehlte unter seinem Arm der rotseidene Regenschirm, und sein hoher Filzhut zitterte auf der fuchsfarbenen Perücke. Am schlimmsten aber war es, daß bei seinem alten Nikolaus, der durch einen Schlag über den Schädel betäubt war, nur mit genauer Not noch Leib und Seele beieinander geblieben.

Das war es gewesen, was dem braven Soldaten John Hansen eine sechsjährige Zuchthausstrafe und den Namen John Glückstadt eingetragen hatte. Seltsam war es, daß nach Publizierung des Urteils auch unter den städtischen Honoratioren von mancher Seite für den Verurteilten Partei ergriffen wurde; man hob hervor, daß er die goldene Uhr des Exsenators, die ihm als Beuteanteil zugefallen war, schon am Tage nach der Tat einem jungen Vetter auf dem Lande als Konfirmationsgeschenk gegeben habe, was freilich dann zuerst der Anlaß zu seiner Verhaftung geworden war. »Schad um den Burschen«, sagten die einen, »daß er ein Spitzbube geworden! Sieht er nicht aus, als hätte er General werden müssen?« Und die andern erwiderten: »Freilich, doch mehr noch wie jene vornehmen Räuber, denen es weniger um den Gewinn als um den Sport dabei zu tun war.«

Aber John mußte desungeachtet in das Zuchthaus und war vorläufig dann vergessen.

Auch sechs Jahre im Zuchthaus vergehen endlich; aber voll hatte er sie absitzen müssen, denn es war in währender Zeit im Lande weder ein König gekrönt noch einer geboren worden. Als er, wie beim Soldatendienst, mit guten Zeugnissen entlassen war, kam er abermals in unsere Stadt, um sich nach Arbeit umzutun, aber man wollte den Zuchthäusler nicht; mehr noch war es um den

Grimm und Trotz, der jetzt aus seinen dunkeln Augen brach. »Der Mensch sieht gefährlich aus«, hieß es, »ich möchte in der Nacht ihm nicht allein begegnen!«

Endlich war es ihm gelungen. Zur Seite der erwähnten Norderstraße strecken sich nordwärts, wo vor ein paar hundert Jahren der dreibeinige Galgen neben Bürgermeister Luthens Fischteich stand, große uneingezäunte Felder weit von der Stadt hinauf. Sie dienten damals einem vielgeschäftigen Bürger zum Zichorienbau, und die dazu gedungenen fünfzig oder sechzig Weiber und jungen Dirnen begannen eben auf der ungeheuren Fläche das Unkraut zwischen den Pflanzen auszujäten; vom Wege aus, der an der Stadt entlanglief, hörte man schon von weitem das Schwatzen der Weiber wie einen Mühlbach rauschen; mitunter auch stieg daraus ein silberhelles Lachen in die Luft empor; dann wieder ward es plötzlich still: der Aufseher, der sich bei einem Trupp von Arbeiterinnen irgendwo am andern Ende des Feldes aufgehalten hatte, war wieder zwischen sie getreten; er sprach nicht, er übersah nur einmal mit seinen finstern Augen die ganze Schar.

Der Aufsichtsmann war John Glückstadt; man hatte ihn zu diesem Posten besonders tauglich gehalten, und da draußen auf dem Felde konnt's auch nicht gefährlich sein; überdies zeigte die Rechnung sich als richtig, denn noch niemals war das Unkraut so gründlich und so rasch verschwunden.

– Unter den Dirnen hatte ich eine, dieselbe, deren Lachen aus der Schar so hell hervorschlug, oft genug auf dem Hausflur meiner Eltern als Bettelmädchen an der Kellertreppe stehen sehen; sie schaute mich, wenn ich zufällig aus dem Zimmer trat, nur stumm mit ihren verlangenden braunen Augen an, und hatte ich einen Schilling in der Tasche, so zog ich ihn gewiß heraus und legte ihn in ihre Hand. Ich entsinne mich noch wohl, wie süß mir die Berührung dieser schmalen Hand tat, auch daß ich nachher noch eine Weile stehenblieb und wie gebannt auf die Stelle der Treppe hinabsah, von der das Mädchen sich ebenso schweigend wieder entfernt hatte.

Dem finstern Aufsichtsmann, unter dem sie jetzt in ehrlicher Arbeit stand, mochte etwas Ähnliches mitspielen; er ertappte sich darauf, daß er mitunter, statt den faulen Weibern auf die Finger zu passen, das jetzt siebzehnjährige Mädchen mit seinen Blicken verschlang. Sie mochte ihn dann wohl still mit ihren heißen Augen anschauen, denn sie war die einzigste, welche die seinen nicht fürchtete, und der Mann, in dessen Antlitz ein Zug von Seelenleiden spielte, war vielleicht für solche Weiber der gefährlichste.

Aber eines mußte noch hinzukommen. An der weiter von der Stadt liegenden Ostseite des Ackers, wo die Arbeit schon vollendet war, befand sich jener verlassene Brunnen, neben dem schon seit undenkbaren Jahren das Schinderhaus verschwunden war; um drei Pfähle hingen noch ein paar vermorschte Bretter, die keinen Widerstand zu leisten vermochten. John Glückstadt kannte ihn wohl: der Brunnen war eng und an den Seiten mit Moos und einzelnen Pflanzenbüscheln bewachsen, durch die er vergebens mit seinen Blicken den Boden zu erreichen gesucht hatte; aber tief mußte er sein, denn als John eines Abends über das leere Feld ging und im Vorbeigehen einen Stein hinabwarf, dauerte es eine ganze Weile, bevor ein Ton wie ein harter Aufschlag sein Ohr erreichte. »Gott mag wissen, was da unten liegt«, murmelte der Mann; »Wasser nicht, vielleicht nur Kröten und Unzeug!« Und er rührte unwillkürlich seine Beine, um rascher nach Hause zu gelangen.

Als er jetzt eines Morgens auf das Feld kam, wo gegenüber schon die Mehrzahl der Arbeiterinnen versammelt war, störte ihn eine Krähe aus seinem Brüten auf, das er heute vom Bette mit ins Freie genommen hatte; der Vogel war bei seiner Annäherung mit Gekrächz von der verfallenen Brunnenplanke aufgeflogen; als John aber auf- und dann weiter hinausblickte, sah er die braune schmächtige Dirne wie in blinder Angst mit erhobenen Armen auf den Brunnen zustürzen; ein anderes, breitschulteriges Weib, das sich schon drei Jungfernkinder aufgeladen hatte, lief hinter ihr darein. Es hatte das Mädchen geneckt, daß sie dem schmucken Aufsichtsmann ihre Augen hinhalte, er solle wohl hineinfallen; die andern Frauenzimmer hatten gelacht: »Frisch, Wieb, vertreib dem Fratz seine Katzenkünste!« Da war die Dirne zornig geworden und hatte dem Weibe so gründliche

Wahrheiten zugeworfen, daß es mit der Unkrauthacke in der Faust wie toll hinter der Leichtfüßigen herlief.

Der düstere John sah die wilde Flucht gerade auf das Brunnenloch zufahren und sprang rasch vor die verfallene Umzäunung. »Sie will mich totschlagen!« schrie die junge Dirne und stürzte mit solcher Gewalt in seine Arme, daß ihm selbst die Füße auf dem Boden wankten.

»Nun, Dirne«, rief er, »sollten wir hier beide in den Brunnen? Es wär vielleicht das beste!« und hielt sie fest an seiner Brust.

Sie wollte sich von ihm losringen. »Laßt mich!« rief sie. »Was wollt Ihr von mir?«

Er sah sich um, sie waren ganz allein: das große Frauenzimmer hatte vor dem Aufseher sogleich die Flucht ergriffen, die andern Weiber arbeiteten fern am Westrande des Ackers; er wandte seine Augen wieder auf das Kind in seinen Armen.

Sie hatte mit ihren kleinen Fäusten ihm ins Gesicht geschlagen. »Laß mich«, rief sie aus, »ich schreie; glaub nicht, daß du mir Leides antun kannst!«

Er schwieg eine Weile, und die dunkeln Augen beider sahen regungslos ineinander. »Was ich von dir will?« sagte er dann; »Leids will ich dir nicht tun – aber ich will dich heiraten, wenn du es willst!«

Sie antwortete nicht, ein paar Augenblicke lag sie wie tot an seiner Brust; er fühlte nur, das Widerstreben ihrer Glieder hatte nachgelassen.

»Willst du nicht sprechen?« frug er sanft.

Da griff sie jäh mit beiden Händen um seinen Hals, daß sie den starken Mann fast würgte. »Ja, ich will«, rief sie. »Du bist der Schönste! Komm weg vom Brunnen! Du sollst nicht drunten liegen, in meinen Armen ist's besser!« Und sie küßte ihn, bis sie den Atem verloren hatte.

»Weißt du«, sagte sie dann, »du ziehst zu uns, zu mir und meiner Mutter in das kleine Haus; du zahlst die halbe Miete!« Sie sah ihn wieder an, sie küßte ihn nochmals; dann warf sie den Kopf mit dem dunkeln Haar in den Nacken, und ihr helles Lachen stieg jetzt fast zu übermütig aus den roten Lippen. »So!« rief sie, »nun lauf ich voraus; komm aber bald mir nach und sieh zu, ob ich nicht auch die schönste von all den Weibern bin!«

Sie stürmte dem Arbeitsplatze zu, und er folgte ihr, taumelnd vor Entzücken. Wer ihn jetzt gesehen und einen Freund bedurft hätte, der würde ohn Bedenken in seine Arme gestürzt sein; der gefährliche Mensch war wie ein Kind geworden; er öffnete die Arme und schloß sie langsam wieder über seiner Brust, als müsse er das Glück umfassen, das ihm die junge Dirne zugebracht hatte, die wie ein fliegend Vöglein dort vor ihm das Feld hinanlief. »Und Arbeit«, rief er und streckte die starken Fäuste in die Luft, »die soll für uns nicht fehlen!«

Als er den Arbeitsplatz erreicht hatte, suchte die große Dirne sich vor ihm zu verbergen; aber, was sonst niemand noch gesehen hatte, seine Augen lachten nur, wenn sie auf ihr grobes Angesicht trafen. ›Lauf nur, was schierst du mich!‹ sprach er zu sich selber, ›du warst der Hund, der unversehens mir das Glück in meine Arme jagte!‹

Die junge Braune aber wußte ihrem stillen Liebsten stets aufs neue zu begegnen. »Lach doch! Warum lachst du nicht?« raunte sie ihm zu und hielt ihm, selber lächelnd, ihre dunkeln Augen hin.

»Ich weiß nicht«, sagte er; » – der Brunnen!«

»Was soll der?« frug sie.

»Ich wollt, er wäre aus der Welt!« Und nach einer Weile: »Du könntst mir einmal da hineinfallen, du bist so wild, Hanna – er darf nicht offen bleiben.«

»Du bist ein Narr, John«, raunte ihm die Dirne zu, »wie sollt ich von heut an noch in den Brunnen fallen! Wenn nur die dummen Weiber nicht so nahe wären, ich fiel dir lieber an den Hals!«

Aber er ging sinnend von ihr, und als er später bei Ende der Tagesarbeit über den einsamen Acker ging, konnte er an dem Brunnen nicht vorbei; er blieb stehen und warf wieder kleine Steine in die Tiefe; er kniete dabei nieder und bog sich über den Rand und lauschte, als ob die Tiefe ein furchtbares Geheimnis berge, von dem er einen Laut erhorchen müsse.

Als auch das Abendrot am fernen Horizont verschwunden war, ging er langsam in die Stadt zurück und nach der Großstraße in das Haus seines Arbeitgebers. – Am andern Morgen erschien zur Verwunderung der Arbeiterinnen ein Zimmermann auf dem

Acker und schlug ein rohes, aber derbes Brettergerüst um den alten Brunnen.

Im September, gegen Abend, wurde auf dem ersten Packboden des ungeheueren Speichers das »Zichorienbier« gefeiert, das schon am Nachmittag begonnen hatte; was in der Fabrik in Arbeit stand, der Fuhrmann, der Heizer, der Brenner und wie sie alle genannt wurden, alle waren da, es war wimmelnd voll; Gewinde von Astern und Buchsbaum und von sonstigen Herbstblumen und Blättern hingen überall an den Balken. An großen Tischen, an über Tonnen gelegten Brettern hatten sie gesessen; nun aber war der Kaffee ausgetrunken; die Lampen und Laternen, die zwischen den Kränzen hingen, wurden angezündet, und in dem dämmerigen Gemunkel wurden eine Klarinette und ein paar Geigen laut, wonach die jungen Dirnen längst die Hälse gestreckt hatten.
John tanzte schon mit seiner jungen Frau, die heiß in seinen Armen lag; er sah voll Lust über die dunkle Menschenmenge hin; aber was ging sie ihn an? – Da wurde er mit seiner Tänzerin gegen das Ende eines schweren Eichentisches gestoßen, der unter die Tanzenden hineinragte, und sie tat einen jähen Aufschrei. Es hatte nichts auf sich, aber John rief den jungen kräftigen Heizer an: »Hilf mir den Tisch fort setzen, Franz!«
Er schien es nicht zu hören; da faßte John ihn an dem Ärmel.
»Was soll's?« rief der Heizer und wandte halb den Kopf.
»Nicht viel«, entgegnete John, »der Tisch muß fort, dort in die Ecke!«
»Ja, trag ihn nur dahin!« sagte der junge Mensch und drängte sich zu den andern Arbeitern, von denen ein Teil zusammenstand. »Was wollte er von dir?« frug einer von ihnen.
»Ich weiß nicht; ich sollt ihm helfen! Mag er sich selber helfen! Man hat nur keine andere Arbeit, sonst müßt man von hier fort!«
Die andern lachten und gingen auseinander, um sich Tänzerinnen zu suchen. John aber, der aus halbgehörten Worten sich genug heraushörte, klemmte die Lippen zusammen und tanzte weiter mit seinem jungen Weibe, und immer nur mit ihr.

Inmitten der Fröhlichkeit kam auch die Herrschaft mit einigen Freunden auf den Boden; auch der Bürgermeister war dabei, einer von denen, deren Teilnahme damals den Verurteilten in das Zuchthaus begleitet hatte. Jetzt folgte sein Blick dem hübschen jungen Paare.

Eine ältliche, unverheiratete Schwester der Hausfrau stand neben ihm. »Nun sehen Sie«, flüsterte die Dame und zeigte mit dem Finger nach dem Paare, »vor zehn Monaten noch am Wollspinnen im Zuchthaus, und nun tanzt er mit dem Glück im Arm!«

Der Bürgermeister nickte: »Ja, ja – Sie haben recht... aber er selbst ist doch nicht glücklich und wird es nimmer werden.«

Die alte Jungfer sah ihn an. »Das versteh ich doch nicht ganz«, sagte sie, »solche Leute fühlen anders als unereins. Aber freilich, Sie sind ein unverbesserlicher Junggesell!«

»Ich scherze nicht, liebes Fräulein«, erwiderte der Bürgermeister; »es tut mir leid um diesen Menschen: das Glück in seinem Arm mag echt genug sein, ihm wird es nichts nützen; denn in seinem tiefsten Innern brütet er über einem Rätsel, zu dessen Lösung ihm weder sein Glück, wie Sie das junge Kind in seinen Armen zu nennen belieben, noch irgendein anderer Mensch auf Erden verhelfen kann.«

Das alte Fräulein sah recht dumm zu dem Redenden auf. »So möge er das Brüten lassen!« sagte sie endlich.

»Das kann er nicht.«

»Weshalb nicht? Er sieht doch herrisch genug aus.«

»Das tut er«, entgegnete der Bürgermeister nachdenklich, »er könnte sogar wohl toll darüber werden, vielleicht noch einmal ein Verbrecher; denn das Rätsel heißt: Wie find ich meine verspielte Ehre wieder? – – Er wird es niemals lösen.«

»Hm!« meinte die Dame, »Herr Bürgermeister, Sie haben allzeit so besondere Gedanken; aber ich denke, wir haben jetzt genug davon; die Laubkränze verbreiten so strengen Duft, und die Lampen qualmen auch, man trägt's noch tagelang in Haar und Kleidern.«

Sie gingen alle und überließen die Armen ihrer Lustbarkeit; nur der Bürgermeister zögerte noch ein paar Minuten, da wieder das

junge Paar vorübertanzte. Das siebzehnjährige Weib hing mit lachenden Augen an denen ihres Mannes, die sich, wie um alles zu vergessen, in die ihren zu bohren schienen.
»Wie lange noch wird's dauern?« murmelte der Bürgermeister, dann folgte er den andern.

Es dauerte doch noch ziemlich lange; denn das Weib war, obgleich in Lumpen aufgewachsen, jung und unschuldig. Sie wohnten in der Kate am Ende der ins Feld hinaus laufenden Norderstraße; das Kämmerlein vorn war das ihre, die Mutter hatte sich ein Lager in der engen Küche einzurichten verstanden. Sein alter Arbeitgeber wußte nun schon, daß John ein halbmal mehr als andere arbeite, und deshalb, und da auch der Bürgermeister ihm zusprach, hielt er den Mann fest, sooft ihm auch geraten wurde, den Zuchthäusler vor die Tür zu setzen. So war allzeit Arbeit da, für ihn und oftmals auch für die Frau, und die Nahrungssorge klopfte nicht an die kleine Tür. Ein Gärtlein war auch am Hause, und darin, hinten nach dem Weg hinaus, eine dichte Ligusterlaube. Hier saß die Frau meist an den Sommerabenden und harrte seiner, bis er von der Arbeit kam; dann flog sie auf ihn zu und zwang ihn, sich auf die Bank zu setzen; er aber litt sie nicht neben sich, er setzte sie auf seinen Schoß und hielt sie wie ein Kind an seiner Brust. »Komm nur«, sagte er, »so müde bin ich nicht; ich hab nicht viel, ich muß es alles in meinen Armen haben.« So sprach er eines Abends; da sah sie ihn an und strich ihm, als wollte sie etwas fortwischen, mit ihren Fingern über die Stirn. »Das da wird immer tiefer!« sagte sie.
»Was denn, Hanna?«
»Die Falte – nein, sprich nicht, John; ich kann's schon denken, die Brückenarbeiter haben heut ihr Fest, die andern sind da, sie haben dich nicht eingeladen.«
Die Falte wurde noch tiefer. »Laß das!« sagte er. »Sprich nicht davon; ich wär ja doch nicht hingegangen.« Und er klammerte die Arme fester um sein Weib. »Am besten«, sagte er, »nur wir zwei allein.«
– – Nach einigen Monaten sollte ein Kind geboren werden. Die gutmütige Alte lief mit wirrem Kopf umher; bald stellte sie ein

Töpfchen für die Wöchnerin ans Feuer, bald wieder wickelte sie die dürftigen Hemdchen auseinander, die sie für ihr erwartetes Enkelkind aus alter Leinwand in vielen Wochen genäht hatte. Das junge Weib war im Bette liegengeblieben; der Mann saß bei ihr; er hatte Arbeit Arbeit sein lassen und hörte nur auf das Stöhnen seines Weibes, die fest ihre Hand um seine preßte. »John!« rief sie, »John! Geschwind, du mußt zur Mutter Grieten laufen, aber komm gleich wieder, bleib nicht fort!«

John hatte in dumpfem Sinnen gesessen. Nur wenige Augenblicke noch, dann sollte er Vater werden; ihn schauderte; er sah sich plötzlich wieder in der Züchtlingsjacke. »Ja, ja«, rief er, »ich bin gleich wieder da!«

Es war am Morgen, und die Hebamme wohnte in derselben Straße; er lief und riß die Haustür auf, und als er in die kleine Stube trat, saß die dicke Alte an ihrem Morgenkaffee. »Na, Er ist's!« rief sie unwirsch, »ich dacht zum mindesten, es sei der Amtmann!«

»Ich hab nicht weniger ein Weib als der!«

»Was ist mit Seinem Weibe?« frug die Alte.

»Frag Sie nicht! Komm Sie mit mir; mein Weib liegt in Kindesnöten; wir bedürfen Ihrer Hülfe.«

Die Alte musterte den erregten Mann, als zähle sie im Geist die wenigen Schillinge, die dieser Dienst ihr abwerfen werde, wenn sie nicht gar verlorengingen. »Geh Er nur vorab!« sagte sie. »Ich muß erst meinen Kaffee trinken.«

John stand wie unentschlossen an der Stubentür.

»Geh Er nur!« wiederholte sie, »Sein Kind kommt früh genug!«

Er hätte das Weib erdrosseln mögen; aber er biß nur die Zähne aufeinander; sein Weib bedurfte ihrer. »So bitt ich nur, Frau Grieten, trinket nicht zu langsam!«

»Ja, ja«, sagte die Alte, »ich trinke, wie ich Lust hab.«

Er ging; er sah, daß jedes seiner Worte sie nur noch widerwilliger machte.

Sein Weib fand er wimmernd auf dem heißen Bette. »Bist du es, John? Hast du sie bei dir?«

»Noch nicht; sie kommt wohl gleich.«

Das »gleich« wurde zu einer halben Stunde, während John reglos neben der jammernden Wöchnerin saß und die Alte draußen noch einmal Kaffee für Mutter Grieten kochte. ›Die können allzeit Kaffee trinken‹, sprach sie zu sich selber, ›man muß sie sich zu Freunden halten!‹

»John!« rief in der Kammer das junge Weib, »sie kommt noch immer nicht!«

»Nein«, sagte er, »sie muß erst Kaffee trinken.« Er knirschte mit den Zähnen, und seine düsteren Brauen zogen sich zusammen. »Du hättest nur des Amtmanns Weib sein sollen!«

»John, ach John, ich sterbe!« schrie sie plötzlich.

Da sprang er auf und rannte aus dem Hause. Auf der Straße begegnete er der dicken Hebamme. »Nun«, rief sie, »ist das Kind schon da? Wohin will Er denn?«

»Zu Ihr, Frau Grieten, damit mir meine Frau nicht sterbe.«

Die Alte lachte. »Tröst Er sich, an so etwas stirbt Euresgleichen nicht!«

Sie zog ihn mit nach seiner kleinen Wohnung. Als sie in die Kammer trat, sah sie auf die Wöchnerin. »Wo ist die Alte?« frug sie. »Habt Ihr denn nichts bedacht?« Und sie zählte auf, was man bei solcher Gelegenheit für sie bereitzuhalten pflegte, und sie brachten ihr, was sie hatten.

John stand zitternd am Ende des Bettes, und endlich wurde das Kind geboren. Die Hebamme wandte den Kopf nach ihm. »Da hat Er eine Dirne, die braucht nicht Soldat zu werden!«

»Eine Züchtlingstochter!« murmelte er; dann fiel er vor dem Bette auf die Knie: »Möcht Gott sie wieder zu sich nehmen!«

Immer feindlicher stand ihm die Welt entgegen; wo er ihrer bedurfte, wo er sie ansprach, immer hörte er den Vorwurf seiner jungen Schande als die Antwort; und bald hörte er es auch, wo kein anderer es hätte hören können. Man hätte fragen mögen: »Du mit den starken Armen, mit deiner mächtigen Faust, warum duldest du das, warum bringst du sie nicht zum Schweigen?« Hatte er doch einmal, da von einem maulfrechen Matrosen sein Weib eine Betteldirne war gescholten worden, den Menschen hingeworfen und ihm fast den Schädel eingeschlagen; und nur mit Not hatte im Sühnetermin der ihm günstige Bürgermeister die Sache unter beiden ausgeglichen!

Doch das war ein anderes; wo aber eine Hand erbarmungslos an jene offene Wunde seines Lebens rührte, wo er's nur glaubte, da fielen die starken Arme ihm an seinem Leib herunter, da war nichts mehr zu schützen oder gar zu rächen.

Und dennoch, mit ihm in seinem armen Hause wohnte noch immer das Glück. Zwar, wenn seine Stirn zu finster, sein Wort zu knapp und trocken wurde, dann flog es wohl erschreckt davon, aber es kehrte doch allzeit zurück und saß mit den jungen Eltern an dem Bettchen ihres Kindes und lächelte sie an und fügte ihre Hände unvermerkt zusammen. Das Glück war noch nicht ganz gewichen; die Alte nahm sich mehr und mehr der Wartung des Kindes an, je weiter es heranwuchs, und Hanna ging wieder dann und wann auf Arbeit und half erwerben. Wer trug denn die Schuld, daß immer öfter das Glück davonflog und sie immer länger ohne die holde Genossin zwischen ihren kahlen Wänden saßen? War es der Eigenwille der Weiber oder der so lang in Schlaf versenkte Jähzorn in ihnen beiden, der nach der großen Liebesfreude allmählich aus der Tiefe immer ungebändigter hervorbrach? Oder war es in dem Manne die unsühnbare Schuld, die den bitteren Unmut in ihm aufjagte? Hatte es doch, da vor geraumer Zeit sein alter Arbeitgeber durch jähen Tod gestorben war, nur kaum unter Not und Kummer gelingen wollen, daß er jetzt endlich am Wege saß und Steine klopfte.

Da war's, an einem Herbstabend, das Kind mochte ein Jahr alt sein; es lag in seinem Bettchen, das bald nach der Geburt der Vater ihm gezimmert hatte, und schlief, daß die heißen Tropfen auf der kleinen Stirne perlten. Aber Hanna saß verdrossen dabei, die kleinen Füße ausgestreckt, den einen Arm über die Stuhllehne herabhängend: das Kind hatte immer noch nicht schlafen wollen, und die alte Mutter, die ihr sonst die Last abnahm, war von einem Gichtanfall ins Bett getrieben worden. »Du hättest auch eine Wiege zimmern können!« rief sie ihrem Manne zu, der eben müde von der Arbeit kam und sein Werkzeug in eine Ecke stellte.

»Was ist denn?« frug er, »das Kind schläft nun ein Jahr schon in dem Bettchen; du freutest dich doch selbst, als ich's gemacht hatte!«

»Nun will es aber nicht mehr«, gab sie zur Antwort.
»Es schläft ja doch!«
»Ja – über eine Stund hab ich damit herumgearbeitet!«
»Da haben wir beid gearbeitet«, sagte er kurz.
Aber sie schwieg nicht; Red um Rede ward wechselweise schärfer und unbedachter.
»Es wird schon morgen besser schlafen oder übermorgen«, sprach noch der Mann. »Wenn's gar nicht geht – wir kriegen dann wohl eine Wiege!«
»Woher?« frug sie. »Damals, als du das gute Holz hattest, hättst du die Wiege machen sollen!«
»Ei, so säg ich die Beine ab«, sagte John, »und schlag ein paar Gängel darunter; dann hast du deine Wiege!«
Aber dem jungen Weibe war ja die Wiege nur ein Spielwerk für ihren Unmut gewesen; ein häßlich Lachen fuhr aus dem hübschen Munde: »Soll ich das Ungeheuer denn allein regieren?«
Er riß den Kopf empor: »Willst du mich höhnen, Weib?«
»Warum nicht!« rief sie und verzog den Mund, daß ihre weißen Zähne ihm in die Augen blitzten.
»So helf dir Gott!« schrie John und hob die Faust.
Sie sah es und sah erst jetzt den Jähzorn in seinen Augen flimmern. Ein plötzliches Entsetzen fiel sie an; sie flog in eine Ecke des Zimmers und stürzte dort zusammen. »Schlag nicht, John!« schrie sie. »Um deinetwillen, schlag mich nicht!«
Aber seine stets so rasche Hand war in der Leidenschaft zu rasch gewesen. Die Hände an den Schläfen in das dunkle Haar gedrückt, mit scheuen Augen sah das Weib ihn an; seine Hand hatte ihr die Stirn nur leicht gestreift; sie selber sprach kein Wort; aber dennoch hörte er es in seinen Ohren gellen: ›Weh dir, du hast dein Glück zerschlagen!‹
Er fiel zu ihr nieder; er sprach, er wußte selbst nicht, was; er bat sie; er riß ihr die Hände vom Gesicht und küßte sie. Aber sein Weib antwortete ihm nicht; wie mit der List des Wahnsinnes blickte sie heimlich nach der offenen Stubentür, und plötzlich war sie unter seinen Armen fort; er hörte, wie sie hinter sich die Hoftür zuschlug.
Und als er dann sich wandte, sah er sein Kind aufrecht in dem

Bettchen sitzen; es hatte mit beiden kleinen Fäusten sich das Bettuch in den Mund gestopft und sah mit großen Augen auf ihn hin; doch als er unwillkürlich näher kam, schlug es Kopf und Ärmchen rückwärts, und die Kinderstimme gellte durch das kleine Haus, als ob sie untragbar Unglück auszuschreien habe. Er erschrak, aber er hatte keine Zeit; was kümmerte ihn jetzt das Kind! Er rannte aus der Hoftür durch den dunklen Garten. »Hanna!« rief er, und laut und immer lauter: »Hanna!« Aber nur die Baumwipfel der vielen Gärten, die hier aneinanderliegen, rauschten von den Tropfen, die jetzt vom Himmel fielen, und aus der hinterliegenden Stadt kam das Geräusch von allerlei Fuhrwerk. Mit Entsetzen fiel ihm der Brunnen ein: ›Wenn sie sich ein Leids angetan hätte!‹ Er lief den Weg hinauf, wo der Eingang zu den Feldern war; da stolperte sein Fuß; ein Menschenlaut vom Boden wurde hörbar. »Hanna!« schrie er, »Hanna, du lebst? Gott sei Dank, du bist es;« Ein lautes Jauchzen hätte er in die Nacht geschrien, aber sein Herz, das zum Zerspringen klopfte, machte es ihm unmöglich. Er hob sie wie ein Kind auf seine Arme, und da der Regen stärker fiel, zog er seinen Rock vom Leibe und hüllte sie darein; dann hielt er sie sanft an seine Brust und ging langsam, als sei er zum ersten Mal allein mit seinem jungen Weibe, in dem strömenden Regen ihrem Hause zu.

Sie hatte alles, ohne ein Zeichen des Lebens, sich gefallen lassen; erst als aus ihres Mannes Augen ein warmer Tränenschauer auf ihr Antlitz fiel, streckte sie die Hand empor und strich damit ihm sanft über seine Wange.

»Hanna, liebe Hanna!« rief der Mann. Da kam auch ihre andre Hand hervor, und beide schlossen sich um seinen Hals.

Und das Glück ging wieder leis an ihrer Seite; er hatte es noch nicht verjagt.

Wer wüßte nicht, wie oft es denen, die wir »Arbeiter« nennen, zum Verhängnis wird, daß ihre Hand allein ihr Leben machen muß! Wo in der Leidenschaft das ungeübte Wort nicht reichen will, da fährt sie, als ob's auch hier von ihr zu schaffen wäre, wie von selbst dazwischen, und was ein Nichts, ein Hauch war, wird ein schweres Unheil. Und geschah es einmal, so geschieht's auch ferner;

denn die meisten dieser Leute, just nicht die schlechtesten, sie leben ihre Zeit dahin und haben ihre Augen nur auf heut und morgen; was gewesen und vergangen ist, gibt ihnen keine Lehre.
So war es auch mit John. Wenn an arbeits- und verdienstlosen Tagen die Not, oder was es immer sein mochte, seine Nerven zucken machte, so faßte auch ferner seine böse Hand nach seinem Weibe, deren Blut nicht kälter rollte als das seine. Und Buben und junge Leute blieben auf der Gasse vor ihrem Häuschen stehen und ergötzten sich an dem, was von dem Elend drinnen an ihr Ohr hinausdrang. Nur einer, der alte Nachbar Tischler, kam mit gutem Willen, er ging ins Haus und sprach mitunter die Streitenden zur Ruhe, oder er trat, mit einem hübschen, leise schluchzenden Kinde auf den Armen, wieder aus der Tür; »das ist nichts für dich, du kleiner Engel«, sagte der alte Mann, »komm du mit mir!« Und er ging mit ihr in seine Wohnung, wo eine ebenso alte Frau das Kind ihm zärtlich aus den Armen nahm.
Wenn aber in dem kleinen Hause Jähzorn und Kräfte sich erschöpft hatten, dann – wovon die draußen nichts gewahrten – fielen Mann und Weib sich in die Arme und preßten und küßten sich, als ob sie so sich töten wollten. »O Hanna, sterben!« rief einmal der wilde Mann; »nun mit dir sterben!« Und aus den roten Lippen des Weibes stieg ein Seufzer; sie warf ihre trunkenen Augen auf den erregten Mann und zog das Mieder, das er vorhin über ihrer weißen Brust zerrissen hatte, noch weiter von der Schulter. »Ja, John«, rief sie, »nimm nur dein Messer und stoß es da hinein!«
Aber während er sie anstarrte, ob denn das Furchtbare ihr auch Ernst sei, rief sie plötzlich: »Nein, nein! Tu's nicht, das nicht! – unser Kind, John! – das wär Todsünde!«, und sie bedeckte hastig ihre preigegebene Brust.
Er sagte langsam: »Ich weiß es nun, ich tauge nicht, ich bin doch wieder schlecht gegen dich!«
»Du nicht! du nicht, John!« rief sie; »ich bin die Böse, ich reiz dich, ich zerr an dir herum!«
Aber er zog sie fester an sich und verschloß ihren Mund mit Küssen.

»John!« flüsterte sie, als sie wieder frei war und wieder ihren Atem hatte, »schlag mich nur, John! Es tut wohl weh, am meisten in meinem Herzen; aber dann küß mich, küß mich tot, wenn du es kannst! Das tut noch süßer, als das Schlagen weh tut!«
Er sah sie an, und er zitterte, als er sie so in ihrer Schönheit sah: sein Weib, die keines andern war als nur die seine.
»Ich will dich nicht mehr schlagen«, sprach er; »zerr mich nur, soviel du kannst!«, und mit zärtlichen, unterwürfigen Augen blickte er auf sie hinab.
»Nein, John«, bat sie, und ihre tiefe Stimme klang so weich, »du wirst es doch tun! Aber nur eines: du tatst es gestern, aber tu's nicht wieder! Schlag nicht unser armes Kind! Ich hasse dich dann, und das, John, tut am allerwehesten!«
»Nein, Hanna, auch das Kind nicht«, sprach er wie träumend.
Und sie bückte sich und küßte seine Hand, mit der er sie vorhin geschlagen hatte.
– Das sah kein Mensch; und doch, nach ihrer beider Tode ist davon erzählt worden.

Trotz Not und Schuld war die enge Kate noch immer sein Heim und seine Burg; denn von den beiden Frauen dort rührte keine an seiner Wunde, nur dort noch war er davor sicher.
Es war das eben kein Erbarmen; sie dachten nur nicht daran, und taten sie es je, so war des Mannes Jugendschuld ihnen mehr ein Unglück als ein Verbrechen; denn in ihrem eigenen Leben lagen Recht und Unrecht oft nur kaum unterscheidbar nebeneinander. War doch auch in des Weibes Kinderzeit ein sehr alter Mann ihr guter Freund gewesen, der wegen gleichen Vergehens in der »Sklaverei« gewesen war und manches Jahr in Ketten die Karre geschoben hatte. Harmlos, wie andere von den Abenteuern ihrer Jugend plaudern, hatte er dem Kinde das erzählt. Nun wohnte er in einem nahen Dorfe und fuhr mit seiner mageren Kracke weißen Sand zur Stadt und schnitzte, wenn er daheim war, Holzschuhe und Sensenstiele. Er hatte oftmals im Vorbeifahren mit dem munteren, auf der Haustürschwelle sitzenden Kinde ein paar großväterliche Worte geredet, so daß sie allmählich aufpaßte, wenn der weißhaarige Greis mit seinem kümmerlichen

Fuhrwerk von der Landstraße in die Stadt kam. Die Holzschühchen, die er ihr einmal mitgebracht hatte, standen noch auf dem kleinen Boden; sie hatte sie neulich für ihr eigen Kind hervorgesucht. – ›Wo der alte Mann wohl abgeblieben ist?‹ hatte sie bei sich selber gesprochen, indem sie den Staub von den Schühchen wischte und sie dann sorgsam nebeneinanderstellte, ›auf einmal kam er nimmer wieder.‹

Daß der Greis, der in so friedlichem Alter dahingegangen war, auch zu den Züchtlingen gehört hatte, das hatte weder ihn noch sie beunruhigt.

Dennoch kam eines und machte allem ein jähes Ende.

– – Es war eine Zeit leidlichen Verdienstes gewesen; aber Hannas Mutter war nach kurzem Krankenbette gestorben. Hanna hatte die alte Frau leidenschaftlich beweint; John hatte gerechnet und tat es noch; denn das verdiente Geld war dabei fortgegangen, und kleine Schulden waren noch dazu aufgelaufen. – Am Häuschen, an der Gartenseite, hatte lange Jahre ein starker Eschenbaum gestanden, in dessen Schatten die jungen Eheleute früher am Sonntagmorgen oft gesessen hatten, aber schon vor Jahr und Tag, in einer Zeit des Notstandes, hatte John ihn umgehauen; er hatte Geld aus dem schönen Stamm zu lösen gedacht, den, wie die Alte versicherte, ihr Mann einst selbst dorthin gepflanzt hatte; allein der Baum lag noch immer auf dem Hofe, und nur der erquickliche Schattensitz war verloren. Jetzt kam er doch zu Nutzen: der Nachbar Tischler nahm ihn und machte dafür der Alten einen Sarg mit hohem Deckel; so kam sie, was ihre letzte Sorge gewesen war, doch anständig in die Grube.

Aber die Totengebühren waren meist noch unbezahlt, und manches andre drückte auch noch; es bot sich wieder einmal kaum je am andern Tage eine Arbeit.

Ein Sonntagmorgen war es; Hanna hatte eben das jetzt schon dreijährige Kind in seinen dürftigen Sonntagsstaat gekleidet; John saß mit aufgestütztem Ellenbogen am Tisch vor seinem Morgenkaffee, wühlte mit der Hand in seinen dunklen Locken und schrieb mit einem Stückchen Kreide Zahlen auf die Platte.

Bald aber zerbrach und zermalmte er die Kreide zwischen seinen Fingern und starrte wie gedankenlos auf Weib und Kind. »Was hast du jetzt zu tun, Hanna?« frug er endlich.

Sie warf den Kopf herum; die Worte klangen ihr so trocken. »Nichts!« sagte sie ebenso, »das Kind ist angezogen.«

»Was tatest du denn, als du mit deiner Mutter noch allein warst und nicht einmal ein Kind zum Anziehn da war?«

»Ich ging betteln in der Stadt!« antwortete sie, und ein höhnischer Trotz klang aus den Worten; »das ging noch besser, als es jetzt geht! Du wußtest ja, daß du eine Betteldirne freitest!«

»Und schämtest du dich nicht?« fuhr es aus ihm heraus.

»Nein«, sagte sie hart und sah ihm mit starren Augen ins Gesicht.

»Warum lerntest du nicht mit feiner Wäsche umgehn? Deine Mutter konnte es doch; sie hatte bei Herrschaften gedient. Das hätte uns jetzt Geld gebracht und wär besser gewesen als das faule Umherlungern.«

Sie schwieg; es war nie daran gedacht worden. Aber in ihrem hübschen Kopfe fing es an zu kochen, als sie nichts erwidern konnte. Dazu, die Augen ihres Mannes lagen auf ihr, als wolle er sie ganz ins Nichts hinunterdrücken. Da kam ihr ein Gedanke; er versetzte ihr den Atem, aber sie konnte es nicht verhalten. »Es gibt ja noch andern Verdienst!« sagte sie, und als er schwieg: »Wir können Wolle spinnen; das hast du ja sechs Jahre lang getrieben und kannst es mich selber lehren!«

Ihm war, als hätte er einen Schlag in sein Gehirn bekommen, und sein Gesicht verwandelte sich so furchtbar, daß sich das Kind mit beiden Ärmchen an die Mutter klammerte.

»Weib! Hanna!« schrie er. »Das sagst du mir? – du?«

Und als sie jetzt wie ohne Leben ihm ihr Gesicht entgegenhielt, faßte er sie an beiden Schultern, zog sie an sich, als müsse er sich überzeugen, ob sie's auch selber wäre, und stieß sie dann gewaltsam von sich. Der Stuhl, an welchem sie gestanden hatte, fiel zurück, und das Kind stieß einen gellenden Schrei aus; das Weib aber stürzte gegen den Ofen; dann glitt sie mit einem schwachen Wehlaut auf den Boden.

Als wären die Gedanken ihm abhanden gekommen, sah John

darauf hin; als er ein wenig seine Augen hob, da sah er an einem hervorstehenden Schraubenstift des Ofens, von dem das Kind den Messingknopf zum Spielen abgenommen hatte, einen Tropfen roten Blutes hängen. Er kniete nieder und fuhr suchend mit den Händen durch das volle Haar seines Weibes; plötzlich wurden ihm die Finger feucht; er zog sie hervor. »Blut!« schrie er und betrachtete mit Entsetzen seine Hand; dann fuhr er fort zu suchen, hastig, mit fliegendem Atem, und – nun hatte er es gefühlt, ein Stöhnen brach aus seinem Munde; da, da quoll es hervor, da war der Stift hineingedrungen; tief – er wußte nicht, wie tief. »Hanna!« flüsterte er, indem er sich zu ihrem Ohre beugte, und noch einmal stärker: »Hanna!«

Da kam es endlich. »John!« kam es von ihren Lippen; doch wie aus weiter Ferne.

»Hanna!« flüsterte er wieder; »bleib, o stirb nicht, Hanna! Ich hol einen Doktor; gleich, gleich bin ich wieder da!«

»Es kommt doch keiner.«

»Ja, Hanna, er soll kommen!«

Eine Hand griff tastend nach der seinen, wie um ihn zurückzuhalten. »Nein, John – kein Doktor – du bist nicht schuld – aber – sie setzen dich ins Gefängnis!«

Sie warf sich plötzlich gewaltsam herum. »Küß mich, John!« rief sie laut wie in Todesangst; doch als er seine Lippen auf die ihren drückte, küßte er nur noch eine Tote.

Scheu schlich das Kind zu ihm heran. »Ist Mutter tot?« frug es nach einer Weile, und als der Vater nickte: »Warum weinest du denn nicht?«

Da ergriff er das erschrockene Kind mit beiden Händen und drückte es an sich. »Ich kann nicht!« stammelte er heiser; »ich habe sie – – ermordet«, wollte er sagen, aber es wurde an die Tür geklopft.

Er wandte den Kopf und sah den Nachbar Tischler eintreten. Der alte Mann hatte durch die dünnen Wände den Lärm gehört, das Mitleid mit der Frau, die dessen nicht mehr bedurfte, hatte ihn hergetrieben; nun sah er erschrocken auf die Tote.

»Was ist das! Was habt Ihr hier?« frug er verwirrt.

John richtete sich auf und setzte die Kleine auf den Fußboden.

»Es ist nur wieder ein Sarg zu machen«, sagte er tonlos, »und ich habe keine Eschenstämme mehr. Ich bin ein armer Lump, Nachbar!«

Der Alte sah ihn eine Weile schweigend durch seine runden Brillengläser an. »Ich weiß wohl«, sagte er dann, »daß du dies Weib nicht verdientest; du brauchst just nicht davon zu reden – wie ist denn das Unglück hier zu Platz gekommen?«

Und John berichtete, was geschehen war; ohne Auslaß, trocken, als sei es eines Dritten Sache; dann aber warf er sich wieder zu der Toten und betrachtete mit Scheu ihr Antlitz, das wie schlafend vor ihm lag; leise, als gelte es, ein Verbot zu übertreten, streckte seine große Hand sich aus und strich zitternd über die leblosen Züge. »Wie schön, o wie schön!« murmelte er; »und sie werden ein glattes Brett darübernageln, wie sie es den armen Menschen tun!«

Der Alte kannte seinen Mann; er glaubte seinem Berichte: er wußte, er brauchte nicht weiter darüber zu reden; dennoch trug er ihm mehr Groll als Mitleid. »Sei ruhig, John«, sagte er fast mürrisch; »ich mache deinem Weibe ihren Sarg wie damals ihrer Mutter; wenn wieder Arbeit kommt, so magst du zahlen, wenn du es kannst!«

Da richtete der elende Mann sich auf. »Dank, Nachbar; aber gewiß, ich bezahl's Euch, jeden Sechsling, jeden Pfennig, denn ich muß sie selbst begraben. Sonst soll mich Gott verdammen!«

Das Kind erschrak und ließ den Zipfel seines Rockes los, den es bisher gefaßt hielt.

»Soll meine Frau Euch«, frug der Tischler, »die Kleine für die nächsten Tage abnehmen? Ihr habt hier niemand mehr.«

»Nein, niemand mehr«; und aus seinen Augen flog ein Blick, wie um Erbarmen flehend, zu dem Angesicht des neben ihm stehenden Kindes. »Fragt sie selbst, Nachbar!« sagte er und ließ den Kopf auf seine Brust sinken. Aber er fühlte plötzlich die kleinen Arme zu sich emporstreben, und als er dann sein Kind emporhob, drückte er das Köpfchen fest an seine Wange; wie einen Strom von Lebensmut fühlte er es an sein Herz zurückfluten. »Nein, Nachbar«, sprach er, »seid bedankt! Aber mein Kind will doch nicht von mir; sie weiß, es ist nicht gut, so ganz allein zu sein.«

Dann, als der Alte fortgegangen war, brach ein Strom von Tränen aus seinen Augen. Er kniete nieder zu der Toten. »Hilf mir, mein Kind; es wird mir schwer, zu leben!« rief er, und die Kleine sah mit großen Augen zu ihm auf.

Vom Begräbnisse war John allein zurückgekommen, niemand hatte ihn begleitet; der alte Nachbar hatte der Toten ihren Sarg gemacht und war den letzten Weg mit ihr gegangen, dann war er in sein Haus zurückgekehrt.

John stand in seinem Zimmer und sah sich schweigend in den leeren Wänden um; hier war nun Ruhe, aber wo war das Glück? – Auf der kleinen Schatulle standen neben anderem Geschirre die zwei Tassen mit den grob gemalten Rosen, die er vor ein paar Jahren am Hochzeitsmorgen gekauft hatte. Seine Augen streiften darüber hin, er sah noch den Herbstsonnenschein, der damals über der breiten Straße gelegen hatte; er schüttelte sich, der war ja längst vergangen. Draußen auf der Gasse war wie immer das gewerbliche Getöse, aber hier in der kleinen Kammer war es furchtbar still; auch der kattunene Vorhang dort in der Ecke hing so unbeweglich, als ob nun alles aus sei. Er konnte es nicht ertragen, er trat hinzu und zog ihn zurück; da fiel ein Mieder Hannas, das sie noch selbst dahin gehangen hatte, auf den Boden. Ein wilder Schmerz durchfuhr ihn, als er es aufhob; er taumelte auf einen Stuhl und schlug die Hände vors Gesicht.

Da knarrte die nur angelehnte Kammertür; sein Töchterchen drängte sich hindurch und hielt ihm triumphierend ein Püppchen unter die Augen, ein Geschenk der Tischlerfrau, die das Kind während des Begräbnisses an sich genommen hatte. Nun aber hatte es nicht länger Ruhe gehabt; es war durch die Gärten und zur Hintertür hereingelaufen, um auch dem Vater seinen Reichtum zu zeigen.

Der sah sie mit wirren Augen an; als sie aber erwartend vor ihm stehenblieb, hob er sie auf seinen Schoß und suchte sich zu fassen. »Was hast du da, Christinchen? Wer hat dir das geschenkt?«

Aber bevor noch die Antwort des Kindes kam, wurde mit einem

Stecken an die Tür geklopft, und ein alter, grauhaariger Weiberkopf guckte in die Stube; der zahnlose Mund blieb offenstehen, während der Kopf mit den kleinen munteren Augen Vater und Tochter zunickte.

John kannte das Gesicht: es gehörte der alten »Küster-Mariken«, einer jener sauberen Bettlerinnen, wie wir manche bei uns zu Hause haben. Sie war eine Schullehrertochter vom Lande, hatte in ihrer Jugend in der Stadt gedient und dort einen kleinen Handwerksmann geheiratet. Nach dessen Tode hatte sie jahrelang mit ehrlicher Arbeit sich um die Lebensnotdurft abgemüht, dann war sie früh gealtert und verarmt; nur das schwer ersparte Geld zu einem guten Leichenbegängnis trug sie unantastbar in einem Lederbeutelchen an ihrem Leibe; was sie zu ihrer Nahrung noch bedurfte, holte sie sich nun Tag für Tag bei den Leuten, wo sie einst gedient hatte, oder bei deren Kindern oder solchen, die es ihr geboten hatten. John war ihr oft auf ihren »Suppengängen«, wie sie das selber nannte, begegnet und hatte der Alten freundlich guten Weg geboten.

Auch jetzt nickte er ihr freundlich zu. »So kommt doch arm zu arm!« sagte er. »Was will Sie von mir, Mariken?«

Aber von der Alten war noch immer nur der Kopf und die Krükke ihres Steckens in dem Zimmer. »John«, sagte sie, »kannst du ein altes Weib gebrauchen? Ich möcht in eins von deinen leeren Betten kriechen!«

»Das Bettzeug ist schon verkauft, Mariken«, sagte John.

»Nein, John, das Bettzeug hab ich selber, da brauchst du nicht zu sorgen!«

»Was will Sie denn mit dem leeren Bett?«

»Ei«, erwiderte die Alte, »so will ich's nach der Ordnung sagen: du weißt doch, ich hab ein Kämmerchen bei dem Schlachter Nissen, nur sechs Fuß hin und her, doch schmuck und sauber, und jeder kann auf meine Dielen treten!«

»Nun«, unterbrach sie John, »hat der Sie jetzt hinausgeworfen?«

Die Alte war einen Schritt in die Stube getreten und drohte schmunzelnd mit der Krücke: »Beileibe nicht! Aber das alte faule Gebäu muß eingerissen werden, und in dem neuen, da passet unsereins nicht mehr hinein. So hab ich an dich gedacht, John! Sie trauen dir zwar nicht; aber ich kenn dich besser! Du gibst mir Unterschlupf; ich halte dir deine Kammer hier so schmuck wie jetzund die meine und hüte dir dein Christinchen, wenn du auf Arbeit bist.« Sie machte mit ihren Fingern ein Häschen und nickte der Kleinen freundlich zu, die unverwandt der Alten ins Gesicht starrte. »Nur«, fügte sie hinzu, »wo ich meinen alten Kopf zur Ruhe legen kann, weiter braucht's nicht; du weißt ja, mein bißchen Essen hol ich mir schon selber!«

John nickte: »Ja, ich weiß, Sie bettelt.« – Und in sich selber sprach er leis und traurig: ›Mein Weib tat dies in ihrer Kindheit auch!‹

Aber die Alte rief: »Was sagst du, John?« und stieß mit ihrem Stecken auf den Boden. »Das ist kein Betteln! Das geben mir meine früheren Herrschaften und ihre Freunde, das gehört sich so; ich bin ein alter Dienstbot', den dürfen sie nicht verhungern lassen!«

John sah sinnend auf das Weib; die Kleine war von seinem Schoß herabgeglitten und hielt der Alten ihre Puppe vor. »Sieh!« sagte sie, »die ist mein!« und nickte zur Bestätigung ein paarmal mit ihrem hübschen Köpfchen.

Küster-Mariken hatte sich an ihrem Stock herniedergleiten lassen und hockte vor dem Kinde auf dem Fußboden. »Ei der Tausend!« sagte sie, »das ist wohl die Prinzessin Pumphia! Ja, die kenn ich; als ich so klein war wie du, ist ihre Großmutter bei mir gewesen; von der könnt ich dir Geschichten erzählen! Wenn nur dein Vater das alte Weib nicht aus dem Hause wirft!«

»Nein, du sollst bleiben!« rief das Kind, und die Puppe wäre fast zu Fall gekommen, als sie mit ihren Händchen nach den dürren Fingern der Alten langte.

John nickte seinem Kinde zu: »Willst du sie behalten, Christine, so sag ihr, daß sie morgen kommen mag!«

Und so war es abgemacht. »Das liebe Dirnlein!« murmelte die Alte immer wieder, als sie aus dem Hause und durch die lange Straße ihrer Wohnung zu an ihrem Stecken ging.

So waren nun wieder drei Bewohner in der Kate; und doch war es darin so still, daß die Buben und Pflastertreter, welche daran vorbeigingen, vergebens einen Zeitvertreib von dort erwarteten. Nur etwas Hübsches, das sie jedoch nicht zum Stillstehn brachte, gab es im Sommer bisweilen dort zu sehn. Das war ein dürftig, aber allzeit sauber gekleidetes Dirnlein, das mit einer Puppe oder einem andern Spielwerk auf der Haustürschwelle saß, wo die Sonne auf ihrem braunen Scheitel gänzte. Wenn aber von drunten aus der Stadt die Turmuhr Mittag schlug, dann legte sie hastig ihre Puppe auf die Schwelle und ging mit vorgestrecktem Köpfchen einige Häuser, so weit Alt-Mariken es ihr erlaubt hatte, in die Stadt hinab; auch wohl, bedächtig und immer das Köpfchen rückwärts drehend, ging sie wiederum nach ihrer Haustür und nahm wie gedankenlos die Puppe in die Hand; bald aber trieb es sie aufs neue auf, und endlich, mit jenem Aufschrei vollsten Kinderglückes, flog sie dem von der Arbeit zu kurzer Ruhe heimkehrenden Vater in die ausgebreiteten Arme. Dann trug er seinen kleinen Trost die paar Häuser weit nach seiner Wohnung, wo schon die Alte mit ihren munteren Augen an der Türe harrte. »Nur herein, John! Nur herein!« rief sie; »die Kartoffeln hab ich Euch gekocht; und das Töpfchen Milch vom Nachbar Bäcker steht auch schon auf dem Tisch!« Dann band sie eine reine Schürze vor und ging mit dem irdenen Henkeltopf auf ihren eigenen Suppengang in die Stadt hinunter.

John aber und sein Christinchen setzten sich an den Tisch, nachdem er zuvor aus der Schatullenschublade ein derbes Schwarzbrot hervorgeholt hatte. Er schnitt zwei Stücke ab und brockte sie in die Milch, die in zwei Kümmchen verteilt wurde; zuletzt aßen sie mit etwas Salz die dampfenden Kartoffeln. Nachbar Tischlers bunte Katze kam herein und strich dem Kinde um die Beinchen; der warf Christinchen auch noch eine in Salz gestippte Kartoffel zu. Aber die Katze beroch sie nur, leckte einmal daran und begann sie dann mit ihren Pfötchen in der Kammer umherzurollen. Da lachten Vater und Tochter. »Die mag keine Kartoffeln«, sagte John; »das ist ein Leckerzahn! Schmeckt es denn dir, Christinchen?«

Und als die Kleine ihm schmausend zunickte, holte er noch einmal etwas aus der Schublade. »Nun merk auf!« rief er. »Nun kommt der Nachtisch!« Es war aber nur eine Messerspitze mit Butter, was er jetzt auf ihren Teller strich. »So«, sagte er, »damit iß nun deine letzte Kartoffel!« Und des Kindes Augen leuchteten vor Vergnügen.

Wenn die kleine Haustürglocke schellte und Mariken mit ihrem Topfe wieder heimkam, dann griff John nach der Mütze und ging wieder auf seine Arbeit.

Als Christinchen dann eines Tages in die Küche lief, sah sie die Alte am Herde sitzen und mit besondrem Behagen aus ihrem Topfe löffeln; ein leckerer Duft schwamm ordentlich in der Küche, und nach dem mageren Mittag mochte ein begehrlicher Ausdruck deutlich genug auf dem Kinderantlitz stehen.

Die Alte legte den Löffel aus der Hand. »Komm, Kind, und halte mit!« rief sie, »das wird dir guttun!«

Aber Christine trat zurück und schüttelte das Köpfchen: »Ich hab mit Vater schon gegessen.«

»Doch nicht von Frau Senator ihrer Sonntagssuppe!«

»Ich darf nicht«, sagte das Kind leise.

»Was?« rief die Alte. »Wer hat dir das verboten?«

»Mein Vater«, kam es ebenso von den Lippen des Kindes.

Wie Zornesröte flog es in das Gesicht der Alten. »So, so!« sagte sie und stemmte die Faust mit dem Löffel auf ihr Knie. »Ja, ja, ich glaub's: du sollst nicht mit mir von meinen Bettelsuppen essen!« Aber sie drängte die Worte zurück, die noch über ihre Zunge wollten; das Kind durfte das nicht hören. »Komm«, sagte sie und stellte ihren Topf beiseite, »ich bin satt; wir wollen in den Garten, da find ich dir noch ein paar Stachelbeeren. Du bist ein braves Kind! Sei deinem Vater allzeit so gehorsam; da wird's dir wohlgehn!«

Und sie wanderten miteinander in den Garten, und so dürftig auch die Ernte ausfiel, die Alte erzählte so alles vergessen machende Geschichten von Prinzessin Pumphias Großmutter, daß der Leckerappetit der Kleinen, sie wußte nicht wie, verging.

– – Das war in der Zeit, die sich so unauslöschlich dem Kinderherzen einprägte, daß dagegen alles, was vorher war, in Dämmerung versank, von der die Frau, die einstmals dieses Kind gewesen war, mir heute noch gesagt hatte, daß es in ihrer Kindheit die Rosenzeit gewesen sei.

John hatte dem Nachbar Tischler Wort gehalten: der Sarg der jungen Frau war bis auf den letzten Dreier von ihm bezahlt worden; er hatte sein Weib doch selbst begraben.
Das anmutige Kind, das so jählings mutterlos geworden, mit dem jetzt wohl nachmittags die Alte durch die Straßen prunkte, hatte das Mitleid der Stadt erweckt; und war auch diese Teilnahme nicht von langer Dauer, es hatte dem Vater doch zu Arbeiten verholfen, die ihm sonst nicht gekommen wären, und da es meist Verdingsarbeiten waren, so half seine geschickte Kraft ihm jetzt zu gutem Verdienst. Und eines Sonnabends – das Kind mochte jetzt schon reichlich seine fünf Jahre alt sein –, da John am Feierabend einen tüchtigen Wochenlohn vor sich auf den Tisch zählte und dann einen Teil davon zum Mietzins abschied, stand auch Alt-Mariken dabei, und auf die vielen Schillinge niederschauend, sprach sie: »Gib mir auch etwas davon!« Als er verwundert aufsah, fügte sie schmunzelnd bei: »Du glaubst, John, ich will nun auch bei dir betteln!«
»Nein, Mariken; aber was will Sie?«
»Nur acht Schillinge, um eine Tafel und eine Fibel dafür zu kaufen!«
»Will Sie noch schreiben und lesen lernen?«
»Nein, John, das hab ich, Gott und meinem seligen Vater Dank, nicht nötig! Aber mit Christinchen ist es an der Zeit. Und das soll sie schon von dem alten Weibe lernen; ich war einst meines Vaters beste Schülerin.«
John reichte ihr, was sie verlangte. »Sie hat wohl recht, Mariken«, sagte er.
– – Und so lernte Christine diese schwierigen Dinge leichter und um ein paar Jahre früher, als es armen Kindern sonst zuteil wird; und jetzt waren es andere Menschen als früher, nachdenkliche Leute, pensionierte Schullehrer, auch wohl alte Großmütter, die manchmal vor der kleinen Kate ihren Schritt hemmten und mit einem Ausdruck von zärtlichem Beifall auf das eifrige Kind dort auf der Haustürschwelle sahen, das, ohne umzublicken, un-

achtend der braunen Löckchen, die von der Stirn ihm in die Augen hingen, den Kopf über eine Fibel neigte und, alles um sich her vergessend, den kleinen Zeigefinger von einem Wort zum andern rückte, sobald das Mündlein die schwarzen Druckzeichen in den hellen Sprachlaut umgesetzt hatte.

Wenn aber am Feierabend der Vater da war, wenn sie mit aller Wichtigkeit ihm erst gezeigt hatte, wie weit sie heute auf der Tafel oder im Fibelbuch gekommen sei, und wenn sie dann miteinander ihr kleines Mahl verzehrt hatten, so ging er wohl noch einmal mit ihr hinaus unter den Sternenhimmel, auf die Straßen oder, war es dort zu laut noch, in das Gärtchen und weiter in die Wege, die in das Feld hinausliefen. Dann hob er oft sein Kind auf beide Arme, und was er tags erfahren hatte oder was nur an Gedanken bei der Arbeit ihm gekommen war, was sie verstand oder nicht verstand, das flüsterte er in die kleinen Ohren; er hatte keinen andern Vertrauten, und ein ewig Schweigen soll kein Mensch ertragen können. Wohl bog das Kind bisweilen das Köpfchen zu dem seinen auf und lächelte ihm nickend zu; manchmal aber erschrak es und bat: »Nicht so! Oh, sag das nicht, mein Vater!« Er wußte nicht, war diese Tochter ihm ein neues Glück, war sie ihm nur ein Trost für ein verlorenes; denn immer wieder nach dem toten Weibe in Reu und Sehnsucht wollte ihm das Herz zerbrechen; noch im Traum betörte ihn der Reiz des längst vergangenen Leibes, daß er, vom Schlafe auffahrend, ihren Namen durch die dunkle Kammer schrie, bis er endlich faßte, was unrettbar der Vergangenheit gehöre. Manchmal in der Nacht hatte auch das Kind nach der Mutter gerufen und die Ärmchen weinend nach ihr ausgestreckt; wenn er dann am Abend darauf sie durch die Einsamkeit der Gassen auf seinen Armen trug, erzählte er ihr, wie Süßes oft im Traume ihm geschehen, wie schrecklich sein Erwachen gewesen sei.

Dann frug das Kind zitternd: »War denn Mutter bei dir in der Nacht?«

»Nein, Christine; es war ja nur ein Traum.«

Und das Kind frug weiter: »War denn Mutter so schön?«

Dann drückte er sie heftig an sich: »Für mich das Schönste auf der Erde! Weißt du das nicht mehr? Du warst schon drei Jahre

alt, als sie starb!« Als er das letzte Wort gesprochen hatte, stockte ihm die Rede plötzlich; ein Frösteln rann durch seine Glieder. Konnte er so einfach von ihrem Sterben sprechen? Er wollte sein liebes Kind doch nicht betrügen. – Die Kleine aber, die eine Weile geschwiegen hatte, sagte jetzt traurig: »Mein Vater, ich weiß gar nicht mehr, wie Mutter aussah!«
»Wir hatten nimmer Geld zu einem Bilde; wir dachten auch nicht an den Tod!« antwortete John, und seine Stimme bebte; »aber er ist immer bei uns; streck nur den Finger aus, so kommt er schon!«
Die Kleine drückte angstvoll das Köpfchen an seine Brust.
»Nein, nein«, sagte er, »so ist's doch nicht! Du kannst schon deine beiden ganzen Händchen ausstrecken! Der liebe Gott ist doch über ihm; der hat auch versprochen, daß wir die Toten alle wiedersehen sollen; so lange mußt du warten.«
»Ja, Vater«, sagte das Kind, und der kleine Mund drückte sich auf den seinen, »aber du mußt bei mir bleiben.«
»Wie Gott will.«
– – War bei ihrer Nachhausekunft Alt-Mariken noch wach oder hatte die Haustürschelle sie wieder aufgeschreckt, dann schalt sie John, die Nacht sei nicht für Kinder; er trage sie noch in den Tod.
Er aber sagte dann wohl halb für sich selber:

Besser früher Tod,
Als spät die Not.

Da kam jener furchtbare Winter in den vierziger Jahren, wo die Vögel tot aus der Luft fielen und die Rehe erfroren im Walde zwischen den von Schnee gebeugten Bäumen lagen, wo die armen Leute mit ihrem leeren Magen, um nicht gleichfalls zu erfrieren, in ihre kargen Betten krochen, die in ungeheizten Kammern standen; denn auch die Arbeit war mit eingefroren.
John hatte sein Kind auf dem Schoß; er sann wohl darüber nach, warum in solcher Zeit das Mitleid nicht den Armen Arbeit schaffe; er wußte nicht, daß es an ihm vorbeigegangen war. Die lange nicht gestutzten Haare hingen über seine eingefallenen Wangen;

die Arme hielt er um sein Kind geschlungen. Der Mittag war vorüber, wie die zwei leeren irdenen Teller auswiesen, die, mit Kartoffelschale bedeckt, neben einem Salzfaß auf dem Tische standen. Ein kaltes graues Zwielicht war in der Kammer; denn das Tageslicht konnte durch die dick mit Eisblumen überzogenen Scheiben nur kaum hineindringen. »Schlaf ein wenig, Christine!« sagte John. »Schlaf ist gut; es gibt nichts Besseres; es wird auch wieder Sommer werden!«
»Ja!« hauchte das Kind.
»Wart nur!« Und er nahm ein Wollentuch, das Hanna einst getragen hatte, und bedeckte sie damit. »Das ist Mutters Tuch«, sagte er, »deine kleinen Füße sind so kalt.«
Sie ließ sich das gefallen und schmiegte sich an den Vater, der vergebens hoffte, daß der Schlaf ihr kommen werde. Er hatte die letzten drei Torf so vorsichtig in den kleinen Ofen geheizt, aber es war doch zu kalt geblieben. Da schellte die Haustürglocke, und Alt-Mariken trat nach einer Weile in die Kammer. Sie deckte ihre kleinen Augen mit der Hand, denn das graue Zwielicht da drinnen hatte sie geblendet; dann nickte sie den beiden zu. »Das glaub ich«, sagte sie, »ihr könnt euch aneinander wärmen! So gut hat's unsereiner nicht; denn sieh, John, das Kinderkriegen hab ich nicht verstanden. Nur einmal war's ein totes, aber das zählt ja nicht.«
John blickte nicht auf. »Da braucht Sie heute auch nur für sich allein zu frieren«, sagte er und nahm die kalten Füßchen seines Kindes in seine großen Hände.
»Nun, nun«, erwiderte die Alte; »ich weiß mir schon zu helfen; sorg nicht um mich, John! Die alte Senatorn hört gar zu gern die Geschichten von Anno damals, vom Kosakenwinter; und da kann ich aushelfen, John! Die haben mir heut drei Tassen heißen Kaffee eingebracht; da kann man's dann schon wieder aushalten, wo nur der Winter einheizt!« Sie lachte: »Ihr beiden solltet einmal tanzen! Das hat mir früher oft geholfen; die Tanzbein' sind mir nur abhanden gekommen.«
Da hob das Kind sein Köpfchen aus den Umhüllungen und sagte: »Vater, morgen ist doch Weihnachten; darf es hier dann nicht ein wenig wärmer sein?«

John sah nur finster auf sie hin; die Alte aber huckte sich neben ihm und der Kleinen zu Boden. »Kind, Gottes Engel!« rief sie und streichelte mit ihrer warmen Hand Stirn und Wangen der Kleinen; dabei griff sie mit der andern in ihre Tasche und fühlte nach den Schillingen, von denen sie nicht geredet, die sie aber neben dem Kaffee von der Frau Senatorin als Festgeschenk erhalten hatte. »Ja, ja, Christinchen, sorg nur nicht! Unser Herr Christus hat dazumal auch warm in seinem Kripplein gelegen!« John schwieg noch immer; das Wort seines Kindes war ihm wie ein Schwert durchs Herz gegangen. Aber vor seinem innern Auge stand jetzt plötzlich jener einsame Brunnen draußen auf dem Felde; er sah den Bretterzaun im Froste flimmern. Sein alter Arbeitgeber, von dem er ihn einst selbst erbeten hatte, war jahrelang tot; auch sie, um deren willen es geschah – wen kümmerte das von damals noch? Hatten die Bretter einst sein Weib geschützt, sie konnten nun sein Kind erwärmen! – Das Blut stieg ihm zu Häupten; sein Herz hämmerte heftig.

Das hörte das Kind, dessen Kopf daran lag. »Vater«, sagte sie, »was klopft so in dir?«

»Das Gewissen!« – Er war zusammengefahren. Niemand hatte das gesagt, und war ihm doch, als habe er es gehört, deutlich, dicht vor seinem Ohr.

»Mich friert!« sagte die Kleine wieder.

Da stieg aufs neu der Brunnen vor ihm auf. »Wärme dich ein Stündchen in meinem Bette!« sagte er hastig; »dort wirst du schlafen; ich weck dich dann wieder.«

»Ja, ja, Christinchen«, rief die Alte, »ich setz mich zu dir; schlaf nur, Kind; die Welt ist gar zu kalt!« John aber stürzte aus der Kammer, dem niedrigen Verschlage zu, der auf dem Hofe war; hier in der Dunkelheit, nach zugeriegelter Tür, schärfte er seine Handsäge und schliff sein Handbeil auf dem dort stehenden Schleifstein.

– – In der Nacht, die diesem Tage folgte, fiel das Quecksilber in den Thermometern noch um mehrere Grade tiefer; die schneebedeckten Felder, auf welche die zitternden Sterne herabblinkten, schienen wie eine Öde, die nie ein Menschenfuß betreten. Dennoch vernahmen die Kranken oder in Sorgen Wachenden, welche in der Norderstraße ihre Schlafkammern nach den Gärten hatten, aus der Ferne die Schläge eines Beiles, die in der grenzenlosen Stille nach der Stadt hinüberschollen. Vielleicht mochte auch ihrer einer sich erheben und vom Bett aus, wiewohl vergebens, durch die flimmernden Fensterscheiben hinauszublicken suchen; aber wen kümmerte es weiter, wer draußen noch so geschäftig wach war.

Als aber Alt-Mariken am Morgen spät erwachte, da sah sie von ihrem Bett aus, daß in dem Beilegeofen schon ein helles Feuer prasselte und ihre Schillinge nicht mehr nötig waren. In der Kammer stand John neben seinem Töchterlein und sah schweigend zu, wie sie behaglich sich die Kleider überzog und unterweilen mit ihren Händchen an den Ofen klatschte. »Oh«, rief sie fröhlich und zog sie rasch zurück, »er hat mich ordentlich gebrannt!«

Und allmählich schmolz der Schnee; die Sonne kam immer länger auf Besuch; die Schneeglöckchen hatten ausgeblüht, und die Veilchen zeigten dicke Knospen; Vögel und allerlei Wandergäste kamen; darunter auch, die nicht willkommen waren.

John hatte eine Gartenarbeit unten in der Stadt und bog eines Abends, seinen Spaten auf dem Nacken, aus einer Nebengasse in die breite Straße ein, um durch diese und deren Verlängerung nach seiner Wohnung hinaufzugehen. Alle seine Gedanken waren bei seinem Kinde; sie kam ihm ja immer noch entgegen, wenn auch nicht so ungestüm wie früher; denn auf den Herbst hatte sie schon ihr siebentes Jahr. Da schlug von rückwärts der Schall eines Fußtrittes an sein Ohr, als ob er ihn einzuholen trachte. Er stutzte. ›Wer ging doch so?‹ – Wie eine unheimliche Erinnerung überkam es ihn; aber er konnte sich nicht entsinnen; ihm war nur, als sei ihm Unheil auf den Fersen. Er sah nicht um; aber er ging jetzt rascher, denn es war ganz hell noch auf den Gassen. Doch auch das hinter ihm ging rascher; er brütete noch: wer kann das sein? – da schob ein magerer Arm sich in den seinen, und ein bleiches bartloses Gesicht mit kurzgeschorenem Schädel sah ihn aus kleinen scharfen Augen an.

John erschrak bis in die Fußspitzen. »Wenzel!« stieß er hervor. »wo kommst du her?«

»Wo du auch einmal sechs Jahr gewesen bist, John! Ich hatte es noch einmal versucht.«
»Laß mich!«sagte John; »ich darf nicht mit dir gesehen werden. Das Leben ist schwer genug.« Er ging noch rascher; aber der andere blieb ihm zur Seite.
»Nur die Straße hier hinauf«, sagte er. »Du trägst das Zeichen der Ehrlichkeit da auf den Schultern; das tät mir gut zu meiner Reputation!«
John stand still und trat von ihm zurück: »Du machst linksum, oder ich stoße dich hier zu Boden!«
Der schwache Züchtling mochte den Grimm des Mannes fürchten; er zog grinsend seine alte Mütze: »Auf Wiedersehn, Herr John! Du bist heut just nicht höflich gegen einen alten Kameraden!« Er steckte die Hände in die Hosentaschen und ging nach links unter den Rathausschwibbögen zur Stadt hinaus. In furchtbarer Bewegung setzte John seinen Weg fort; ihm war, als wäre alles in ihm eingestürzt. Einige Häuser vor dem seinen kam ihm das Kind entgegen und hing sich an seinen Arm. »Du sprichst ja gar nicht, Vater? Fehlt dir was?« sagte sie nach einigen Schritten.
Er schüttelte den Kopf: »Ja, Kind; wenn nur, was einmal dagewesen, nicht immer wieder zu uns kommen wollte!«
Die Kleine sah zärtlich, voll unverstandenen Mitleids, zu ihm auf. »Kann denn der liebe Gott nicht helfen?« sprach sie zaghaft.
»Ich weiß nicht, Stine; aber wir wollen zu ihm beten!«
– – Am folgenden Tage hatte John den Gefürchteten nicht gesehen; er war auch nicht durch die Stadt, er war hinter derselben an den Gärten entlang auf seine Arbeit und wiederum nach Haus gegangen. Am Abend darauf sah er ihn hier auf sich zukommen; das bleiche Züchtlingsgesicht, um das jetzt ein Stoppelbart zu wachsen begann, war nicht zu verkennen.
»Ei, Freund John«, rief Wenzel ihm entgegen, »ich glaub, du suchst mir auszuweichen; bist du denn noch so mürrisch?«
John blieb stehen. »Dein Gesicht macht mich nicht fröhlicher«, sagte er.
»Das denn vielleicht?« entgegnet Wenzel und zog ein paar Mark Geldes aus der Tasche. »Ich wollt mich auf eine Woche bei

dir einmieten, John! Es ist nicht leicht für mich, Quartier zu kriegen!«
»Miet dich beim Teufel ein!« sagte John. Als er aufblickte, kam aus einem Seitenwege ein Gendarm auf sie zu. John wies auf den Polizeisoldaten; aber Wenzel sagte: »Den fürcht ich nicht; meine Papiere sind in Ordnung.«
Noch bevor dieser sie erreicht hatte, zog er sein Taschenbuch hervor und übergab es ihm, der mit amtlicher Würde den Inhalt durchstudierte. Schon streckte Wenzel seine Hand aus, um seinen Schatz sich wieder auszubitten; aber der Gendarm steckte die Papiere ruhig in seine eigne Tasche. »Er hat sich auf der Polizei noch nicht gemeldet«, sagte er kurz. »Er geht mit mir!« Und einen raschen Blick auf John werfend, ließ er den Züchtling vorangehen und folgte, die Hand am Säbelgriff.
Der Bürgermeister befand sich auf dem Rathause in seinem Arbeitszimmer, als der Gendarm eintrat und den entlassenen Züchtling Wenzel meldete.
Er lächelte. »Ein alter Bekannter!«
»Ich traf ihn hinten am Kuhsteig; der John Glückstadt stand bei ihm«, berichtete der Gendarm.
Der Beamte sann einen Augenblick: »Ja, ja – John Glückstadt, das läßt sich denken.«
»Freilich, Herr Bürgermeister; das Zusammentreffen schien mir sehr verdächtig, hinter der Stadt und um die Vesperzeit, wo niemand dort zu kommen pflegt.«
»Wie meinen Sie das, Lorenzen?« frug der Bürgermeister. »Dieser John Hansen ist jetzt ein reputierlicher Mensch, der sich und seine Kleine ehrlich durchzubringen sucht.«
»Sehr wohl, Herr Bürgermeister; aber sie waren vordem zusammen im Zuchthaus; es dürfte nicht ohne Bedeutung sein, daß sie auch hier gleich wiederum zusammenstehen.«
Aber der Bürgermeister schüttelte den Kopf. Er hatte John im Winter ein kleines Darlehen gegeben und es in diesen Frühlingstagen zurückerhalten. »Nein, Lorenzen«, sprach er, »stören Sie mir den Mann nicht; den kenn ich besser: auch hat er Arbeit jetzt, die er nicht aufs Spiel setzen wird. Und nun lassen Sie den Wenzel kommen!«

»Befehlen«, sagte der Gendarm und drehte sich militärisch nach der Tür. Aber die Zurückweisung seiner so wohl ausgesonnenen Schlüsse auf John Glückstadt hatte heimlich ihn ergrimmt. Drum erzählte er noch am selben Tage Arbeitern und kleinen Handwerkern, mit denen er zusammentraf, und mit noch stärkeren Akzenten, die verdächtige Geschichte; die brachten es an die Dienstboten und diese an die Herrschaften, und so war bald die ganze Stadt voll von den gefährlichen Plänen, welche Wenzel und John Glückstadt in erneuerter Kameradschaft miteinander geschmiedet hätten; und obwohl Wenzel schon am folgenden Tage wieder entlassen und dann von Behörde zu Behörde gewiesen war und hier niemals wieder gesehen wurde, so hatte er doch für John des Teufels Spur zurückgelassen. Dieser hatte gehofft, die Arbeit in dem großen Garten drunten in der Stadt den ganzen Sommer, ja gar für künftige Jahre behalten zu können, denn der Besitzer hatte ihm wiederholt die Sauberkeit und Raschheit seiner Arbeit gelobt; jetzt aber kam die Botschaft von demselben, John brauchte nicht wiederzukommen. Bei Anfragen in andern Häusern erhielt er trockenen Abschlag; mit Mühe bekam er endlich in einem nahe belegenen Dorfe eine schlechtbezahlte Feldarbeit; aber auch die ging bald zu Ende. Sein Mut sank; seines Kindes Antlitz drückte ihn noch tiefer; das Elend war schon halb in seiner Kate; nur der Kleinen wußte die kluge Alte unter immer neuen Vorwänden ein Teilchen von ihren Suppengängen zukommen zu lassen.

So war das Ende des August herangekommen und ein Abend, wo für den andern Tag kein Mundvoll mehr im Hause war. Er saß am Bette seines Kindes, das schon mit dem Schlafe kämpfte, und sah starr auf das liebliche Gesichtlein; aber so still er saß, er wußte vor Angst nicht, wo er mit seinen Gedanken bleiben sollte. Da, als das Kind die Augen zu ihm aufschlug, brach es aus ihm hervor: »Christine!«, aber er stockte einen Augenblick; »Christine«, sagte er nochmals, »könntest du wohl betteln?«

«Betteln!« Das Kind erschrak über das Wort. »Betteln, Vater?« wiederholte sie; »wie meinst du?« Die Kinderaugen waren plötzlich erregt auf ihn gerichtet.

»Ich meine«, sagte er langsam, aber deutlich, »zu fremden Leu-

ten gehen und sie um einen Sechsling oder noch weniger, um einen Dreiling bitten, oder um ein Stück Brot.«
Dem Kinde stürzten die Tränen aus den Augen: »Vater, warum fragst du so? Du sagtest immer, betteln sei eine Schande!«
»Es kann auch kommen, daß Schande noch nicht das Schlimmste ist. – Nein, nein!« rief er dann laut und riß sie heftig in seine Arme. »Weine nicht, oh, weine nicht so, mein Kind! Du sollst nicht betteln; nimmer sollst du das! Wir essen nur ein bißchen weniger!«
»Noch weniger, Vater?« frug die Kleine zögernd.
Er antwortete nicht; aber ihr war, als fühlte sie ihn schluchzen, als er seinen Kopf gegen ihren kleinen Körper barg. Da wischte sie sich die Tränen vom Gesicht; und als sie eine Weile wie grübelnd dagelegen, brachte sie ihren kleinen Mund zu seinem Ohr.
»Vater!« flüsterte sie leise.
»Ja, mein Kind?« Und er richtete sich empor.
»Vater, ich glaub, ich könnte doch wohl betteln!«
»Nein, nein, Christine; denk nicht mehr daran!«
»Ja, Vater«, und sie schloß ihre Ärmchen fest um seinen Hals, »wenn du krank und hungrig wärest, dann wollte ich es doch!«
»Nun, Kind; du weißt ja, ich bin kerngesund!«
Sie blickte ihn an; er sah nicht sehr gesund aus; aber er lächelte ja doch. »So, schlaf nun!« sagte er und löste die Ärmchen sanft von seinem Nacken und legte sie in ihr Bett zurück. Und sie tat, wie getröstet, ihre Augen zu und war bald entschlafen; nur ihres Vaters Hand behielt sie noch fest in der ihren, bis auch die kleinen Finger sich lösten und das ruhigere Atmen den festen Schlaf bekundete.
Er blieb noch immer sitzen; das erste Viertel des Mondes war heraufgekommen und schimmerte trübe in die Kammer. Der Mann starrte in Verzweiflung auf sein Kind: was sollte er beginnen? Zur Sparkasse? – Aber wer würde für ihn Bürgschaft leisten? Zum Bürgermeister gehen und um ein Darlehn bitten – und das im hohen Sommer? – Im Winter hatte er es getan; er wußte genau die Zeit: die Bretter des Brunnens waren verbrannt und die Kammer wieder kalt gewesen. Der Bürgermeister hatte

es ihm damals auch gegeben; aber die scharfen Augen des alten Herrn hatten ihn so seltsam angesehen. »Damit Er nicht wieder in Versuchung komme, John!« hatte er dabei gesagt; ihm aber hatten plötzlich die Beine unterm Leib gezittert. Ob denn der Bürgermeister von jener Sache wisse oder nur Gedanken habe, frug er sich jetzt; dann fiel's ihm auf die Brust, er war ein Züchtling, dem wird alles zugerechnet; weshalb war denn seitdem schon immer wieder keine Arbeit für ihn dagewesen? Wie eine drückende Wolke fühlte er den Verdacht ob seinem Haupte schweben. Das geliehene Geld zwar hatte er zurückgezahlt; aber, nein – nicht noch einmal zum Bürgermeister! – – Nebenan im Garten des Tischlers standen wohl noch ein paar Reihen Kartoffeln, sie schienen ganz vergessen zu sein – aber John biß die Zähne zusammen: er hatte durch ihn sein totes Weib begraben können. Einen Augenblick entflohen ihm die Gedanken; sie hafteten dort, wo der Ofen stand, wo ein schwacher Mondschimmer auf dem Messingknopfe schimmerte. »Hanna!« murmelte er, »du bist schon recht gestorben!« Wie in unausdenkbarem Elend streckte er die Hände mit ausgepreizten Fingern vor sich hin; aber die Bilder in seinem Kopfe wechselten, und die des Hungers waren doch die stärksten. Da plötzlich streckte sich ein weites Kartoffelfeld vor seinen Augen; es war draußen auf dem Felde neben dem von ihm beraubten Brunnen, der jetzt in einem hohen Ährenfeld verborgen stand. Die Kartoffeln waren noch immer nicht aufgenommen; andere Feldarbeit war im Wege gewesen. »Nur ein paar Bülte!« murmelte er, »nur um einmal satt zu werden!« Etwas von dem Trotz der Ausgestoßenen kam über ihn. »Es kann ja morgen wieder Arbeit kommen – wenn nicht, so muß ich's mit dem lieben Gott versuchen!«
Er saß noch lange, noch manche Stunde, bis der Mond schon unter war und er alles schlafend glaubte; da schritt er leise aus der Kammer und aus dem Hause. Die Luft war schwül; nur mitunter fuhr ein Windstoß auf, und fast undurchdringliche Finsternis lag auf der Erde. Aber John war den Weg schon oft gegangen, und endlich, an dem Kraute, das um seine Beine schlug, fühlte er, er war auf dem Kartoffelacker. Er lief noch weiter hinein, denn ihm war, als müsse er überall gesehen werden; mitunter bückte

er sich und wühlte unter den Büschen, mitunter zuckte er erschreckt zurück, aber es war nur das Gezücht, das hier gelegen hatte; ein Tausendfuß, eine Kröte waren über seine Hand geschlüpft. Das Säcklein, das er mitgenommen hatte, war halb gefüllt. Er stand und wog es in der Hand: es war genug; aber ... Er hatte den Sack schon umgekehrt, um alles wieder auf den Acker auszuschütten, nur unten hielt noch seine eine Hand das Linnen zusammen. Ihm war im Kopfe, als senke eine Waage sich auf und ab; dann sprach er langsam: »Ich kann nicht, lieber Gott! Mein Kind! Es soll ans Kreuz geschlagen werden; laß mich es retten; ich bin ja nur ein Mensch!«

Er stand und horchte, als solle eine Stimme von oben aus der Nacht zu ihm herunterkommen; dann krampfte seine Hand sich um den Sack; er lief nur weiter, immer weiter; kaum fühlte er, daß jetzt hohe Ähren ihm mit ihren rauhen Köpfen ins Gesicht strichen; kein Stern zeigte ihm den Weg; er ging her und hin und kam doch nicht zum Ausgang. Ihn überfiel's, wie er vor einem Jahrzehnt als Aufsichtsmann so sicher hier geschritten war; es konnte nicht weit sein, wo einst sein Weib, ein sechzehnjährig Dirnlein, ihm in die Arme stürzte! In süßem Schauder ging er vorwärts; gleichmäßig rauschten bei seinem Schritt die Ähren; ein Vogel, ein Rebhuhn oder eine Ammer, schwirrte vor ihm auf; er hörte es kaum, er schritt nur weiter, als ob er ewig so zu schreiten habe.

Da zuckte fern unten am Horizont ein schwacher Schein; ein Gewitter schien heraufzukommen. Einen Augenblick stand er und besann sich: er hatte die dunkeln Wolken am Abend schon gesehen; er wußte plötzlich, wo Osten und Westen war. Nun wandte er sich und beschleunigte seine Schritte; er wollte rasch nach Haus, zu seinem Kinde. Da war etwas vor seinen Füßen, er kam ins Straucheln, und eh er sich besonnen, tat er einen neuen Schritt aber sein Fuß fand keinen Boden – ein gellender Schrei fuhr durch die Finsternis; dann war's, als ob die Erde ihn verschluckt habe.

Ein paar Vögel schreckten in die Luft, dann war alles still; kein Menschenschritt war jetzt noch in dem Korn. Eintönig säuselten die Ähren, und kaum hörbar nagten die Millionen Geziefers an den Wurzeln oder Schaften der Pflanzen, bis die immer drükkendere Schwüle in einem starken Wetter sich entlud und in den hallenden Donnern und dem niederstürzenden Regen alle andern Geräusche der Erde verschwanden.

In der Kate am Ende der Norderstraße fuhr um diese Zeit ein armes Kind aus seinem Schlafe auf; ihm träumte, es habe ein Brot gefunden, aber es hatte in einen Stein gebissen. Halb im Traum noch griff es in das große Wandbett nach der Hand seines Vaters, doch es erfaßte nur den Zipfel des Kopfkissens und schlief dann ruhig weiter.

– – John Glückstadt ist niemals wieder nach Haus und nie zu seinem Kinde zurückgekommen; alle Anstalten der Polizei, eine Spur von ihm zu finden, waren vergebens. Sein Verschwinden wurde einige Tage in der kleinen Stadt besprochen; die einen meinten, er sei entflohen, um nachher mit seinem Kameraden Wenzel zusammenzutreffen und mit ihm übers Meer zu fahren, wo es den Spitzbuben gut zu gehen pflege; das Geld zur Überfahrt würden sie unterwegs nach Hamburg sich schon zu schaffen wissen, und das kleine Dings sei ja in guter Hut bei Küster-Mariken; die andern meinten, am Deich da draußen in der Schleusengrube, neben welcher er und Wenzel ihr Schelmenstück einst beraten hätten, habe er den Tod gesucht, und die Ebbe habe ihn ins Meer hinausgetrieben.

Diese Meinungen wurden in einer Tischgesellschaft gegeneinander abgewogen. »Nun, und Sie, Herr Bürgermeister«, sagte zu diesem die alte Schwägerin des einstigen Zichorienfabrikanten, die er zu Tische geführt hatte, »was meinen Sie dazu?«

Der Bürgermeister, der bisher kein Wort dazu geredet hatte, nahm erst bedächtig eine Prise. »Hm«, sagte er, »was soll ich meinen? – Nachdem dieser John von Rechtes wegen seine Strafe abgebüßt hatte, wurde er, wie gebräuchlich, der lieben Mitwelt zur Hetzjagd überlassen. Und sie hat ihn nun auch zu Tode gehetzt; denn sie ist ohn Erbarmen. Was ist davon zu sagen? Wenn ich was meinen soll, so sollet ihr ihn jetzt in Ruhe lassen, denn er gehört nun einem andern Richter.«

»Wahrhaftig«, sagte die Alte ganz erstaunt, »Sie haben noch immer Ihre sonderbaren Meinungen von diesem John Glückstadt!«

»John Hansen«, berichtigte der Bürgermeister ernsthaft.

– – – Mir kam allmählich das Bewußtsein, daß ich weit von meiner Vaterstadt im Oberförsterhause an dem offenen Fenster stehe; der Mond schien von drüben über dem Walde auf das Haus, und aus den Wiesen hörte ich wieder das Schnarren des Wachtelkönigs. Ich zog meine Uhr: es war nach eins! Das Licht auf dem Tische war tief herabgebrannt. In halbvisionärem Zustande – seit meiner Jugend haftete dergleichen an mir – hatte ich ein Menschenleben an mir vorübergehen sehen, dessen Ende, als es derzeit eintrat, auch mir ein Rätsel geblieben war. Jetzt kannte ich es plötzlich; deutlich sah ich die zusammengekauerte Totengestalt des Unglücklichen in der unheimlichen Tiefe. Nachdem ich heute den Namen meiner Wirtin erfahren hatte, wußte ich jetzt auch: noch einmal aus der düsteren Gruft hatte seine lebendige Stimme ein lebendig Menschenohr erreicht; aber es war nur das eines vierzehnjährigen Knaben. Am Abend nach dem Verschwinden des Armen, da ich bei einer befreundeten Familie eingetreten war, kam der Sohn mit seinem Schmetterlingsketscher schreckensbleich ins Zimmer. »Es hat gespukt!« rief er und sah sich um, als ob er auch hier noch nicht ganz sicher sei; »lacht nur nicht, ich hab es selbst gehört!« – Zwischen den Kartoffeln auf dem Acker neben dem Schinderbrunnen war er gewesen, um sich den Totenkopf zu fangen, der in der Dämmerung dort fliegen sollte; da hatte es unweit von ihm aus dem Kornfeld seinen Namen »Christian!« gerufen, hohl und heiser, wie er solche Stimme nie gehört; und da er entsetzt davongelaufen, sei es noch einmal hinter ihm hergekommen, als ob's ihn habe greifen wollen.

Ich wußte jetzt, nach über dreißig Jahren: es hatte nicht gespukt, und nicht »Christian« hatte er es rufen hören; den Namen seiner Tochter »Christine« hatte der Mann da drunten in hoffnungsloser Sehnsucht ausgestoßen. Und noch eines wußte ich: ein Arbeiter, mein alter Freund aus der Kinderzeit, hatte einige Tage später draußen an dem Brunnen das Korn mähen helfen. »Da hätten wir bald einen Falken fangen können!« erzählte er mir eines Abends.

»Einen großen?« frug ich.

»Das mag der Herr glauben! Er war ein Stück in den alten Schinderbrunnen hinabgestoßen – der Himmel weiß, was drunten liegt –, aber seine Fluchten waren zu weit in der Spanne, er schlug und arbeitete damit in dem engen Brunnen und kam nicht gleich heraus. Wir hatten nur keine Knüppel, ihn zu schlagen; auch wehte ein übler Dunst uns an; es war, als hätte schon vordem die Kreatur an Aas gesessen!«

Ich hatte damals dieser Rede nicht geachtet; mich schauderte, da mich die Erinnerung jetzt befiel, der feuchte Nachtwind, der mich anwehte, tat mir wohl, vor allem, weil er von heut und nicht von damals war; ich wußte, der Brunnen war vor ein paar Jahren zugeschüttet. »Zu Bett!« sprach ich halblaut zu mir; »und, Seele, geh du auch zu Bett!«

Ich löschte das Licht und ließ das Fenster offen, damit alles, was lebendig war, zu mir herein könne; und bälder, als ich gedacht hatte, kam der Schlaf; nur mit einem freundlichen Bilde spielte noch der Traum: ich sah die von der Morgensonne nur noch halb erleuchteten Straßen meiner Vaterstadt; ich hörte einen Wagen heranrasseln, und zwischen zwei lieben alten Leuten auf dem offenen Sitze saß die kleine Christine, und sie nickte mir freundlich zu, als sie bei mir vorbei und über dem Zingel zur Stadt hinausfuhren.

Der alten Mariken dachte ich nicht weiter; ich wußte, daß sie vor langen Jahren in St. Jürgens Stift ein ruhiges Sterbekissen gefunden hatte.

– – Als ich spät am andern Morgen in das Haus hinunterkam, erhob sich der Lohbraune von der Matte vor der Tür des Wohnzimmers und begrüßte mich wedelnd als einen Gast des Hauses; als ich aber eintrat, war niemand drinnen; nur die Magd öffnete eine Seitentür, guckte herein, als ob sie bestellt sei, meine Ankunft zu berichten, und lief dann rasch von dannen. Ich beschäftigte mich indes damit, die Bilder an den Wänden zu beschauen, aus denen deutlich zwei Generationen zu erkennen waren: auf der einen Jagd- und Tierstücke von Steffeck und dem alten Ridinger; über dem Sofa dagegen fand ich eine Kreuzesabnahme von Rubens und je zur Seite die Bildnisse von Luther und Melanchthon. Am Sofa, auf dem lichtlosen Wandstücke am Fenster, hing, wie im Schatten der Vergangenheit, eine halberloschene Photographie; aber ein Kranz von Immortellen, wie

Johns Tochter sie gestern auf unserem Waldgang gepflückt hatte, wohl gar derselbe, umgab den dunkeln Rahmen.
Mit Scheu fast trat ich näher; es war das Bildnis eines Soldaten in Uniform, wie dergleichen die jungen Landleute während ihrer Dienstzeit anfertigen lassen und nach Hause schicken. Der Kopf war leidlich ausgeprägt erhalten und zeigte mir das kaum mehr als einmal gesehene, aber unvergessene Antlitz des Arbeiters John Glückstadt; nur war in diesen Zügen noch nichts von Kummer oder Schuld; der kleine dunkle Schnurrbart saß unter der kecken Adlernase, und die Augen sahen ernst, doch sicher in die Welt hinaus. Es war John Glückstadt nicht; es war John Hansen, wie er im Herzen seiner Tochter fortlebte, für den sie gestern ihren frischen dauerhaften Kranz gepflückt hatte; mit diesem John hatte der doppelgängerische Schatten noch nichts zu schaffen. Es brannte mich, meiner edlen Wirtin zuzurufen: ›Laß das Gespenst in deinem Haupte fahren; der Spuk und dein geliebter Vater, sie sind nur eines: er war ein Mensch, er irrte, und er hat gelitten!‹
Aber ich hörte die Stimmen meiner Wirtsleute von hinten durch die Gartentüre ins Haus kommen, und ich wandte mich von dem bekränzten Bilde ihnen entgegen, um ihren Morgengruß und ihre Scherze über meine Langschläferei in Empfang zu nehmen.
– Wir lebten noch einen schönen Frühlingstag zusammen. Als ich aber spätabends mit dem Oberförster und seinem treuen Hunde noch einen Waldgang machte, da schwieg ich nicht länger; ich erzählte ihm alles, jedes einzelne, was in der vergangenen Nacht mir in Erinnerung und im eigenen Geiste aufgegangen war.
»Hm«, machte der besonnene Mann und ließ seine Augen treuherzig auf mir ruhen; »das ist aber Poesie; Sie sind am Ende nicht bloß ein Advokat!«
Ich schüttelte den Kopf: »Nennen Sie es immer Poesie; Sie könnten es auch Liebe oder Anteil nennen, die ich rasch an meinen Wirten genommen hätte.« Es war zu dunkel, um zu sehen; aber mir war, als ob ein herzlicher Blick von ihm mich streifte. »Ich danke Ihnen, lieber Freund«, sagte er dann; »aber der Vater meiner Frau – ich hatte freilich nur weniges von ihm gehört – ist mir nimmer so erschienen.«

»Und wie denn anders?« frug ich.
Er antwortete nicht mehr, sinnend gingen wir nebeneinander, bis wir das Haus erreicht hatten.
»Ihr seid sehr langsam gegangen«, sagte Frau Christine, als sie uns entgegentrat; »ihr habt mich schier vergessen!«
– – Als ich am andern Morgen fortging, begleiteten mich beide, bis wo der Waldweg in die Landstraße ausläuft. »Wir schreiben Ihnen einmal!« sagte der Oberförster. »Ich bin sonst kein Briefsteller; aber gewiß, ich tu's; wir müssen Sie festzuhalten suchen, damit Sie einmal wieder den Weg zu uns hinaus finden!«
»Ja, kommen Sie wieder!« rief Frau Christine. »Versprechen Sie es; Ihr Abschied würde uns nicht so traurig machen!«
Ich versprach es gern; dann reichten beide mir die Hand, und ich stand und sah sie fortgehen; sie hatte sich fest an ihren Mann geschlossen; er legte sanft den Arm um ihre Hüfte. Dann kam eine Biegung des Weges, und ich sah sie nicht mehr.
»Leb wohl, John Glückstadts Tochter!« rief ich leise; »nur die erste Silbe, nur das Glück ist dein geblieben; es wird schon treu sein, denn es ist an rechter Stelle!«
– – Schon nach vierzehn Tagen kam der erste Brief des Oberförsters und ließ mich im Aktenlesen eine lange Pause machen. »Ich muß Sie auch noch Ihres Versprechens entbinden«, schrieb er; »gleich am Abend unseres Abschieds habe ich meiner Christine die Geschichte ihres Vaters erzählt, ausführlich, wie ich sie von Ihnen hörte. Sie mögen recht haben, er wird wohl so gewesen sein, und er war dann doch noch ein anderer Kerl, als wie er bisher weichselig im Herzen seiner Tochter ruhte; auch dürfen Mann und Weib nicht solch Geheimnis voreinander haben. Zwar ein leidenschaftlicher Tränensturz war die erste Folge, so daß ich schier erschrak und dachte, es möchte das Temperament des Vaters in meiner sanften Frau erwacht sein. Aber ihr eigenstes Ich erschien bald wieder; und jetzt – mein Freund, das Geißblatt am Waldesrande, das jetzt wieder blüht, so lieblich, dünkt mich, hat es fast niemals noch geduftet; und das Bild des John Glückstadt trägt nun einen vollen Rosenkranz; seine Tochter hat jetzt mehr an ihm; nicht nur den Vater, sondern einen ganzen Menschen. – Den Dank und Gruß, den Frau Christine mir für Sie

aufgetragen, versteh ich in der frauenhaften Weise nicht zu Papier zu bringen; ich kann Sie nur bitten, sich das Herzlichste zu denken.«

So schrieb der Oberförster damals; aber, wie es so geht, obgleich Briefe ein paarmal in jedem Jahre zwischen uns hin- und hergegangen sind, ich bin nicht wieder dort gewesen. Aber hier links in der Ecke meiner Schreibstube auf zwei Stühlen steht jetzt mein gepackter Reisekoffer; draußen an den Wallzäunen blüht einmal wieder das Geißblatt, und hier drinnen ist für eine Woche alles sauber weggeordnet; denn gewiß und wahrhaftig – morgen geht es fort zu meinen Freunden, zu John Glückstadts Tochter und zu meinem wackern Oberförster. Sein Brief, der die Antwort auf meine Anmeldung brachte, war ein rechter Jubelbrief. »Wir harren Ihrer mit Freuden«, schrieb er; »Sie kommen just zur rechten Zeit; der Junge ist auch da mit seinem Examenszeugnis in der Tasche; seine Mutter ist schier verliebt in ihn und studiert sein Antlitz, um darin immer einen neuen Zug aus dem ihres Vaters aufzufinden. Kommen Sie also; uns fehlt nur noch der Freund!«

– – Gewiß, wenn Gottes Sonnenschein mich morgen weckt, ich komme!

DIE NOVELLEN
nach den Entstehungsdaten

1837 Hans Bär
1847 Marthe und ihre Uhr
1848 Im Saal
1848 Immensee
1849 Der kleine Häwelmann
1850 Ein grünes Blatt
1850 Hinzelmeyer
1854 Im Sonnenschein
1855 Angelika
1856 Wenn die Äpfel reif sind
1858 Am Kamin
1858 Auf dem Staatshof
1859 Späte Rosen
1860 Drüben am Markt
1861 Veronika
1861 Im Schloß
1862 Auf der Universität
1862 Unter dem Tannenbaum
1863 Abseits
1864 Von jenseits des Meeres
1864 Die Regentrude
1864 Bulemanns Haus
1864 Der Spiegel des Cyprianus
1867 In St. Jürgen
1867 Eine Malerarbeit
1870 Lena Wies
1870 Der Amtschirurgus – Heimkehr
1871 Eine Halligfahrt
1871 Draußen im Heidedorf
1871 Zwei Kuchenesser der alten Zeit
1873 Beim Vetter Christian
1873 Viola tricolor
1873 Von heut und ehedem

1874	Pole Poppenspäler
1874	Waldwinkel
1875	Ein stiller Musikant
1875	Psyche
1875	Im Nachbarhause links
1876	Aquis submersus
1876	Von Kindern und Katzen
1877	Carsten Curator
1878	Renate
1878	Eekenhof
1878	Zur Wald- und Wasserfreude
1879	Im Brauerhause
1879	Die Söhne des Senators
1881	Der Herr Etatsrat
1882	Hans und Heinz Kirch
1883	Schweigen
1884	Zur Chronik von Grieshuus
1884	Es waren zwei Königskinder
1885	John Riew'
1885	Ein Fest auf Haderslevhuus
1886	Bötjer Basch
1886	Ein Doppelgänger
1887	Ein Bekenntnis
1888	Der Schimmelreiter

ZEITTAFEL

1817 Am 14. September wird Hans Theodor Woldsen Storm in Husum, Am Markt 9, als erstes Kind des Advokaten Johann Kasimir Storm und seiner Frau Lucie, geb. Woldsen, geboren. Der Vater stammt aus Westermühlen bei Rendsburg, wo die Familie Storm seit Generationen als Erbpachtmüller lebte. 1815 hatte sich der Vater Theodor Storms nach Studien in Heidelberg und Kiel als Advokat in Husum niedergelassen und 1816 die jüngste Tochter des Senators Simon Woldsen geheiratet.

1821 Nach dem Tod Simon Woldsens zieht die Familie Storm in das Haus der Großeltern Woldsen, Hohle Gasse 3. Im Herbst des Jahres Beginn der Grundschule.

1826 Besuch der Gelehrtenschule in Husum (bis 1835).

1835 Eintritt in das Katharineum in Lübeck.

1837 Immatrikulation an der Juristischen Fakultät der Universität Kiel. Freundschaft mit Theodor und Tycho Mommsen und mit Ferdinand Röse (*Liederbuch dreier Freunde*). Erste Liebe zu Bertha von Buchan (»Vielleicht wäre ich daran zugrunde gegangen, wenn dies Gefühl mir nicht zum Objekt geworden, das ich künstlerisch zu gestalten suchte«; Gedichte auf Bertha von Buchan und das Märchen *Hans Bär*.

1840 Erste Gedichtveröffentlichung im ›Album der Boudoirs‹ der Zeitschrift ›Europa‹. Beginn der Sammlung schleswig-holsteinischer Sagen, Märchen und Lieder.

1842 Juristisches Examen. Bertha von Buchan weist Storms Heiratsantrag zurück. Rückkehr nach Husum.

1843 Eröffnung der Anwaltspraxis in Husum.

1844 Verlobung mit Constanze Esmarch (geboren 1825). Gedichte an Constanze.

1846 Heirat mit Constanze am 15. September in Segeberg.

1847 Liebe zu Dorothea Jensen (geboren 1828), (die ›erschütterndste Leidenschaft‹ seines Lebens; Dorothea verläßt 1848 Husum).

1847 Erste Prosaveröffentlichung *Marthe und ihre Uhr.*

1848 Geburt des ersten Sohnes Hans. Niederschrift des *Oktoberliedes.* Mitarbeit an der Schleswig-holsteinischen Zeitung.

1849 Unterzeichnung einer Protestresolution von 150 Bürgern Husums an den dänischen Landeskommissar Tillich gegen die Maßnahmen der Landesverwaltung. *Immensee.*

1850 Beginn des Briefwechsels mit Eduard Mörike.

1851 Geburt des Sohnes Ernst. Storm verweigert eine Loyalitätserklärung, die die dänische Justizbehörde verlangt, und bekennt sich damit öffentlich zur schleswig-holsteinischen Volksbewegung.

1852 Storm kann auf Druck der dänischen Regierung seine Advokatur nicht weiter ausüben. Bewerbungen um eine Bürgermeisterstelle in Buxtehude und um eine Anstellung als Richter in Gotha bleiben ergebnislos. Erste Ausgabe der *Gedichte.*

1853 Ernennung zum preußischen Assessor in Berlin. Geburt des Sohnes Karl. Umzug nach Potsdam, Brandenburger Straße 70. Franz Kugler führt Storm in Berlin in den ›Tunnel über der Spree‹ ein, erstes Zusammentreffen mit Theodor Fontane.

1854 Bekanntschaft mit Joseph von Eichendorff. Beginn des Briefwechsels mit Paul Heyse. Mitglied des literarischen Clubs ›Rütli‹.

1855 Geburt der Tochter Lisbeth.

1856 Kreisrichter in Heiligenstadt. Umzug im September. Beginn des Briefwechsels mit Ludwig Pietsch.

1858 *Am Kamin.*

1860 Geburt der Tochter Lucie.

1862 *Auf der Universität.*

1863 Geburt der Tochter Elsabe.

1864 Storm wird von der Ständeversammlung in Husum zum Landvogt gewählt. Er reicht seine Entlassung aus preußischen Diensten ein und kehrt am 15. März nach Husum zurück. Wohnung in der Süderstraße 12. Im April ›Sturm auf die Düppeler Schanzen‹; ›Wiener Friedensvertrag‹ am

30. Oktober; Besetzung Schleswig-Holsteins durch Österreich und Preußen. *Bulemanns Haus*; *Die Regentrude.*

1865 Geburt der Tochter Gertrud; Constanze stirbt am 20. Mai an den Folgen der Geburt. Reise nach Baden-Baden; Zusammentreffen mit Ivan Turgenjew.

1866 Heirat mit Dorothea Jensen am 13. Juni. Umzug in das Haus Wasserreihe 31.

1867 Amtsrichter in Husum. *In St. Jürgen.*

1868 Geburt der Tochter Friederike. Im Westermann Verlag, Braunschweig, erscheinen die ›Sämtlichen Schriften‹.

1873 *Viola Tricolor.*

1874 *Pole Poppenspäler*; *Waldwinkel.* Ernennung zum Oberamtsrichter. Tod des Vaters Johann Kasimir Storm.

1876 *Aquis submersus.*

1877 Beginn des Briefwechsels mit Gottfried Keller. Freundschaft mit Erich Schmidt. *Carsten Curator.*

1879 *Die Söhne des Senators.*

1880 Pensionierung, Umzug nach Hademarschen.

1882 *Hans und Heinz Kirch.*

1884 Reise nach Berlin, Zusammentreffen mit Theodor Fontane und Theodor Mommsen.

1885 *Ein Fest auf Haderslevhuus.*

1886 Reise nach Weimar, in Braunschweig Zusammentreffen mit Wilhelm Raabe. Im Oktober schwere Erkrankung. Der Sohn Hans stirbt im Dezember. *Ein Doppelgänger.*

1888 Am 9. Februar ist *Der Schimmelreiter* beendet. Theodor Storm stirbt am 4. Juli in Hademarschen.

INHALT

INHALT

der Gesammelten Werke
in sechs Bänden

Band 1: *Gedichte* (insel taschenbuch 731)

Band 2: *Immensee* (insel taschenbuch 732)

Band 3: *Pole Poppenspäler* (insel taschenbuch 733)

Band 4: *Carsten Curator* (insel taschenbuch 734)

Band 5: *Hans und Heinz Kirch* (insel taschenbuch 735)

Band 6: *Der Schimmelreiter* (insel taschenbuch 736)